口絵について

一、口絵の三枚は学習院大学日本語日本文学科蔵、三条西家旧蔵『伊勢物語』の巻頭部分（一ウ・二オ）と巻末（84ウ）の影印である。創英社版は白黒版であったが、このたびの復刊にあたり、朱点の実態が些かでも窺われることを期待して、創英社版より拡大した上で改めてカラーとして掲載した。

一、口絵の巻頭一ウについては、附載した室伏氏の調査論文に言及のある、朱による声点に注意されたい。同論文の表1［声点］（241頁）に、1行目「うゐかうふり」・4行目「なまめい」・6行目「かいまみ」の声点の内容が表示されている。

一、この部分の掲載を許された学習院大学に厚く御礼を申し上げる。

平成十九年十二月

永井和子

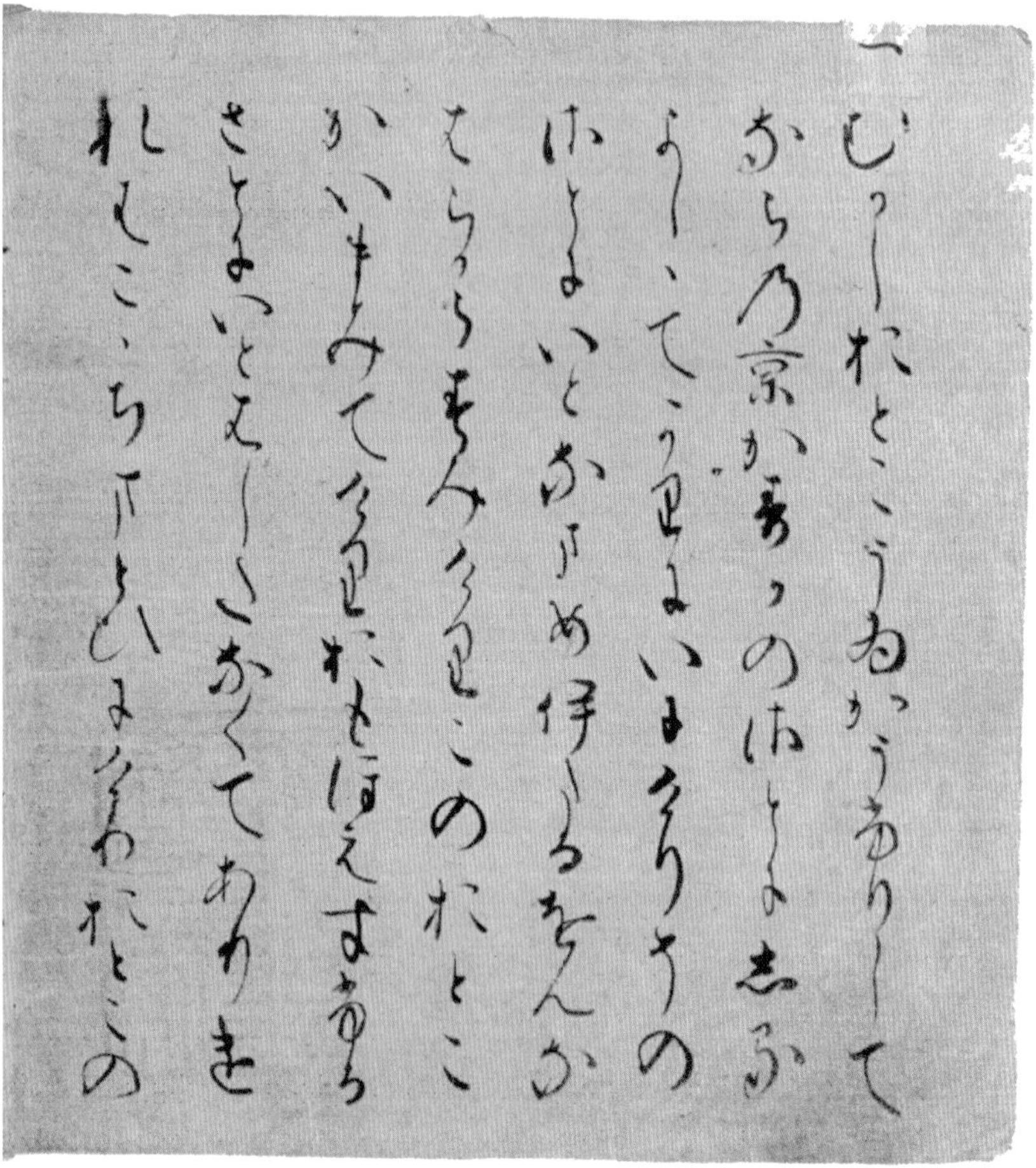

一むかしおとこうゐかうふりして
ならの京かすかのさとにしる
よしゝてかりにいにけりその
さとにいとなまめいたるをんな
はらからすみけりこのおとこ
かいまみてけりおもほえすふる
さとにいとはしたなくてありけ
れはこゝちまとひにけりおとこの

巻頭（１ウ）

きたりけるかりきぬのすそを
きりてうたをかきてやるそのお
とこしのふすりのかりきぬをなむ
きたりける

新古今
かすかのゝわかむらさきのすり衣
しのふのみたれかきりしられす
とおいつきていひやりける
ついておもしろきこととや思ひけん

古今
みちのくの忍もちすりたれゆへに
みたれそめにし我ならなくに

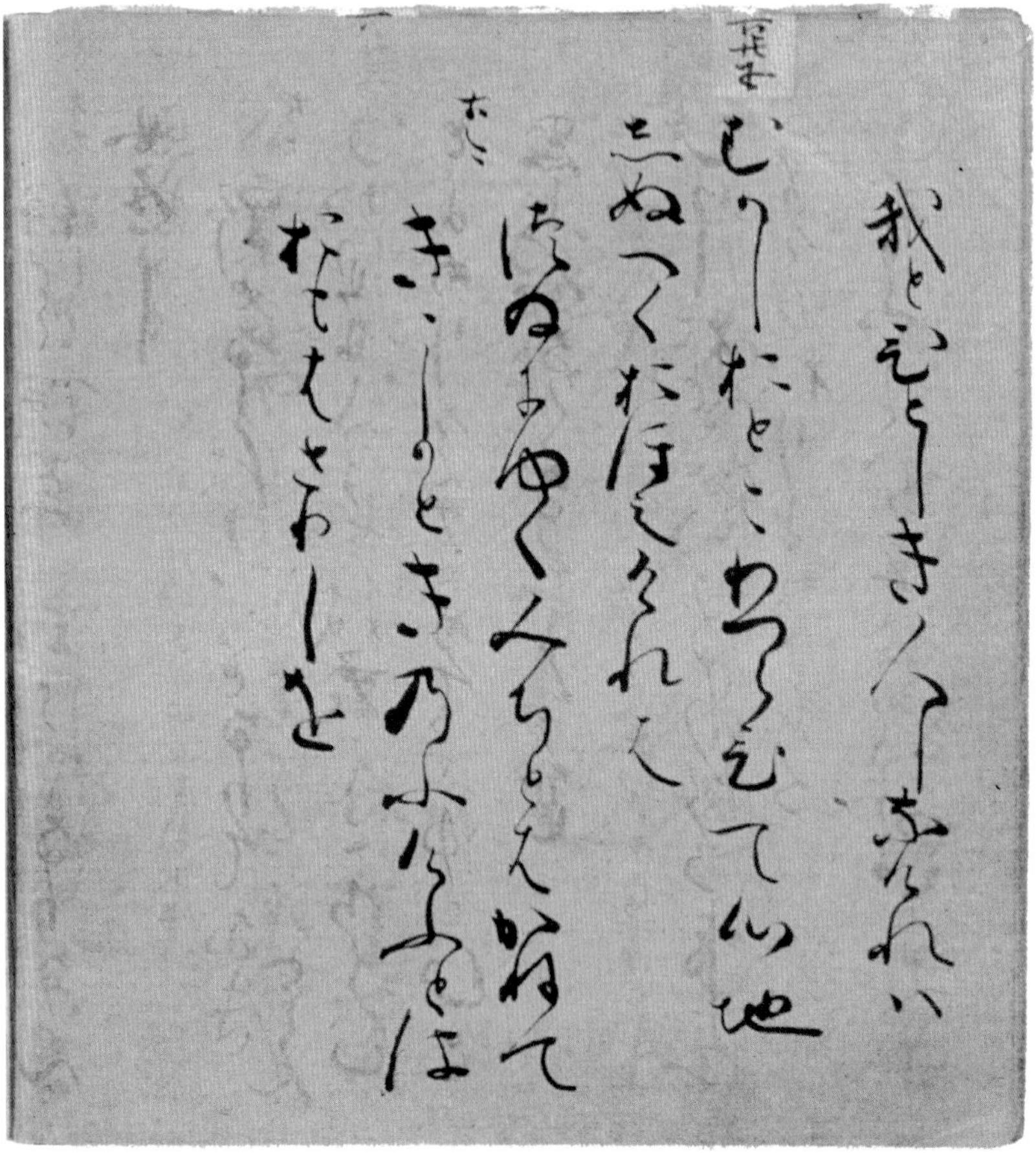

巻末（84ウ）

Ise Monogatari Nagai Kazuko

笠間文庫
原文&現代語訳シリーズ

伊勢物語

永井和子 訳・注

笠間書院

本書『伊勢物語』は、「全対訳　日本古典新書」として一九七八年に創英社から刊行されましたが、これに一部改訂を施し、室伏信助氏による調査論文を附載して、ここに新版として公刊するものです。

はじめに――伊勢物語覚え書

　およそ、この伊勢物語ほど人々に愛され、大切にされている作品は、平安時代の他の物語の中で類を見ない。人間の純粋な愛情を描いた物語であることは、間違いのないところであろう。

　更に、大まかな言い方をあえてするならば、伊勢物語は本質的には男性の文学であるように思われる。男性の本領が、未知への冒険者として、狩人《かりうど》的なものであるとすれば、愛の充足を知らず、永遠に求め続けて彷徨《ほうこう》し、しかも、その一つ一つの愛に心から打ち込むことこそが、男性の側の純粋・誠実というものであろう。大体、平安時代の物語の歴史の中で、男性が男性を主人公として描き切ったものは極めて乏しいと言わねばなるまいが、伊勢物語はそのような数少ないものの一つであろう。この男性が、一たび社会的な現実生活の中に組み入れられれば、その行為はまさに背徳としか言いようがない。従って、伊勢物語はもともと反日常的な、反現実的なところから出発し、現実から逸脱したところで、男性の理想とする男性の解放された自在な姿が描かれているといってよかろう。

　しかし、そうしたものを中核としたこの物語が、時を経るに従って次第に増補されて成立したとすると、そこには別の要素がどうしても加わってくるようである。よく引き合いに出される、六三段の「つくも髪」の老女の話にしても、男性の発想からはユーモアか皮肉以外にないように思われる。

私は、その背後に、ちらっと女性のかげを感じる。女性的、あるいは、男性から見た、女性的発想はこうもあろうか、といった一種の異質なものを強く感じるのである。この物語が成立したといわれる古今集から源氏物語のあたりと言えば、文学の荷《にな》い手が次第に男性から女性の側へと移り変わってゆく時代である。作る側はともかく、享受者の側に女性が存在することも一因となって、伊勢物語も本質的なものから、ある変化を生ぜざるを得なかったのではなかろうかと、ひそかに考えるのである。

当然、女性の考える「誠実」とは、男性のそれとは異なるであろう。きびしく他を排し、一対一で向き合う強く変わらぬ愛情の絶対性をこそ、女性は求める。従って伊勢物語の本質的な部分と、源氏物語とは、この面からすれば全く異質であり、両者の間には大きな断層があるのではなかろうか。紫式部が、光源氏《ひかるげんじ》を主人公としながら、紫上《むらさきのうえ》などの女性たちに眼《め》を据えるとすれば、光源氏はついには罰を受ける存在となろう。男性に対する女性的把握《はあく》としては当然の結果である。源氏物語が、伊勢物語的な男性のあり方を容認しない以上、その男性像は変型せざるをえない。「光源氏」として深化はとげたが、伊勢物語の「男」とは根本的に異なるようである。むしろ、伊勢物語の中の女性的部分が、長篇《へん》物語としての源氏物語の中にどのように連らなってゆくかが問題であろう。

伊勢物語の女性たちも、かなり自由に、男性のあるべき姿をやはり情熱的な冒険者として認識していると言えるようである。男性・女性ともに、お互いのありようを、よく承知しつつ、異質であるがために微妙な陰影を持つお互いのやりとりを、対等に楽しむという余裕こそが、伊勢物語の言う「みやび」というものではなかろうか。こうした軽妙洒脱《しゃだつ》なあそびの精神は、やはり「歌」といった詩によってしか表現できない世界であろう。磨《みが》き抜かれたその世界には、良なるものをはっきり良とし、あたかも良なるがごとくして非なるものを峻別《しゅんべつ》するはげしいきびしさがある。男性・女性ともに本質的なものを素直に、自在に向き合わせるほど純粋な美しさはあるまい。

このような反現実的なものを、伊勢物語は歌物語という短篇を集成することによって獲得している。主人公はあくまで「男」であって、しかも、その男は同一人であり、同時に同一人ではない。こうした方法には当然限界も、甘さもあるが、平安時代の文学の原型というものを見る思いがする。

この物語の歌について見れば、おもしろいことに、どんなにすばらしい愛の話でも、そこに歌がなければばこの物語に登場する資格はない。逆に、すぐれた歌さえあれば、話はあとから加わってくる。この物語は、このように、「歌」と「散文」とのたぐいまれなひびき合いから成り立っているのであるが、必ずしもこの二つは「事実」として結びついたまま登場するものではない。歌を中心として場を設定したり、別の場でよまれたものをはめ込んだり、時間的にも空間的にも、自在な操作が見られる。すなわち、これはあくまでも「事実」の集成ではなくして、「物語」という、人間の一つのなまましい営為なのである。従って事実と、この物語の叙述との比較は、当然なされなくてはならないものの、それによって、この物語の性格や、ひいては物語全般にかかわる問題へと発展し得る方向に、向かって行かなくてはならないであろう。

ここに登場する「男」は、業平《なりひら》であるかどうかはおくとして、決して勝者ではない。むしろ、男のはげしい競争の世界からはみ出した人物であるらしい。その挫折《ざせつ》の中で残されていた手段は「歌」であった。比類のない純粋さを、言葉の背後にひそむものを、あるいは場の呼吸を老獪《ろうかい》なまでにのみこんだ鋭い才気を、歌によって示しうる当代第一の男、それが主人公なのであった。それほど文化としての「歌」の力と「ことば」とを信じていた時代の話なのである。というよりも、現実からそうした世界を掬《すく》い上げて構築した作品と見るべきであるかもしれない。

私は、この物語の、こうした抜き差しならぬ歌や文章を一つ一つたどりながら、自分の貧しいことばを心から恥じる思いしきりであった。それにしてもこの物語にはわからないことが多過ぎる。題名や作者、成立にしてもそうだし、一つ一つの話やことばには、もう少し正確に追いつめられないものかといったもどかしさが常につきまとう。このわからなさには、虚心に、まともに向き合う必要があろうし、事実、学問的にも客観的にも、この謎を解くべく次第に追求が進められている。しかし、本文を読みに読みぬいて、しかも、最後には、直感でしか読めないのがこの物語であろうと思うのである。

昭和五十三年二月

永井　和子

復刊にあたって

本書は三省堂書店内の創英社から昭和五十三年に刊行した、永井和子訳・注による「全対訳　日本古典新書　伊勢物語」を復刊したものである。復刊を許可された創英社に厚く御礼申し上げたい。当時から現在までの三十年間に伊勢物語研究は長足の進歩を遂げ、テキストとしての刊行の意味はなさそうであるが、あるとすれば歌の現代語訳にやや新味があること位であろうか。

本書には願ってもない付録がある。筆者が現在も籍を置く学習院の所蔵本を当時直接に披見して底本とし得たことは誠に幸いであったが、仔細に見れば不十分であり、インターネットによる公開によっても不明な部分が存在する。そこで室伏信助氏にお願いして氏の御論文「学習院大学蔵　伝定家自筆天福本『伊勢物語』本文の様態」を収録させて頂くこととしたのである。「学習院大学国語国文学会誌　第45号」(平成十四年三月発行)に掲載されたもので、まさに本書の華といってよい。室伏氏は平成十二年度に学習院大学大学院の講師をつとめられ、その講義において当該写本を院生とともに直接閲覧し「微視的」に調査された。その結果写本には「声点や訂正・補入を含めた書き込みが数多く存在し、なかには貼紙でなされたものもある」ことを指摘され、その一端を精密に整理して報告されたのが本論文である。「市販されている教材(永井注　注釈書の底本・影印本等)がいかに原本と距離があるかを痛感した」と述べておられるので是非参考とされたい。掲載を快諾された室伏氏ならびに当時の七名の院生諸氏に厚く御礼申し上げる。

研究の深化と進展とともに秀逸な新しい注釈書・研究書も多数刊行されており、また生き生きとした現代語訳も多い。当然解説の末尾に追加すべきであるが、紙幅の関係で補うことをせず当時のままとした。私の伊勢物語観も根本的には変らぬものの年月とともに些かの変化もあり、もう一度触れたいという儚い夢をえがく。本書を、その夢の初発部分として把握していただければ幸いである。

平成十九年十二月

永井　和子

凡　例

一　本書は伊勢物語の読みやすい本文と、平明な口語訳とを提供することを目的として執筆した。

一　本書の本文は、学習院大学国文学研究室蔵三条西家旧蔵本を底本とした。

一　読解の便宜上、仮名づかいの誤りや送り仮名の不備を正し、仮名に漢字を当てた。また、送り仮名を統一し、句読点・濁点をほどこし、会話の部分は「　」でくくった。

一　脚注は通読の便を考え、わかりにくい個所や疑わしい個所に重点をおいてほどこした。元来この物語では、既存の歌を組み合わせて、一段を構成したり、既存の歌を、全く異なった事情のもとに作られた歌のように、語ったりしていることが多いので、文にも歌にも、さまざまの解釈が成り立ち得ることがある。こうした点にも留意して説明を加えた。

一　この物語には、全部で二〇九首の歌が含まれている。このうち、第一段の「陸奥《みちのく》のしのぶもぢずり」の歌と、八七段の「あしの屋のなだの塩焼き」の歌は、作中人物のよんだ歌ではなく、注記的なものであるが、その二首を含めて全部の歌の末尾に、算用数字で通し番号をほどこした。口語訳のページにある、もとの歌についても同様である。

一　口語訳は、不自然でない限り、なるべく原文に忠実にほどこした。歌の口語訳については、解釈であると同時に、歌のもつことばの美しさや、韻文としてのリズムをそこなわないように意を用いた。もとより及ぶところではないが、気持ちをお汲みいただければ幸いである。

一　巻頭の口絵、及び本文の最初の部分のさし絵、巻末の奥書等には、本書の底本である学習院大学蔵本の写真を掲げた。撮影ならびに掲載をお許しくださった学習院大学図書館、同研究室に対して、厚く御礼を申し上げる。

一　さし絵のうち、はじめの四図は巻頭の初段〜五段の途中まで、あとの四図は巻末の一一五段の途中〜一二五段までを掲げた。参看のために添えた写真の下の本文は、底本のままではなく、本書の該当部分に応じた本文である。

一　巻末には、「底本の勘物《かんもつ》と奥書《おくがき》等」「解説」「系図」「和歌初句索引」を添えて参考とした。

一　この書を成すにあたり、多くの先達の御著書を参考とさせていただいた。学恩に対し、深く感謝申し上げる。また、共著者として笠間書院昭和四十三年発行の「校註伊勢物語」を通じ、いろいろお教えを賜わった学習院大学教授松尾聰先生、及び出版に際し熱意をこめてお世話くださった創英社の桜井明氏、源内正氏に心からなる御礼を申し上げたい。

昭和五十三年二月　　　　永井　和子

目次

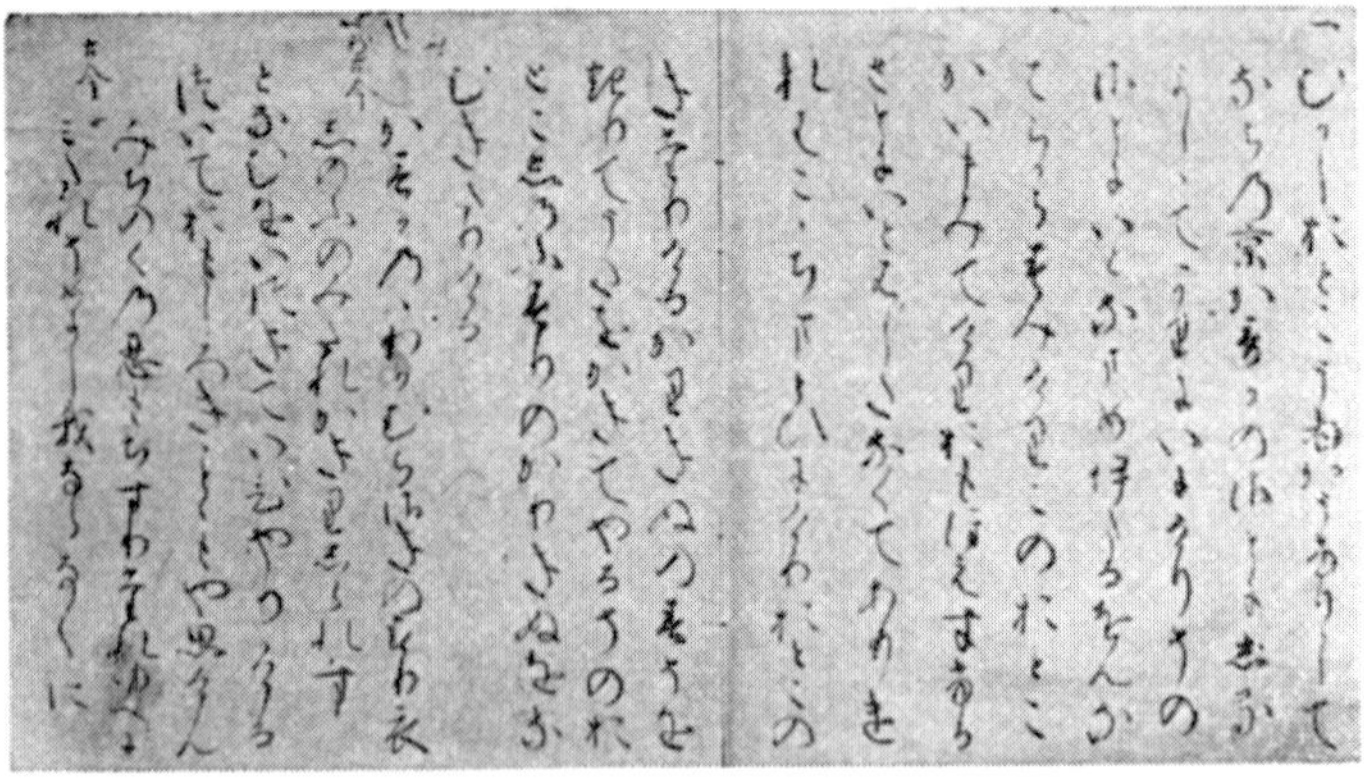

一　むかし、をとこ、初冠《うひかうぶり》して、奈良《なら》の京、春日《かすが》の里に、しるよしして、狩にいにけり。その里に、いとなまめいたる女はらから住みけり。この男かいまみてけり。おもほえず、古里にいとはしたなくてありければ、心地まどひにけり。をとこの、着《き》たりける狩《かり》衣《ぎぬ》の裾《すそ》をきりて、歌を書きてやる。その男、しのぶずりの狩衣をなむ着たりける。

　春日野のわか紫のすり衣しのぶのみだれかぎり知られず

となむ、おいづきていひやりける。ついで面白きことともや思ひけむ。

　陸奥《みちのく》のしのぶもぢずり誰《たれ》ゆゑにみだれそめにしわれならなくに

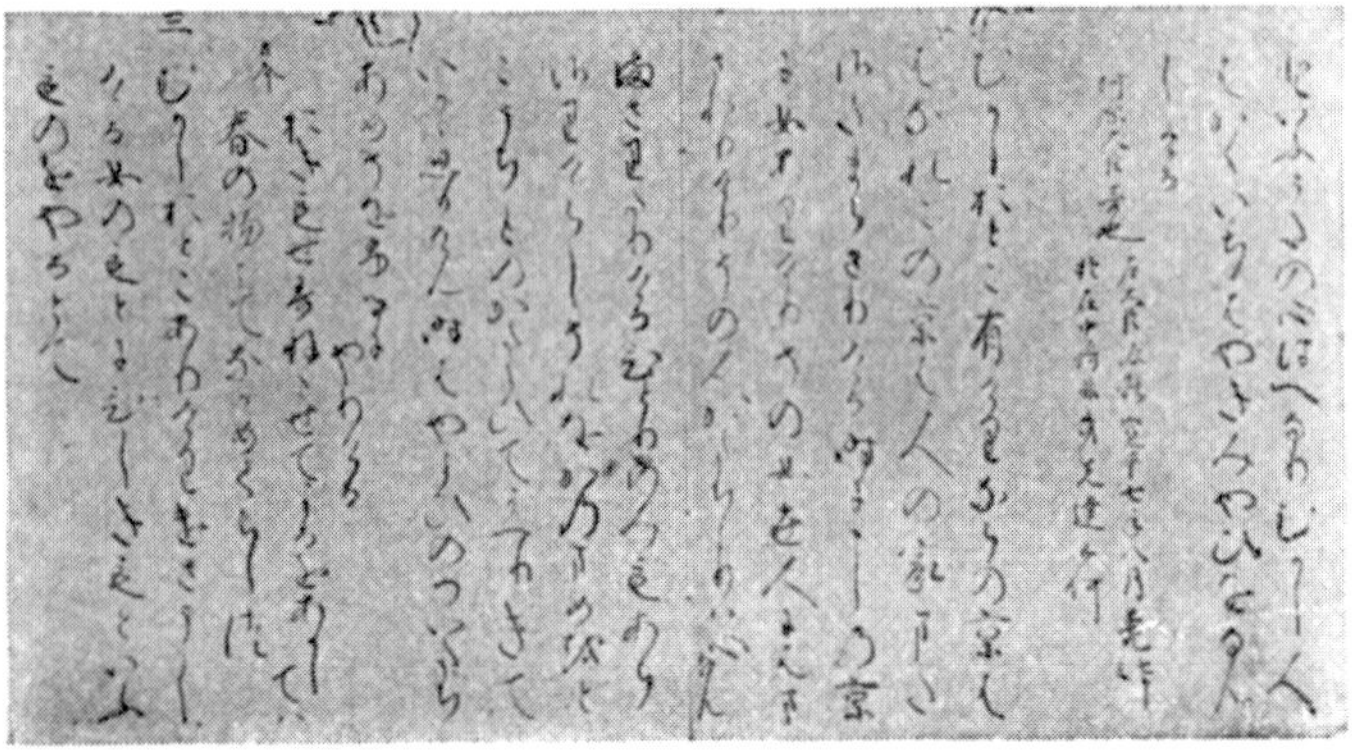

といふ歌の心ばへなり。むかし人は、かくいちはやきみやびをなむしける。

二　むかし、男ありけり。奈良《なら》の京ははなれ、この京は人の家まださだまらざりける時に、西《にし》の京に女ありけり。その女、世人にはまされりけり。その人、かたちよりは心なむまさりたりける。ひとりのみもあらざりけらし。それをかのまめ男、うち物語《ものがた》らひて、かへり来て、いかゞ思ひけむ、時はやよひのついたち、雨そほふるにやりける。

　おきもせずねもせで夜をあかしては春のものとて眺め暮しつ

三　むかし、男ありけり。懸想《けさう》じける女のもとに、ひじきもといふものをやるとて、

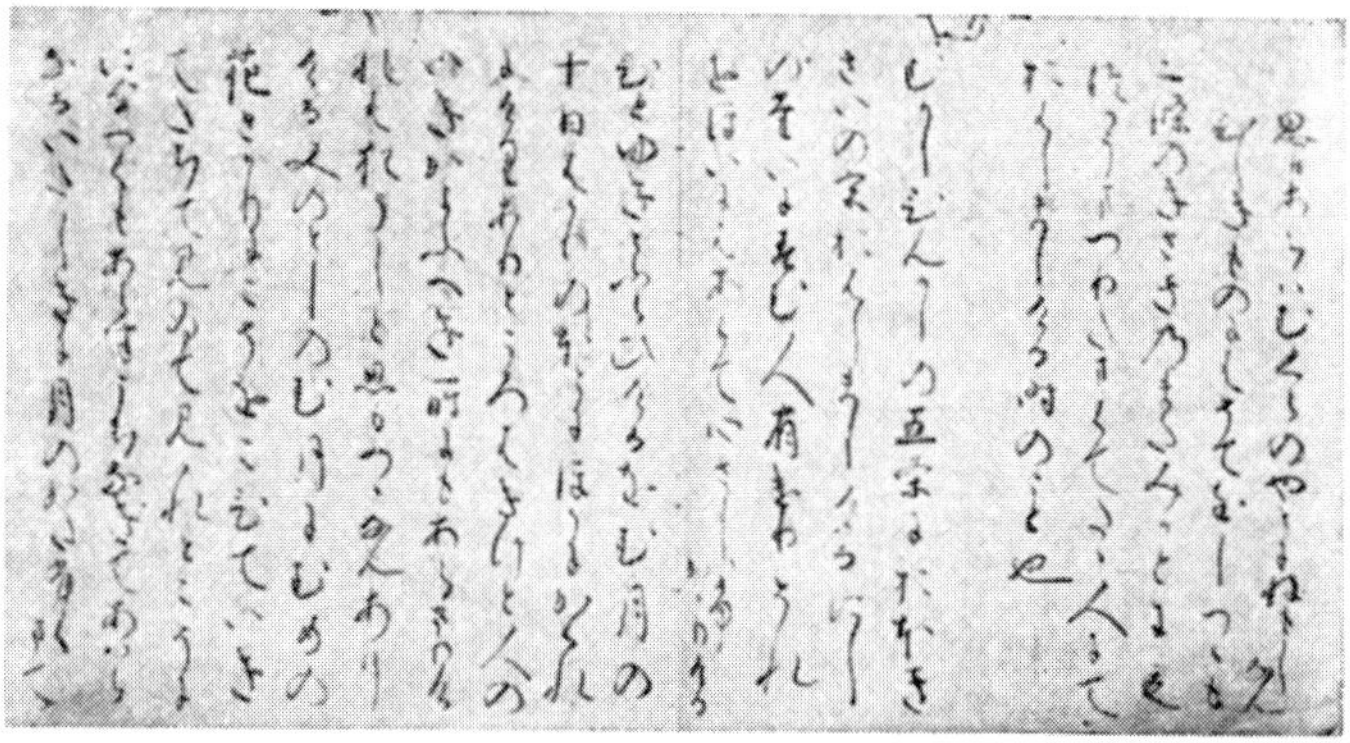

思ひあらば葎《むぐら》の宿にねもしなむひじきものには袖をしつゝも

二条の后の、まだ帝にも仕うまつりたまはで、たゞ人にておはしましける時のことなり

四　むかし、ひんがしの五条に、大后《おほきさい》の宮おはしましける、西の対に住む人ありけり。それをほいにはあらで、こころざしふかかりける人、ゆきとぶらひけるを、正月の十日ばかりのほどに、ほかにかくれにけり。ありどころは聞けど、人のいき通ふべき所にもあらざりければ、なほうしと思ひつゝなむありける。又の年の正月に、梅《うめ》の花ざかりに、去年《こぞ》を恋ひていきて、立ちて見、居て見、見れど、去年に似るべくもあらず。うち泣きて、あばらなる板敷に、月のかたぶくまで

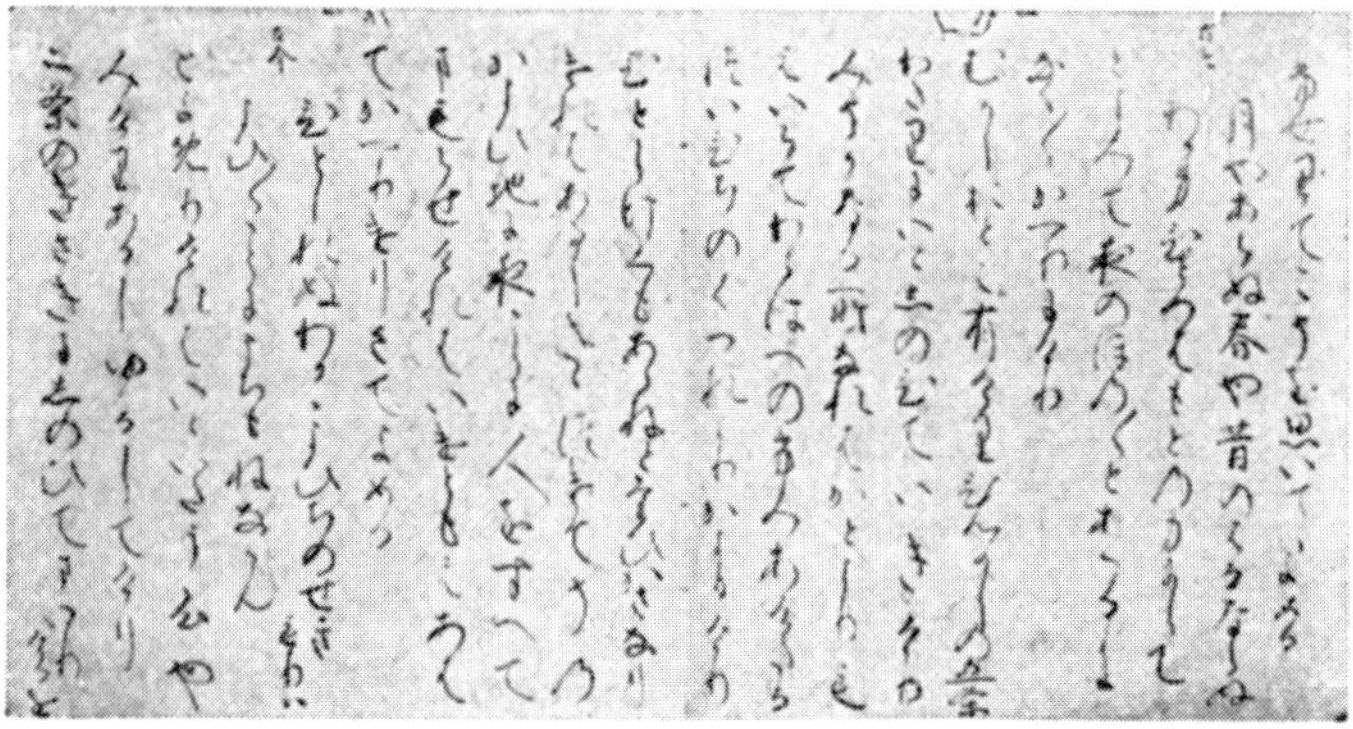

ふせりて、去年を思ひいでてよめる。

月やあらぬ春や昔の春ならぬわが身ひとつはもとの身にして

とよみて、夜のほのぼのと明くるに、泣く泣くかへりにけり。

五　むかし、男ありけり。ひんがしの五条わたりにいと忍びていきけり。みそかなる所なれば、門よりもえ入らで、わらはべのふみあけたる築泥のくづれより、通ひけり。人しげくもあらねど、度重なりければ、あるじ聞きつけて、その通ひ路に、夜毎に人をすゑて、まもらせければ、いけどもえ逢はでかへりけり。さてよめる。

人しれぬわが通ひ路の関守はよひ〳〵ごとにうちも寝ななむ

とよめりければ、いといたう心やみけり。あるじゆるしてけり。二条の后に忍びてまゐりけるを、

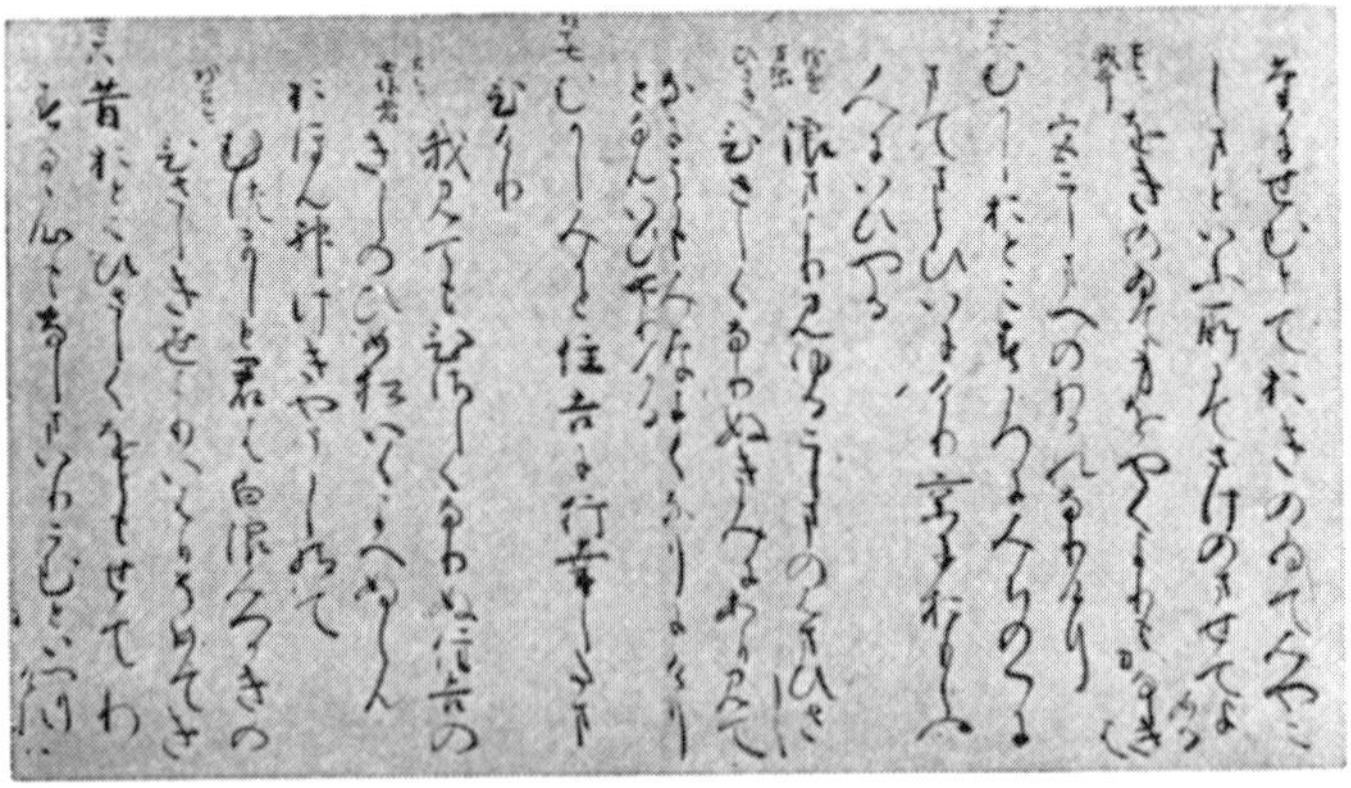

だにせむとて、おきのゐて都島といふ所にて酒飲ませてよめる。

　おきのゐて身を焼くよりも悲しきは都しまべの別れなりけり

一一六　むかし、をとこ、すゞろにみちの国まで惑《まど》ひいにけり。京に思ふ人にいひやる。

「浪間より見ゆる小島の浜びさしひさしくなりぬ君に逢《あ》ひみで

なに事も皆よくなりにけり」となむいひやりける。

一一七　むかし、帝、住吉に行幸し給ひけり。

　我見てもひさしくなりぬ住吉の岸のひめ松いく代へぬらむ

御神現形し給ひて、

　むつまじと君は白浪瑞籬の久しき世よりいはひそめてき

一一八　むかし、男、久しく音もせで、「わする丶心もなし。まゐり来む」といへりければ、

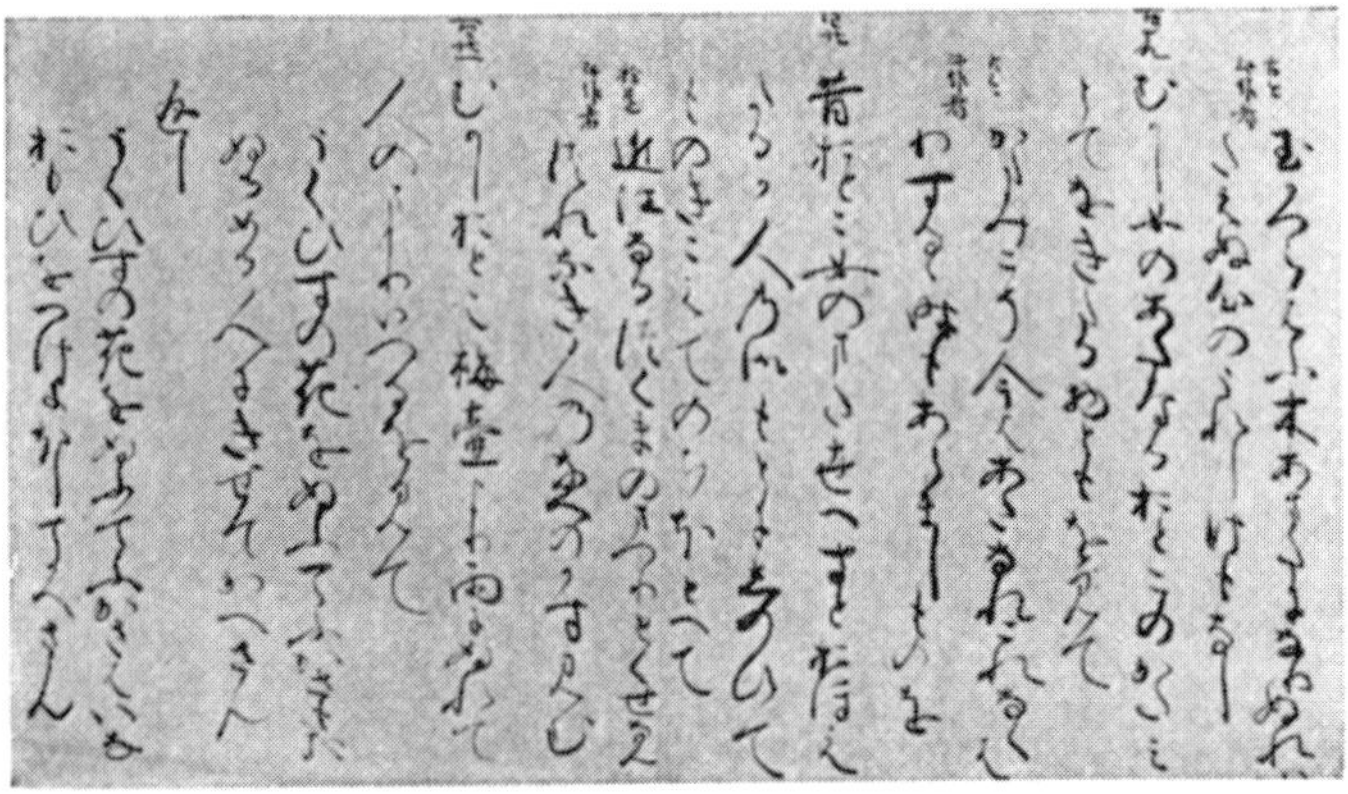

　玉葛はふ木あまたになりぬれば絶えぬこゝろのうれしげもなし

一一九　むかし、女の、あだなる男のかたみとて、置きたるものどもを見て、

　かたみこそ今はあだなれこれなくは忘るゝ時もあらましものを

一二〇　むかし、をとこ、女のまだ世へずと覚えたるが、人の御もとにしのびてもの聞えてのち、ほどへて、

　近江なる筑摩の祭とくせなむつれなき人の鍋のかず見む

一二一　むかし、をとこ、梅壺より雨にぬれて人のまかりいづるをみて、

　鶯の花を縫ふてふ笠もがなぬるめる人にきせてかへさむ

かへし、

　鶯の花を縫ふてふ笠はいなおもひをつけよ乾してかへさむ

19　三条西家旧蔵本の一部

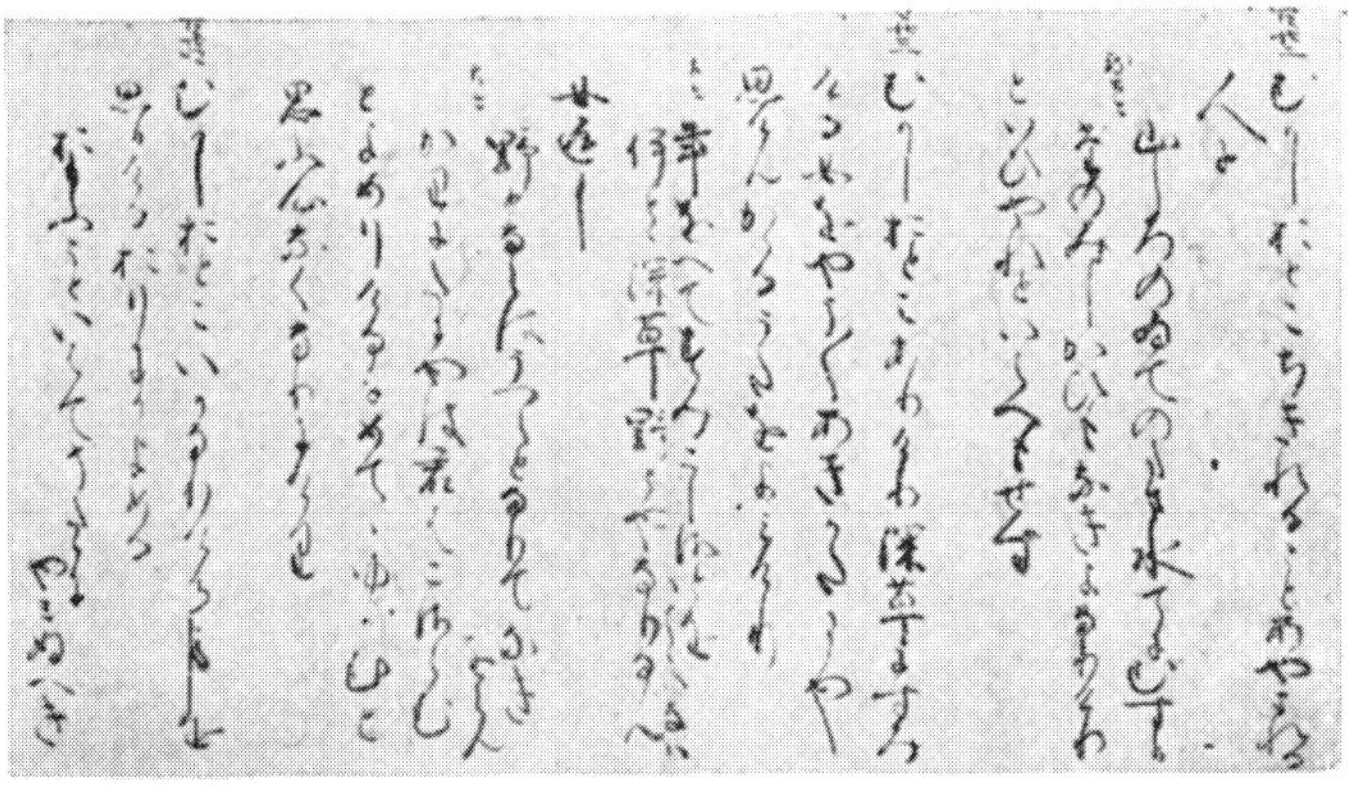

一二二　むかし、男、契れることあやまれる人に、

　山城の井手のたま水手にむすび頼みしかひもなき世なりけり

といひやれど、いらへもせず。

一二三　むかし、男ありけり。深草《ふかくさ》に住みける女を、やう〳〵あきがたにや思ひけむ、かゝる歌をよみけり。

　年を経てすみこし里を出でていなばいとゞ深草野とやなりなむ

女、かへし、

　野とならば鶉《うづら》となりて鳴きをらむ狩にだにやは君はこざらむ

とよめりけるにめでゝ、ゆかむと思ふ心なくなりにけり。

一二四　むかし、をとこ、いかなりけることを思ひける折にかよめる。

　思ふことといはでぞたゞに止みぬべき

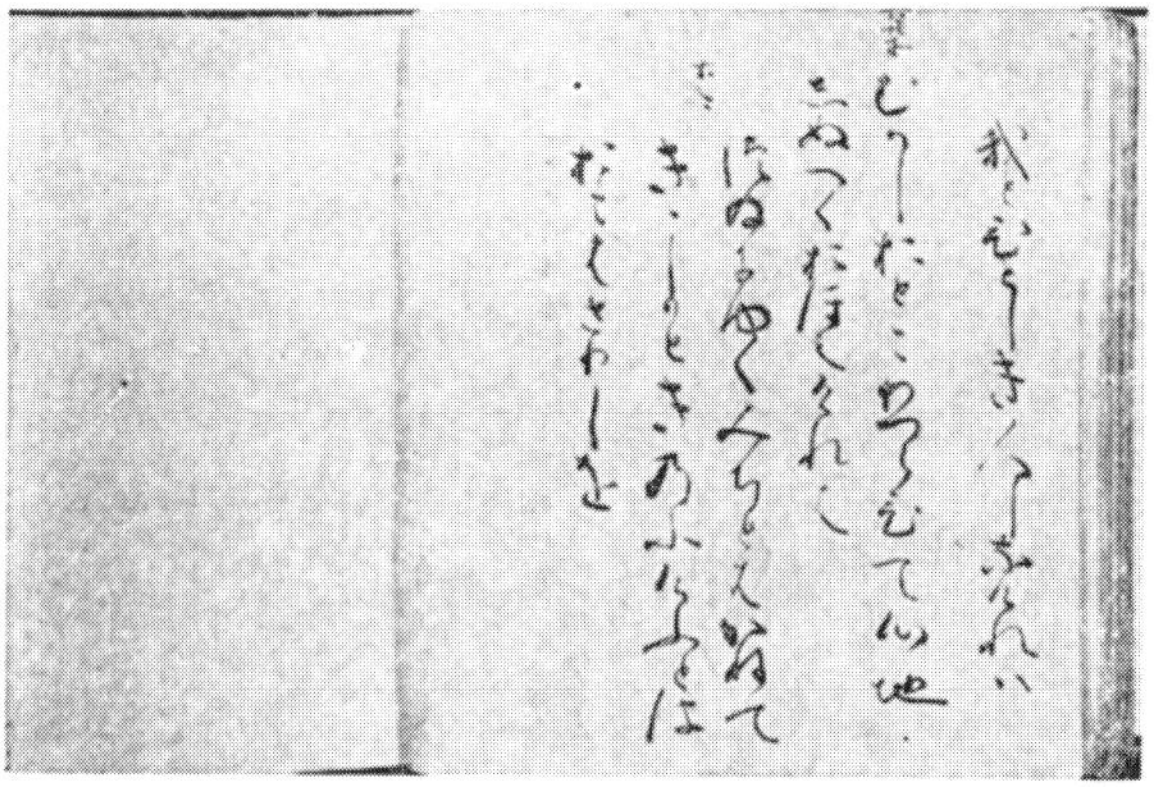

我とひとしき人しなければ

一二五　むかし、をとこ、わづらひて、心地死ぬべくおぼえければ、

　つひにゆく道とはかねて聞きしかどきのふけふとは思はざりしを

伊勢物語

第一段

一むかし、をとこ、二初冠《うひかうぶり》して、奈良《なら》の京、三春日《かすが》の里に、四しるよしして、五狩にいにけり。その里に、いと六なまめいたる女はらから住みけり。この七男かいまみてけり。おもほえず、八古里にいと九はしたなくてありければ、心地まどひにけり。一〇をとこの、着《き》たりける一一狩衣《かりぎぬ》の裾《すそ》をきりて、歌を書きてやる。その男、一二しのぶずりの狩衣をなむ着たりける。

一三春日野のわか紫のすり衣しのぶのみだれかぎり知られず(1)

となむ、一四おいづきていひやりける。一五ついで面白きこととも思ひけむ。

一 この物語は一二五段のうち、第一七段を除いて、すべて「むかし」で始まっている。 二 男子が成人して始めて冠《かんむり》をつけること。元服。臣下は十五、六歳が普通。 三 現在の奈良市春日野のあたり。 四 「しる」は領有する意。 五 普通鷹《たか》狩りと解するが、広く狩猟とみてよかろう。 六 「なまめく」は優雅な態度を示すこと。 七 「垣間《かいま》見る」で、物の透き間から、中をのぞくこと。こうしたことから恋が始まる。 八 かつて都であった土地、すなわち奈良。 九 「はしたなし」は中途半端な状態。古都と優雅な姉妹との不調和をいう。 一〇 「をとこの」の「の」は解きにくい。主格助詞と見て、下に「ことよ」を補って解くか、あるいは「をとこの」を「着たりける狩衣」だけにかかると見るべきか。 一一 狩りの折に用いた行動に楽な服。のちに、男子の平常服となる。 一二 「忍草」で摺《す》りつけた乱れ模様。一説「忍草」の形を摺った模様。 一三 上の句は「しのぶのみだれ」の序詞であるが、同時に若若しさを暗示する。「古今六帖」第五。 一四 底本表記「をいつき」であるため「追ひ付く」「追ひ継ぐ」「老いづく」などの解がある。仮に「老いづく(ませた態度で)」と見る。 一五 作者の推測。ただし、この一句解きにくい。一説、「思う」のは姉妹。

伊勢物語

第一段

むかし、ある男が、元服して、奈良《なら》の都の、春日《かすが》の里に、自分の領地がある縁で、狩りに出かけた。その里に、とても優雅な美しい姉妹が住んでいた。この男は、その姉妹をのぞき見した。思いもかけず、こんな古い里に、全く不似合いな美しさだったので、男の気持ちはすっかり動揺してしまった。男は着ていた狩衣《かりぎぬ》のすそを切り取って、歌を書いておくった。その男は、しのぶずりの狩衣を着ていたのだった。

春日野のわか紫のすり衣しのぶのみだれかぎり知られず(1)

春日野に萌《も》えそめる紫草そのままの
若く美しいあなた方を見て
その紫草の根ずり衣のしのぶ模様のように
あなた方を恋いしのぶ心の乱れは
ああ、果てもないのです

と、大人びた口調で詠んでおくった。ちょうどしのぶずりの狩衣を着ていたという、事のなりゆきに、男は心の明るいはずみを感じたのでもあろう。

一陸奥《みちのく》のしのぶもぢずり誰《たれ》ゆゑにみだれそめにしわれならなくに(2)

といふ歌の心ばへなり。むかし人は、かくいちはやき二みやびをなむしける。

第二段

むかし、男ありけり。奈良《なら》の京ははなれ、三この京は人の家まださだまらざりける時に、四西《にし》の京に女ありけり。その女、世人にはまされりけり。その人、かたちよりは心なむまさりたりける。ひとりのみもあらざりけらし。それをかの五まめ男、六うち物語《ものがた》らひて、かへり来て、七いかゞ思ひけむ、時はやよひのついたち、雨そほふるにやりける。

八おきもせずねもせで夜をあかしては春のものとて眺《なが》め暮しつ(3)

第三段

むかし、男ありけり。懸想《けさう》じける女のもとに、九ひじきもといふものを

一 初二句は「みだれ」の序詞。「しのぶ」は「陸奥信夫《しのぶ》郡」と「忍摺《しのぶずり》」をかける。古今集、恋四、河原左大臣(源融)。 二 「みやび」は「宮び」で、「鄙《ひな》び」に対する。高雅な振る舞いをする意。ここは「みやび」にではなく、「いちはやき」に重点があるものと見る。 三 平安遷都は延暦十三年(七九四)。 四 京都の西の半分。低湿地であったため、東の京に比べてさびれていた。 五 「まめ」は誠意のあること。「かのまめ男」という表現は特定の「男」を主人公として意識したものであろう。 六 話し込んで、自分の意に従わせる意から、契りを結ぶことか。この語の用例が少ないので、わかりにくいが、単に話をする意とみる説もある。 七 どこにかかるか諸説がある。「女」が独身でもなかったらしいことと関係があるか。 八 「眺め」(物思いにふける)に「長雨」をかける。女と過ごした夢うつつの夜をよんだもので、帰宅しても夢からさめ切らずに後朝《きぬぎぬ》の歌さえ作れなかった、という歌と解すべきか。歌を独立したものとして見れば、数日何らかの懊悩のうちにあった折の詠と考えられる。いずれにせよ、十分事情は説明し切っていないが、姿も調べも美しい歌である。古今集、恋三、業平。 九 「ひじき藻《も》」で、海草のひじきのことといわれている。当時、海産物は珍重されたものであろう。

この歌は、

陸奥《みちのく》のしのぶもぢずり誰《たれ》ゆゑにみだれそめにし
われならなくに(2)

奥州《おうしゅう》の信夫《しのぶ》の里を思わせる
しのぶもじ摺《ず》りの乱れそのままに
私がこうして乱れ初《そ》めたのは
あなたのほかのだれのせいでもありませんのに

という歌の趣向なのである。昔の人は、このように、同じ風流とはいってもすばやい、打てばひびくような風流をやってのけたのだ。

第二段

むかし、男があった。奈良《なら》の京から都は移り、この平安京は人家がまだ整っていなかった時に、その西の京に女が住んでいた。その女は、並《な》みの女よりは優れていた。その女は、容姿が優れているというよりは、心がまさっていたのであった。いろいろと通《かよ》って来る男がいないわけでもなかったらしい。その女に、あのまめ男が親しく言い交わして、家に帰って来た後で、いったいどう思ったのであろうか、時は三月の初め、春雨がしとしと降る折から、歌をおくった。

おきもせずねもせで夜をあかしては春のものと
て眺《なが》め暮しつ(3)

起きるともなく寝るともなく
夢のように、一夜を明かして
昼は昼でまたぼんやりと
春にはつきものの長雨を
ながめ暮らしてしまったのです

第三段

むかし、男があった。思いをかけた女のところに、「ひじきも」というものをおくるということで、

やるとて、

[一]思ひあらば葎《むぐら》の宿にねもしなむひじきものには袖《そで》をしつゝも(4)

[二]二条の后《きさき》の、まだ帝《みかど》にも仕うまつりたまはで、たゞ人にておはしましける時のことなり。

第四段

むかし、[三]ひんがしの五条に、[四]大后《おほきさい》の宮おはしましける、[五]西の対《たい》に住[六]む人ありけり。それをほいにはあらで、[七]こころざしふかかりける人、ゆきとぶらひけるを、正月《むつき》の十日ばかりのほどに、ほかにかくれにけり。ありどころは聞けど、[八]人のいき通ふべき所にもあらざりければ、なほうしと思ひつゝなむありける。又の年の正月に梅《うめ》の花ざかりに、去年《こぞ》を恋ひていきて、立ちて見、居て見、見れど、去年に似るべくもあらず。うち泣きて、[九]あばらなる板敷に、[一〇]月のかたぶくまでふせりて、去年を思ひいでてよめる。

一 「思ひあらば」の主体は、自分とも相手の女とも、一般的に言ったものとも解せようが、物語の中の歌としては、女とみるのがふさわしい。「葎の宿」はつる草の生い茂るあばらや。「引敷物《ひじきもの》(敷物の意という)」に「ひじき」をかける。「思ひ」の「ひ」に「火」をかけるか。大和《やまと》物語、一六一段。 二 以下は後の注記か。「二条の后」は藤原長良の女。高子《たかいこ》。清和帝の后、陽成帝の母。女御となったのは、三代実録によると貞観八年(八六六)、二十五歳。 三 京の東半分の五条通り。 四 皇太后または太皇太后。この場合は仁明天皇の后、文徳天皇の母順子。 五 寝殿の西の対の屋。 六 二条の后高子を暗示。 七 各説あるが仮に「(相手の家から歓迎されず)自分の思うような状態ではなくて」の意で、「ゆきとぶらひける」にかかるものと解する。 八 これを二条の后の話としてよむと「人の云々」は宮中などをさすことになる。 九 「戸・障子などのない」「荒れた」「目のあらい」などの各説があるが、仮に人が住まずに戸障子など取り払ってがらんとした、の意と見る。 一〇 板を敷いた室内の床、または縁側。

思ひあらば葎《むぐら》の宿にねもしなむひじきものには袖《そで》をしつゝも(4)

あなたに思う心があるならば
葎の茂る家にでも寝てほしい
ひじきものには
袖をそれにしながらも

二条の后《きさき》が、まだ帝《みかど》にもお仕え申し上げにならないで、普通の身分でいらっしゃった時のことだ。

第四段

むかし、東の京の五条に、皇太后宮《こうたいごうぐう》がおいであそばした、そのお邸《やしき》の、西の対《たい》に住んでいる女があった。その女を、思いの深かった男が、自分の思いどおりにはいかなかったものの、しきりに訪れていたところ、正月の十日ばかりのころに、女はよそに隠れてしまった。いる所は聞いてわかったけれど、そこは、普通の人が自由に行き来のできる所でもなかったので、やはり苦しいと思いながら過ごしていた。次の年の正月に、梅の花ざかりに、去年を恋しく思って、東の五条に行って、立って見たり、坐《すわ》って見たり、あたりを見るけれど、去年と似ているはずもない。泣いて、がらんとして荒れた板敷に、月が西に傾くまでふせって、去年のことを思い出してよんだ。

一月やあらぬ春や昔の春ならぬわが身ひとつはもとの身にして(5)

とよみて、夜のほのぼのと明くるに、泣く泣くかへりにけり。

第五段

むかし、男ありけり。ひんがしの五条わたりにいと忍びていきけり。みそかなる所なれば、門《かど》よりもえ入らで、わらはべのふみあけたる二築泥《ついひぢ》のくづれより、通ひけり。人しげくもあらねど、度重なりければ、あるじ聞きつけて、その通ひ路に、夜毎《ごと》に人をすゑて、まもらせければ、いけどもえ逢《あ》はでかへりけり。さてよめる。

三人しれぬわが通ひ路の関守はよひよひごとにうちも寝ななむ(6)

とよめりければ、四いといたう心やみけり。あるじゆるしてけり。二条の后《きさき》に忍びてまゐりけるを、世の聞えありければ、五せうとたちの六まもらせ

一　業平の代表的な秀歌として名高く心にせまるものを持つ歌。ただし、「や」を反語と見るか疑問と見るかなど、古来さまざまの解がある。仮に反語と見て、女を失った身にとっては自然までが異質のものに感じられ、まるで取り残されてしまった思いがする、といった気分をよんだものと見る。古今集、恋五、業平。詞書《ことばがき》はこの段に似る。

二　「つきひぢ」の音便。土を積み上げて作ったへい。崩れやすい。

三　「関守」は恋の通い路を通すまいとする番人をたとえたもの。「よひ」は夜男が通って来るころ。通る時だけでも寝てほしい、というのである。「寝ななむ」の上の「な」は、完了の助動詞「ぬ」の未然形。「なむ」はあつらえ、希望をあらわす助詞。古今集、恋三、業平。詞書はこの段に似る。

四　男の歌を知って、女は懊悩《おうのう》する。

五　「せうと」は女から男の兄弟をさす。具体的に言えば、二条の后高子の兄である藤原国経《つね》・基経《もとつね》らをいうのであろう。

六　「せ給」の「す」は尊敬とも使役とも考えられるが、前に「まもらせければ」とあったのと関連させれば、使役とした方がよかろう。

月やあらぬ春や昔の春ならぬわが身ひとつはもとの身にして(5)

月はいったい昔の月ではないのか
春はいったい昔の春ではないのか
すべて変わってしまったような
このむなしさ
わが身だけはもとのままの身でとり残されて

とよんで、夜がほのぼのと明けるころに泣く泣く帰って来た。

第五段

むかし、男があった。東の京の五条あたりに、ひそかに人目を忍んで行った。こっそりと行く秘密の場所なので、堂々と門から入ることもできず、子供たちが踏んであけた土塀《べい》のくずれたところから、通《かよ》って行った。人がそういつも頻繁《ひんぱん》に出入りする所でもないけれど、男の訪れが度重なったために、邸《やしき》の主人が聞きつけて、その通い路に、夜ごと夜ごとに番人をおいて、見張りをさせたので、男は訪れても逢《あ》うことができずに帰って来た。そうしてよんだ歌、

人しれぬわが通ひ路の関守はよひ〱ごとにうちも寝ななむ(6)

人の知らない
私のひそかな恋い路の関守は
その宵、その宵ごとに
しばしの間、どうか寝てしまってほしいものだ

とよんだので、女はひどく悲しんで心を痛めた。邸の主人は、男の通うのを許した。これは二条の后《きさき》のもとにこっそり参上したのを、世間にうわさが立ったの

給ひけるとぞ。

第六段

むかし、男ありけり。女のえ得《う》まじかりけるを、年を経て[一]よばひわたりけるを、からうじて盗み出《い》でて、いと暗きにきけり。[二]芥川《あくた》といふ河を率《ゐ》ていきければ、草のうへにおきたりける露を、「かれは何ぞ」となむ男に問ひける。[三]ゆくさきおほく、夜もふけにければ、[四]鬼ある所とも知らで、[五]神さへいといみじう鳴り、雨もいたう降りければ、[六]あばらなる蔵に、女をば奥におし入れて、をとこ弓・[七]胡簶《やなぐひ》を負ひて、戸口に[八]をり。はや夜も[九]明けなむと思ひつゝゐたりけるに、鬼一口に食ひてけり。「あなや」といひけれど、神鳴る騒ぎにえ聞かざりけり。やう〳〵夜も明けゆくに、見れば、率て来《こ》し女もなし。[一〇]足ずりをして泣けどもかひなし。

[一一]白玉かなにぞと人の問ひしとき露とこたへてきえなましものを(7)

[一二]これは、二条の后《きさき》の、[一三]いとこの女御《にょうご》の御もとに、仕うまつるやうにて

一 「よばふ」は「呼ぶ」に継続の意の「ふ」のついた語。呼び続ける、求婚する。 二 大阪府高槻市にある川。淀《よど》川に流れ込む。また、宮中を流れる川、仮空の川ともいうが、これは段の末の「堀河の大臣云々」の記事にひかれての解であろう。 三 行く先の道のりは長く、の意か。 四 荒れた古い家には鬼が住んでいるという。 五 雷をさす。 六 この「あばら」にも「荒れた」「戸障子などのないがらんとした」の二説がある。仮に後者のように考えた。 七 矢を入れて背負う道具。 八 低い姿勢で坐る。女を守る形。 九 「なむ」は未然形に続き、あつらえをあらわす助詞。 一〇 足を地面にすりつけて、嘆き悲しむさま。取り返しのつかない状態になったことを強く悔む場合の動作。 一一 「白玉」は真珠。本来は涙を白玉と見立てて、露のようにはかなく消えてしまえばよかったのに、という意の歌であろう。この段では女が露を「白玉かなにぞ」とたずねたことにしている。新撰和歌集、恋雑。新古今集、哀傷、業平。第五句「けなましものを」。 一二 以下この話の解説。 一三 藤原良房の女、明子《あきらけいこ》。染殿の后。文徳帝の后、清和帝の母。

で、兄君たちが人にお守らせになったということだ。

第六段

むかし、男があった。とても手に入れられそうにもなかった女を、何年も何年も求婚し続けてきたが、やっとのことで盗み出して、たいそう暗い夜に逃げて来た。芥川《あくた》という川のほとりを、女を連れて行くと、女は草の上に置いている露を、

「あれは何？」

と男にたずねた。行く先は遠いし、夜も更けてしまったので、鬼のいる所とも知らずに、雷までとてもはげしく鳴り、雨も盛んに降ったので、荒れてがらんとした蔵に、女を奥の方に押し込み、男は弓・やなぐいを背負って、戸口にひかえている。早く夜も明けてほしいものだと思いながら、坐《すわ》っていたところ、鬼が一口に女を食べてしまっていたのだった。

「ああーっ」

と女は叫んだのだが、とどろく雷鳴に男は聞きつけることができなかった。次第に夜も明けて行くので、見ると、連れて来た女がいない。地団太《じだんだ》をふんで泣いたけれども、そのかいもない。

白玉かなにぞと人の問ひしとき露とこたへてきえなましものを(7)

白玉かしら、何かしらと
あの人がたずねたときに
あれは露だよと答えて
私も露のように
消えてしまえばよかったのに

これは、二条の后《きさき》が、いとこに当たる女御《にょうご》の御もとに、お仕えするような形でお住まいだったのを、后の

ゐ給へりけるを、かたちのいとめでたくおはしければ、盗みて負ひて出《い》でたりけるを、御せうと[一]堀河の大臣《おとゞ》、[二]太郎国経《くにつね》の大納言《だいなごん》、まだ[三]下臈《げらふ》にて内へまゐり給ふに、いみじう泣く人あるを聞きつけて、とゞめてとり返し給うてけり。それをかく鬼とはいふなりけり。まだいと若うて后《きさき》の[四]たゞにおはしける時とや。

第七段

むかし、男ありけり。京に[五]ありわびて東《あづま》にいきけるに、伊勢《いせ》・尾張《をはり》のあはひの海づらを行くに、浪《なみ》のいと白くたつを見て、

[六]いとゞしくすぎ行くかたの恋ひしきにうらやましくもかへる浪かな（8）

となむよめりける。

第八段

むかし、男ありけり。京や住み[七]うかりけむ、あづまのかたにゆきて住み所もとむとて、[八]ともとする人、ひとりふたりしてゆきけり。信濃《しなの》の国、

一 長良の子基経。長良の弟良房の養子となり関白太政大臣に至る。昭宣公。三十歳で堀河に住み、「堀河の大臣」と呼ばれる。 二 「太郎」は長男の意。基経の兄であるのにあとに記してあるのは、官位の順に並べたためといわれている。正三位按察大納言で終わった。 三 「臈」は本来、受戒して正式の僧になったのち、九十日間の安居《あんご》を済ませること。僧の席次は、その回数によって決まるので、転じて僧の年功をいう。ここからさらに転じて、一般に地位・階級などをさす。下臈は従って身分の低いこと。 四 一般の、臣下の身分。 五 「……わぶ」は、「……する力がぬける」「うまく……できずに困惑する」などの意。 六 「すぎ行くかた」はすぎはなれて行く京。「うらやましくも」の「うら」に「浦」をかけ、「かへる」に波の寄せ返る意と京へ帰る意をかける。後撰集、羇旅、業平。 七 「……うし」は、「……しにくい」「……したくない」と、自分の不満をこもらせて晴れない気持ちをいう。 八 「とも」は「友」「供」両説ある。九段の「友」は底本も漢字であり、同じ表現であることから、ここも「友」と見てよさそうであるが、逆に漢字と仮名を書き分けたとも見られ、きめ手にはならない。意味の上からみれば「友」が適当であろう。

御容貌《ぼう》が大変すばらしくいらっしゃったので、盗んで背負って逃げて来たのを、兄君の堀河の大臣や、御長男の国経《くにつね》の大納言《だいなごん》が、まだ身分が低くおいでで、宮中に参内《だい》なさる折に、ひどく泣いている人がいるのを聞きつけて、引きとどめてお取り返しになってしまった。それを、このように「鬼」と言うわけである。まだ后《きさき》がとてもお若くて、入内《じゅだい》なさらない前の時のことだとか。

第七段

むかし、男があった。京に暮らす気力も失せて東国に行ったのだが、伊勢《いせ》と尾張《おわり》の間の海岸を行く折に、波がとても白く立つのを見て、

いとゞしくすぎ行くかたの恋ひしきにうらやましくもかへる浪《なみ》かな(8)

ますます強く
過ぎ去って行く都の方が恋しい
そんな時にちょうど、うらやましくも
寄せてはまたもとへ返る白い波よ

とよんだ。

第八段

むかし、男があった。京都は住みにくかったのだろうか、東国方面に行って住む所をさがすということで、友人ひとり、ふたりと一緒に行った。信濃《しなの》の国の、

浅間の嶽《たけ》に、けぶりの立つを見て、

一 信濃《しなの》なる浅間の嶽にたつ煙をちこち人《びと》の見やはとがめぬ(9)

第九段

むかし、男ありけり。その男、身を二えうなきものに三思ひなして、「京にはあらじ。あづまの方に住むべき国もとめに」とて往きけり。もとより友とする人、ひとりふたりしていきけり。道知れる人もなくてまどひいきけり。三河《みかは》の国四八橋《やつはし》といふ所にいたりぬ。そこを八橋といひけるは、水ゆく河の五くもでなれば、橋を八つわたせるによりてなむ八橋といひける。その沢のほとりの木のかげにおり居て、六餉《かれいひ》くひけり。その沢に燕子花《かきつばた》いとおもしろく咲きたり。それを見て、ある人のいはく、「七かきつばたといふ五文字《いつもじ》を句のかみにすゑて、旅の心をよめ」といひければ、よめる、

一 浅間山は長野・群馬の県境にある活火山。七、八段との関連からすれば、東下りの道からは見えない。「見とがむ」は、注意して目にとめること。京近辺では見られない噴煙に接しての驚嘆と郷愁の歌。前後の段から、「自分の恋が見とがめられる」とする解もあるが、本来は浅間山をよんだ素朴な歌であろう。なお佐伯梅友博士によると、「やは……ぬ」は「……しないか、したらいいのに」の意。新古今集、羇旅、業平。 二 「えうなき」は底本表記のままであれば、「要なき」と解される。必要のないもの。一説「用なき」で、世に用いられないもの、の意とする。 三 「……なす」は意識的に……をする意。思い込む、そう思ってしまう。 四 愛知県碧海郡知立市に旧跡が残る。八橋という地名の起こりについては古来説が多いが、この記事の書かれた時には、こうした俗説がすでに行われていたのであろう。更級日記の寛仁四年(一〇二〇)の記事に、「八橋は名のみして橋のかたもなく何の見所なし」とある。 五 蜘蛛の手のように八つに分かれていること。「八」は数の多いことの形容でもある。 六 干した携帯用の飯。湯や水にもどして食する。しかし、この当時はすでに「弁当」の意となっていたものとみられる。 七 五七五七七の頭に「かきつばた」を置く、いわゆる折句。

浅間の山に、煙の立つのを見て、

信濃《しなの》なる浅間の嶽《たけ》にたつ煙をちこち人《びと》の見やはとがめぬ(9)

信濃にある浅間の山に
盛んに立ち昇る噴煙
遠い人も近い人も
これをどうして
目にとめないことがあるだろうか

第九段

むかし、男があった。その男は、わが身を、この世には不要なものときめこんで、「京には住まないつもりだ。東の方面に、住むことのできるところをさがしに」ということで、出かけて行った。古くからの友達ひとり、ふたりと連れ立って行った。道をよく知っている人もいずに、迷い迷い行った。三河の国の八橋《やつはし》という所に着いた。そこを八橋といったのは、沢水《さわみず》が流れている川が、蜘蛛《くも》の手足のように八方に分かれているために、橋を八つ渡してあるから、「八橋」といったのである。その沢のかたわらの木蔭に、馬から降りて坐《すわ》って、乾飯《かれいい》を食べた。その沢に、かきつばたが大変晴れやかにあかるく咲いている。それを見て、ある人が言うには、

「か・き・つ・ば・たという五文字を、それぞれの句の頭において、旅中の思いをよみなさい」

と言ったので、よんだ歌、

[一]唐衣《からごろも》きつゝ馴《な》れにしつましあればはるぐ来ぬる旅をしぞ思ふ（10）

とよめりければ、みな人かれいひのうへに涙おとしてほとびにけり[二]。行き行きて駿河《するが》の国にいたりぬ。[三]宇津《うつ》の山にいたりて、わが入らむとする道はいと暗う細きに、蔦《つた》かへでは茂り、もの心ぼそく、[四]すゞろなるめを見ることと思ふに、[五]修行者《すぎやうじや》あひたり。「かゝる道はいかでかいまする」といふを見れば見し人なりけり。京に、[六]その人の御もとにとて、ふみかきてつく[七]。

[八]駿河なる宇津の山辺のうつゝにも夢にも人に逢《あ》はぬなりけり（11）

富士の山を見れば、[九]五月のつごもりに、雪いとしろう降れり。

[一〇]時しらぬ山は富士の嶺《ね》いつとてか鹿子《かのこ》まだらに雪の降るらむ（12）

一 「唐衣」は唐風の衣で、「着る」の枕詞。主として歌の中の枕詞や序詞に用いられる。「着・なれ・褄・張る張る」などすべて「唐衣」の縁語。「なれにし褄」に「なれにし妻」を、「張る張る」に「遥る遥る」をかける。折句・序詞・縁語・掛詞と、技巧の粋をこらしながら、しかも優しく素直な歌。古今集、羇旅、業平。 二 涙の水分を吸収してふくれてしまった。感涙を流したことをユーモラスに言ったもの。 三 静岡県志太郡と静岡市との間にある山。東海道の難所。宇津の谷峠《とうげ》として現在もその名がある。 四 「すゞろ」は、何のわけもないのにそうなってしまうこと。思いもかけない。 五 一般に助詞「に」は省略されにくいから、「修行者が男にあった」といういう感動をこめた表現と解すべきであろう。 六 思いを寄せているあの方。 七 ことづける。下二段活用他動詞。 八 一、二句は、「うつゝにも」を引き出す序詞。夢で逢わないのは、私を思ってくださらないからでしょう、という気持ちをこめる。新古今集、羇旅、業平。 九 旧暦では夏の盛りなので雪を怪しむ。 一〇 「鹿子まだら」は鹿の子の毛のように点々と雪が残る状態。新古今集、雑中、業平。

唐衣《からごろも》きつゝ馴《な》れにしつましあればはる〴〵来ぬる旅をしぞ思ふ(10)

からごろもを、やわらかく
き馴れるように、馴れ親しんだ
つまが都にあるゆえに
はるばるこんなに遠く来てしまった
たびをしみじみと悲しく思うのです

とよんだので、みんなは、乾飯《かれいい》の上に涙を落して、乾飯がふやけてしまった。さらに旅を続けて、駿河《するが》の国に着いた。宇津《うつ》の山に着いて、自分が分け入ろうとする道はひどく暗くて細い上に、蔦《つた》やかえでが生い茂り、何とも心細く、思いがけないつらい目にあうことだと思っている折も折、修行者《しゅぎょうじゃ》が現れた。

「こんな道にまあ、どうしておいでなのですか」

と言うのを見ると、都で知っている人なのだった。それで都に、あの方の御もとにということで、手紙を書いてことづける。

駿河なる宇津の山辺のうつゝにも夢にも人に逢《あ》はぬなりけり(11)

ここ駿河の国にある
うつの山辺に来てみると、その名のように
うつつにも物さびしくて人の気もなく
夢の中でも
あなたにお逢いできない所なのでした

富士の山を見ると、五月の末であるのに、雪がとても白く降っている。

時しらぬ山は富士の嶺《ね》いつとてか鹿子《かのこ》まだらに雪の降るらむ(12)

時節をわきまえない山は
この富士の嶺《みね》だ
いったい今をいつだと思って
かのこまだらに
雪が降り積もったままでいるのか

その山は、こゝにたとへば、一比叡《ひえ》の山を二十《はたち》ばかり重ねあげたらむほどして、なりは二塩尻《しほじり》のやうになむありける。なほゆきゆきて三武蔵《むさし》の国と下《しも》総《つふさ》の国との中に、いとおほきなる河あり。それを角田《すみだ》河といふ。その河のほとりに四むれゐて、五思ひやれば、かぎりなく、六遠くも来にけるかな、とわびあへるに、渡守《わたしもり》、「はや舟に乗れ。日も暮れぬ」といふに、乗りて渡らむとするに、みな人ものわびしくて、京に思ふ人なきにしもあらず。さる折しも、白き鳥の嘴《はし》と脚とあかき、七鴫《しぎ》のおほきさなる、水のうへに遊びつゝ魚《いを》をくふ。京には見えぬ鳥なれば、みな人見知らず。渡守に問ひければ、「これなむ八都鳥《みやこどり》」といふを聞きて、

九名にしおはゞいざこと問はむ都鳥わが思ふ人はありやなしやと(13)

とよめりければ、舟こぞりて泣きにけり。

第一〇段

むかし、男、武蔵の国まで一〇まどひありきけり。さてその国に一一ある女を

一 比叡山は八四八メートルの高さ。富士山は三七七六メートル。

二 塩田に、砂を山のように円く盛り上げて塚のようにしたもので、これに海水をかけ、乾かして塩をとる。

三 当時は隅田川が両国の境であった。室町時代以後は国境が変わる。

四 主語は旅の一行の人々。

五 空間的、時間的に離れた所をはるかに思うこと。

六 川や海を前にすると、いよいよ都から遠くなるような心細い思いがつのる。

七 シギ科の鳥の総称。秋から春、日本に渡来する。

八 カモメ科のゆりかもめのことという。なお、この辺りの渡守の言葉は旅人に対して必ずしも親切ではない。

九 「名にしおはゞ」は「都という言葉を名前として負い持っているならば」の意。「ありやなしやと」は、無事に生きているかどうか(生存しているかいないか)。古今集、羇旅、業平。

一〇 「まどふ」は混乱して応対の仕方がわからず心が乱れること。「ありく」はあちこち動き回る意。行く先を定めかねて、あちこちと動き回るのである。

一一 在る。住んでいる。

その富士の山は、この京で、もし、たとえるならば、比叡山《ひえいざん》を二十ぐらい積み上げたら、このくらいかといった高さで、かっこうは塩尻《しおじり》のような形をしていた。

さらに、旅を続けて行くと、武蔵《むさし》の国と下総《しもつふさ》の国との間に、非常に大きな川がある。その川をすみだ川という。その川のほとりに集まって坐《すわ》って、都の方に思いをはせてみると、なんと限りもなく遠いところに来てしまったものだなあと、お互いに心細さを嘆いている時に、渡し守が、

「早く舟に乗りなさい。日も暮れてしまう」

と言うので、乗って渡ろうとするのにつけて、皆は何ともわびしくつらく、というのは、みなそれぞれに京に思い慕う人がいないというわけではないのである。ちょうどそんな折に、白い鳥でくちばしと脚とが赤く、鴫《しぎ》くらいの大きさなのが、水の上でたわむれながら魚をとる。京には見られない鳥なので、だれも知らない。渡し守にたずねたところ、

「これが都鳥《みやこどり》だ」

というのを聞いて、

名にしおはゞいざこと問はむ都鳥わが思ふ人はありやなしやと(13)

「都」という名を持っているのならさあきいてみよう、都鳥よ
私の愛する都の人は
おいでか、おいでではないのかと

とよんだので、舟に乗っている人は一せいにみんな泣いてしまったのだった。

第一〇段

むかし、男が、武蔵の国までさまよって行った。そうして、その国に住んでいる女に求婚した。

よばひけり。父はこと人にあはせむといひけるを、母なむ[一]あてなる人に心つけたりける。父はなほびとにて、母なむ藤原[二]なりける。さてなむあてなる人にと思ひける。このむこがね[三]によみておこせたりける。住む所なむ[四]入間《いるま》の郡《こほり》み吉野《よしの》の里なりける。

[五]みよしののたのむの雁《かり》もひたぶるに君がかたにぞよると鳴くなる (14)

むこがね、返し、

[六]わが方によると鳴くなるみよしののたのむの雁をいつかわすれむ (15)

となむ。[七]人の国にても、なほか[八]ゝることなむやまざりける。

第一一段

むかし、男、あづまへゆきけるに、[九]友だちどもに、道よりいひおこせける。

一　上品な人。高貴な人。母からみて「あて」と思われる人なのであろう。
二　当時、藤原氏は高貴の家ということで尊ばれた。地方官の流れを汲むとも、地方の豪族とも考えられる。
三　むこにしようとしている人。むこの予定者。
四　埼玉県坂戸市三芳野をさすといわれるが、はっきりしない。
五　娘の母の歌。「たのむ」は「田の面《も》」の意で、「頼む」にかけたか。「ひたぶる」に「引板《ひた》振る」をかける。引板は鳥を追い払う鳴子。「鳴くなる」の「なる」は伝聞推定の助動詞。古今六帖、六。続後拾遺集、恋三、読人しらず。
六　前の歌に対し、この返しはややおざなりである。古今六帖、六。続後拾遺集、恋三、業平。
七　他国。京都以外の地。
八　「男」についてこうした色好みはやまない、とするのが通説。しかし、ここは「男」より「母」に主導権のある話のようである。こうした風流事は地方でもまだ残存していた、とも解けまいか。
九　元来「たち」は複数にいう接尾辞であり、さらに「ども」が添うのは理に合わぬが、当時すでに、「ともだち」が単数の一語として成立していたものか。

女の父はほかの男と結婚させようと言ったのだが、母の方は、高貴な人にと、こころざしていた。父は普通の身分の人で、母は藤原氏の出であった。そういうわけで高貴な身分の人に、と思ったのだった。この婿《むこ》と決めた男に歌をよんでおくってきた。住んでいる場所は、入間《いるま》の郡《こおり》の、三吉野《みよしの》の里だった。

みよしののたのむの雁《かり》もひたぶるに君がかたにぞよると鳴くなる(14)

みよしのの田の面《おも》に降《お》りている雁も
引板《ひた》をふると、ただもういちずに
あなたの方に寄ると鳴いているようです
私どもが心をお寄せしているのと同じく

婿と決まった男の返事は、

わが方によると鳴くなるみよしののたのむの雁をいつかわすれむ(15)

私の方に寄ると鳴いている、とおっしゃる
そのみよしののたのむの雁を
いつ忘れてしまう時がありましょう
あなた方の御心をも忘れはいたしません

というのであった。京を離れた他の国でも、やはり、男のこうした風雅な歌のやりとりはやまなかったのである。

第一一段

むかし、男が、東国へ行った時に、友人たちに、旅の途中から歌をよんでおくった。その歌は、

一わするなよほどは雲ゐになりぬとも空ゆく月のめぐりあふまで(16)

第一二段

むかし、男ありけり。人のむすめを盗みて、武蔵野《むさしの》へ率《ゐ》てゆく程に、盗人《ぬすびと》なりければ、二国守《くにのかみ》にからめられにけり。女をば草むらのなかにおきて逃げにけり。三道くる人、「この野は盗人あなり四」とて火つけむとす。女わびて、

五武蔵野はけふはな焼きそ若草のつまもこもれりわれもこもれり(17)

とよみけるを聞きて、六女をばとりて、ともに率ていにけり。

第一三段

むかし、武蔵なる男、京なる女のもとに、「聞ゆれば恥かし、聞えねば苦し」と書きて、上書《うはがき》に「七武蔵鐙《あぶみ》」と書きて、おこせてのち、おとも

一 「雲ゐ」「空」「月」は縁語。この歌は拾遺集、雑上に「橘の忠基《ただもと》が人のむすめに忍びて物言ひ侍りける頃、遠き所にまかり侍るとて此女のもとにいひつかはしける」の詞書を附して載せられている。この歌を用いた話か。忠基は天暦(九四七〜九五七)のころ駿河守。
二 先に捕えられたことを述べて、次に経過を記したもの。一方、つかまえられたが逃げた、とする考えも成り立ち得る。 三 道をやって来る人。必ずしも追っ手とは限るまい。
四 「なり」は伝聞推定の助動詞。
五 「若草の」は「つま(ここでは夫)」にかかる枕詞。本来は早春の野焼きの歌であろう。古今集、春上、読人しらず、初句「春日野は」。
六 女の歌によって、追っ手がその所在を知り、すでに捕えた男と共に連行して行く。ただし、男が女の歌に感動して、一緒に連れて行ったともよめる。この段全体の趣が、素朴で民謡的なものを土台にしているため、両様に解する余地があろう。
七 武蔵国から産出する鐙という。馬具の一つで、鞍の左右に下げ、足を載せるもの。何のため、ここに書いたのか、はっきりしないが、「武蔵で会ふ身」の意とする説や、「あなたを心にかけている」「京と武蔵の女をかける」「聞えやせん、聞えずやあらんと二つをかける」などの説がある。

わするなよほどは雲ゐになりぬとも空ゆく月のめぐりあふまで(16)

わすれないでほしい
はるか遠く空の雲ほどに
へだたってしまっても
その空ゆく月がもとの所にめぐるように
また、お互いあい見る時まで

第一一段

むかし、男があった。人の娘を盗み出して、武蔵野《むさしの》へ伴って行くうちに、盗人《ぬすびと》であるから、武蔵の国の守《かみ》に捕えられてしまった。男は女を草むらの中に置いて逃げた。道をやって来た人は、

「この野原には、盗人がいるようだ」

ということで火をつけようとする。女は嘆き悲しんで、

武蔵野はけふはな焼きそ若草のつまもこもれりわれもこもれり(17)

おねがいです、武蔵野だけは今日は焼かないで
若草のようにみずみずしい
夫もかくれているのです
私もかくれているのです

とよんだのを聞いて、追手は女をつかまえて、男と一緒に連れて行った。

第一三段

むかし、武蔵の国にいる男が、京に住んでいる女の所に、「武蔵の女性と親しくしている」と申し上げれば恥かしいし、申し上げないと心が苦しい」と書いて、その手紙の上書きに、「武蔵鐙《あぶみ》」と書いて、送って来たあとで、一向に音さたもなくなってしまったので、

せずなりにければ、京より女、

一 武蔵鐙《むさしあぶみ》さすがにかけてたのむには問はぬもつらしとふもうるさし（18）

とあるを見てなむ、堪《た》へがたき心地《こゝち》しける。

二 問へばいふとはねばうらむ武蔵鐙かゝる折にや人は死ぬらむ（19）

第一四段

むかし、をとこ、三 陸奥《みち》の国にすゞろに行きいたりにけり。そこなる女、京のひとはめづらかにやおぼえけむ、せちに思へる心なむありける。さてかの女、

四 なかくに恋に死なずは桑子《くはこ》にぞなるべかりける玉の緒ばかり（20）

五 歌さへぞ、ひなびたりける。六 さすがにあはれとや思ひけむ、いきてねに

一 「さすが」は鐙を下げる革についている馬具で「さすがに」にかける。「かけて」は「心にかけて」と「さすがに掛けて」とをかける。「とふもうるさし」は他の女性のことが書いてあるから。

二 「かゝる折」は「このような折」の意であるが、上の「武蔵鐙」が「かゝる」の語を引き出す。このほか古今六帖五、ふみたがへ、「定めなくあまたにかくるむさしあぶみいかにのればか踏みはたがふる」の例にも「武蔵鐙―かく」の対応は見られる。「武蔵の男」になった男の複雑な心境を述べた歌であろう。技巧の点などからみて、京の男女にふさわしい贈答。

三 「みちのくのくに」の略。東北方面。

四 「死なずは」は「死なずして」の意。「桑子」は蚕のことで、夫婦仲のよい、あるいは無心なものとしてのたとえに用いている。「玉の緒」は玉を貫く糸で「短い間」の意。万葉集、十二、寄物陳思に類歌「なかなかに人とあらずは桑子にもならましものを玉の緒ばかり」がある。

五 女のみならず、歌までが。

六 田舎じみているとはいうものの。

で、京から女が、

武蔵鐙《むさしあぶみ》さすがにかけてたのむには問はぬもつらしとふもうるさし(18)

武蔵鐙をさすがにかけるように
さすがにあなたを心にかけて
たのみにしている私には
お便りをくださらないのもつらいし
お便りをくださるのも煩わしゅうございます

と書いておくったのを見て、がまんができない気持ちがした。

問へばいふとはねばうらむ武蔵鐙かゝる折にや人は死ぬらむ(19)

手紙を出せば煩わしいという
手紙を出さないと、私を恨む
武蔵鐙がかかるように
かかる(こうした)時に困って
人は死んでしまうのだろうか

第一四段

むかし、男が、奥州《おうしゅう》に思いがけなく行き着いた。そこに住む女には、京の人間はめずらしく思われたのだろうか、いちずにこの男を思う気持ちをいだいていた。そうして、その女がよんだのには、

なか〳〵に恋に死なずは桑子《くはこ》にぞなるべかりける玉の緒ばかり(20)

なまじっか
恋いこがれて死んだりしないで
あの仲の良いかいこになればよかったのです
玉の緒ほどの短い間でも

歌までが田舎じみていた。しかし、そうはいうものの、男はやはり気の毒に思ったのだろうか、その女の所へ行って寝たのだった。まだ夜深いうちに出てしま

けり。夜[一]ふかくいでにければ、女、

夜[二]もあけばきつにはめなでくた鶏《かけ》のまだきに鳴きてせなをやりつる（21）

といへるに、をとこ「京[三]へなむまかる」とて、

栗[四]原のあねはの松の人ならば都のつとにいざといはましを（22）

といへりければ、よ[五]ろこぼひて、「おもひけらし」とぞいひ居[六]りける。

第一五段

むかし、陸奥《みち》の国にて、な[七]でふ事なき人のめに通ひけるに、あやしうさやうにてあるべき女ともあらず見えければ、

し[八]のぶ山しのびてかよふ道もがな人の心のおくもみるべく（23）

一 夜が明けないうちにはやばやと。

二 上句が解きにくい。「きつにはめ」は「狐（または犬）にくわせる」「木で作った水槽にはまらせる」の両説があるが、仮に後者に従った。「なで」は「なむ」の方言、または誤りといわれているが、一方「……てしまわないで」の意にとり、下に「おくものか」などの省略があるとする説もある。「くたかけ」は鶏をののしった語といわれる。東国的色彩の強い歌。

三 この「まかる」は対話敬語で、「まいります」にほぼ当たろう。尊い人に対してのかしこまった会話の中で、話し手や自分側に属する者の「行く」の意を、謙譲して丁寧に言う語。東国の女に対しても都人の男としての姿勢をくずさないさまを写したものか。あるいは慇懃無礼のさまか。

四 宮城県栗原郡金成町姉歯。「あねは」は底本に「あれは」とあるが他本により改めた。「姉はの松」は歌枕。「つと」はみやげ。古今集、東歌に「をぐろ崎みつの小島の人ならば都のつとにいざといはましを」の類歌がある。

五 一人前の女だったらね、という皮肉。

六 「居り」は他人の動作について言う時は蔑視の気持ちをこめて使う。

七 「なでふ事なき」は「人」にかかる。

八 「しのぶ山」は、福島県信夫郡にある山という。「しのびて」の序。「おく」は山の奥を通わせる。古今六帖、二。新勅撰集、恋五、業平。

ったところ、女は、

夜もあけばきつにはめなでくた鶏《かけ》のまだきに鳴きてせなをやりつる(21)

夜でもあけたら
水おけに突っこんでしまおう
あのあきれたにわとりは、早いうちに鳴いて
あの人を送り出してしまったよ

と言ったので、男は、

「京へまいります」

と言って、

栗原のあねはの松の人ならば都のつとにいざといはましを(22)

栗原に生《は》えている
あねはの松が一人前の人間であったなら
都のみやげに
さあ、とさそうのだけれどね

と言ったところ、女は喜んで、

「私を思っているらしい」

と言っていたことだ。

第一五段

むかし、奥州《おうしゅう》で、どうということのない平凡な人の妻のもとに通った折に、その女は、ふしぎにそんなふうな人の妻でいるはずもない女に見えたので、男は、

しのぶ山しのびてかよふ道もがな人の心のおくもみるべく(23)

いゝしのぶ山の名のとおり
こっそりとしのぶ道があるといいのだが
こんな所に不似合いな
あなたの心の奥を見るために

女かぎりなくめでたしと思へど、[一]さるさがなきえびすごゝろを見ては、いかゞはせむは。

第一六段

むかし、[二]紀有常《きのありつね》といふ人ありけり。[三]三代《みよ》の帝《みかど》に仕うまつりて時にあひけれど、[四]のちは世かはり時うつりにければ、世の常の人のごともあらず。人がらは[五]心うつくしく、あてはかなることを好みて、こと人にもにず。貧しくへても、なほ昔よかりし時の心ながら、世の常のこともしらず。としごろあひなれたる妻《め》、やう〳〵[六]とこ離れて、つひに尼になりて、姉のさきだちてなりたるところへ行くを、男まことにむつまじきことこそなかりけれ、いまはとゆくをいとあはれと思ひけれど、貧しければ、するわざもなかりけり。思ひわびて、ねむごろにあひ語らひける[七]友だちのもとに、「かうかう今はとて[八]まかるを、何事もいさゝかなることもえせで、[九]つかはすこと」と書きて、おくに、

[一〇]手を折りてあひみしことを数ふれば十《とを》といひつゝ四つはへにけり　(24)

一　語り手の言葉として、「田舎者の女の心などみて一体どうしようというのか」とする解が最近一般だが、女に対して、あまりに否定的であり、かつ男の誤認を肯定する話になってしまうので仮に口語訳のように解した。
二　紀名虎の子。元慶元年(八七七)六十三歳で没す。　三　三代実録によれば、仁明・文徳・清和の三代。
四　妹の静子の生み奉った第一皇子惟喬親王が即位されなかったことをさすという。　五　「うつくし」は中古では、幼ないものの持つ可憐さ、かわいさについていうのが原則である。ここも純真で素直な心の子供らしさについて言ったものであろう。この辺り反俗の精神を示す。　六　床を離れて寝る。すなわち夫婦仲が疎くなること。
七　業平をさすという。古今集、恋五(七八四)に、業平が紀有常の娘に通ったことが見えている。　八　尊者に対する改まった会話・消息文の中で自己側に属するもの(ここでは妻)の「行く」意を、謙譲して丁寧にいう語。
九　聞き手である尊者(友だち)に対して話し手(有常)が改まって言う対話敬語か。「行かせる」「やる」などの意を丁寧に言ったもの。　一〇　「十といひつゝ四つ」は四十年とも、十四年とも解し得る。「年ごろあひなれたる妻」とあるので、仮に前者に従う。

女は男をとてもすばらしいと思ったけれど、夫の見苦しい田舎じみた心を見てしまった今となっては、男にすっかり心の奥を見せるわけにもゆかず、どうしようがあろうか。どうしようもないというものだ。

第一六段

むかし、紀有常《きのありつね》という人があった。三代の帝《みかど》にお仕えして時めいていたのだが、その後は御代《みよ》がかわり、時勢も移ってしまったので、世間の人並みの力もないありさまだった。人柄は心が純粋で、上品なことを好み、他の人たちとは違っていた。貧しく月日を過ごしても、やはり昔栄えていた時の心のままで、世間の日常のことも知らなかった。長い年月馴《な》れ親しんでいた妻が次第に疎くなって、遂には尼になって、姉が前に尼になっている所に行くことになったが、男は、本当に仲むつまじいことこそなかったものの、「もう今はこれまでです」と言って行ってしまうのを、非常にしみじみと悲しく感じたのだけれど、なにぶん貧しいので、何の餞別《せんべつ》をおくることもできなかった。思いあまって、何でも親しく話し合っていた友達のところに、「こういう次第で、今は、と言って妻が家を出てよそへまいりますが、何事も、ちょっとしたことさえしてやれずに、行かせますこととは」と書いて、その手紙の終わりに、

手を折りてあひみしことを数ふれば十《とを》といひつゝ
四つはへにけり(24)

指を折って
妻と共に暮らした年を数えると
十《とお》と数え、また十と数え、それが
四回は過ぎたのでした

かの友だちこれを見て、いとあはれと思ひて、夜のものまでおくりてよめる。

[一]年だにも十《とを》とて四つはへにけるをいくたび君をたのみきぬらむ(25)

かくいひやりたりければ、

[二]これやこの天の羽衣むべしこそ君がみけしとたてまつりけれ(26)

よろこびに堪へで、又、

[三]秋やくる露やまがふと思ふまであるは涙の降るにぞありける(27)

第一七段

[四]年ごろおとづれざりける人の、桜の盛りに見に来たりければ、[五]あるじ、

[六]あだなりと名にこそたてれ桜花年にまれなる人も待ちけり(28)

一　非情に過ぎて行く年月さえ四十年もたったのだから、何回いろいろのことについて、あなたを頼りにされたことか、のような意であろう。

二　「天の羽衣」は天人の衣のように立派な着物。「天」と「尼」をかけるか。「みけし」は貴人の衣服。「たてまつる」は「着る」の最高の敬語。次の歌と共に全体に大げさで誇張の勝った感謝の歌である。有常らしさを示そうとしたものか。資料からみると、有常がこのような困窮状態にあるとは考えられない。作者の作為があろう。

三　「露やまがふ」は「秋でもないのに露がまちがえておいたのか」の意であろう。言外に「衣の袖」などが頭にある。新古今集、雑上、紀有常。

四　この物語全体のうち、この段にだけ冒頭に「むかし」がない。

五　桜の咲く家の主人。女性であろう。

六　「あだなり」は、桜の花が散りやすいこと。桜に自分をたとえるか。古今集、春上、よみ人しらず。

その友達はこれを見て、大変しみじみと気の毒に思って、衣類はもちろんのこと、夜具までもおくってよんだ。

年だにも十《とを》とて四つはへにけるをいくたび君をたのみきぬらむ(25)

年でさえも
十と数えて四回は過ごした、とおっしゃいます
妻の君はあなたを
何回たよりにしてこられたことでしょう

こう言って、おくったところ、

これやこの天の羽衣むべしこそ君がみけしとたてまつりけれ(26)

これはまあ、天の羽衣とはこれのこと
なるほどどうりで
あなたのみごとなお召物《めしもの》として
お召しになったものなのですね

うれしさにがまんできなくなって、またもう一首、

秋やくる露やまがふと思ふまであるは涙の降るにぞありける(27)

秋がもう来たのか
露が季節を間違えたのか、と思うほど
ぐっしょり濡れているのは
涙が降るのだったのでした

第一七段

数年おとずれなかった人が、桜の花盛りに見に来ていたので、その家のあるじが、

あだなりと名にこそたてれ桜花年にまれなる人も待ちけり(28)

あてにならぬと名高いものの
桜の花は
年のうちまれにしか来ぬ人を待ちました
あなたとどちらがあてにならぬのか

返し、

[一]今日こずは明日は雪とぞ降りなまし消えずはありとも花と見ましや(29)

第一八段

むかし、[二]なま心ある女ありけり。男ちかうありけり。女、[三]歌よむ人なりければ、心みむとて、[四]菊の花のうつろへるを折りて、をとこのもとへやる。

[五]紅ににほふはいづら白雪の枝もとをゝに降るかとも見ゆ(30)

男、[六]知らずよみによみける。

[七]紅ににほふがうへの白菊は折りける人の袖《そで》かとも見ゆ(31)

第一九段

むかし、男、[八]宮仕へしける女の方《かた》に、[九]御《ご》達《たち》なりける人をあひ知りたり

一　前の歌に対して、今日私が来なかったら、明日はもう冷たくなっているのではないか、と軽妙にやり返したもの。古今集、春上、返し、業平。

二　「心ある」ようなふりをしているが、実は未熟でそれに達していない女。

三　「歌よむ人」は男とも女ともとれる。私としては男をとりたい。

四　菊の花は盛りを過ぎると花びらが紅色になり、当時、その微妙な色合いを賞美した。

五　「にほふ」は色つやの美しいこと。「とをゝ」は、たわわにたわむさま。裏に「あなたは色好みのお方とききますが私に関心をお持ちでないところからみるとそうでもないかしら」といった意味をこめて気を引いてみたもの。

六　女の誘いを知りながら、わざと知らぬふうをして。

七　一首の意はややわかりにくい。変色した菊なのに、していない、と女が詠んだのに対し、やはり変色しているのですよ（あなたこそごまかすのはおやめなさい）と諷したものか。いずれにせよ、第一句・第五句をほとんどそのままとって、「なま心ある女」に対し、形式をふんで、しかも痛烈にやり返したもの。

八　この男がお仕えしたある貴人の女性の所で、の意か。

九　「御達」は上席の女房。

その返事、
今日こずは明日は雪とぞ降りなまし消えずはありとも花と見ましや(29)
今日来なかったら
あすは雪となって降ってしまうことでしょう
消えずに残っているとしても
いったい、それを「花」と見ましょうか

第一八段

むかし、いいかげんな風流心を持つ女がいた。男がその女の近くに住んでいた。その女は、男が歌をよむ人だったので、その心をためそうと思って、菊の花の色が変化しているのを折って、男のところへおくる。
紅ににほふはいづら白雪の枝もとをゝに降るかとも見ゆ(30)
べに色がつややかに美しいとは
いったい、どこをいうのかしら
白雪が枝もたわむほど
降っているかとも見えますが
男は、その歌の心など知らぬ顔をして返歌をよんだ。
紅ににほふがうへの白菊は折りける人の袖《そで》かとも見ゆ(31)
べに色がつややかに美しく
その上がまっ白な菊は
折ってくださった方の
袖口の色かとも私には見えますが

第一九段

むかし、男が、宮仕えしていた女性の所で、女房だった人と親しくなったが、間もなく男は通わなくなっ

ける、ほどもなくかれにけり。おなじ所なれば、女の目には見ゆるものから、男はあるものかとも思ひたらず。女、

一 天雲のよそにも人のなりゆくかさすがに目には見ゆるものから(32)

とよめりければ、男、返し、

二 天雲のよそにのみして経《ふ》ることはわが居《ゐ》る山の風はやみなり(33)

三 とよめりけるは、また男ある人となむいひける。

第二〇段

むかし、男、大和《やまと》にある女を見てよばひてあひにけり。さてほど経て、四 宮仕へする人なりければ、かへりくる道に、三月《やよひ》ばかりに、五 かへでのもみぢの、六 いとおもしろきを折りて、女のもとに道よりいひやる。

一 「天雲の」は「よそ」の枕詞。古今集、恋五、紀有常女。

二 「天雲の」は枕詞ではなく、自分をたとえる。「居る」はじっとしていること。「山」は女をたとえる。「はやみ」は「早いのが原因で」の意。古今集、恋五、右の歌の返し、業平。初二句「ゆきかへり空にのみして」。

三 と、よんだのは、他に通う男があるからだ、ということである。作者の説明。「よめりけるは。」で切る考えもある。

四 「宮仕へ」は宮中のみに限らず、広く貴族の家などに仕えることをさす。

五 「かへで」の、若葉が赤くもえる種類のものをさすのであろう。「もみぢ」は紅葉《こうよう》するものを広く言う。

六 「おもしろし」は中古では、明るく晴れやかな感じを与える美しさをさす。「おもしろし」の対象は、限定されていて、音楽・花などについていうことが多い。この物語の一三例をあげておく。分類は松尾聰博士の「うつくし・おもしろし攷」(笠間叢書七五)による。音楽一例(六五段)、花三例(二一・八二・九〇段)、もみじ一例(二〇段)、水二例(六八・七八段)、御殿二例(八一段二例)、詩歌一例(四四段)、その他三例(一・七八・八一段)。

てしまった。仕えているのが同じ場所なので、女の目には男の姿が見えるものの、男の方では全く無視して、女がいるものとも思っていない。女は、

天雲のよそにも人のなりゆくかさすがに目には見ゆるものから(32)

　遠いそらの雲のように
　よそのものにあなたはおなりですか
　そうはいっても
　私の目にはお姿が見えておりますのに

とよんだので、男が返しの歌を、

天雲のよそにのみして経《ふ》ることはわが居《ゐ》る山の風はやみなり(33)

　遠いそらの雲が
　よその所にしかいないのは
　私の宿《やど》としている山の
　風が早くて近づけないのです

とよんだのは、ほかに男がいる女だからだということだった。

第二〇段

むかし、男が、大和《やまと》に住む女を見て求婚して逢《あ》った。そのようにしてしばらく通い続けてから、男は宮仕えをする人であったので、京に帰って来る道で、三月のころに、かえでの紅色《べにいろ》がとても明るく美しいのを折って、女のもとに道中からよんでおくった。

[一]君がため手《た》折れる枝は春ながらかくこそ秋のもみぢしにけれ(34)

とてやりたりければ、返り事は、京にきつきてなむもてきたりける。

[二]いつの間にうつろふ色のつきぬらむ君がさとには春なかるらし(35)

第二一段

むかし、をとこをんな、いと[三]かしこく思ひかはしてこと心なかりけり。さるを、いかなる事かありけむ、いさゝかなることにつけて、[四]世の中をうしと思ひて、[五]出《い》でていなむと思ひて、かかる歌をなむよみて、ものに書きつけける。

[六]いでていなば心かるしといひやせむ世のありさまを人は知らねば(36)

とよみおきて、出でていにけり。[七]この女かく書きおきたるを、[八]けしう、

一 相手に対して、美しい紅色の枝をおくる素直な喜びの歌。ただし、こうした歌に「秋」を入れるのは禁物で、果たして女の方から、その「秋」を逆手に取って、よみ返されている。いわば定石であるから、男も女もそれを十分知りつつ、応答を楽しんだのでもあろう。

二 「君がさと」は京。「秋」を「飽き」にかけて、男の心変わりの意にとって詠み返したもの。

三 「かしこし」は「恐ろしい」が原義で、「貴い」「賢い」「立派だ」などの意にも用いられ、さらに連用形は、「極端に」「はなはだしく」などの意にもなる。ここは、そのような用法。

四 「世の中」は世間のことであるが、男女の仲に限定して言うことも多い。ここもそれであろう。

五 主語は女であろうが、男とみる説もある。

六 古今六帖、四。

七 この女がこう書いておいたのを、男が見て。

八 「けしう」は、どこにかかるのかややあいまいである。仮に「けしう」で切って、「合点のゆかぬことだ」の意としておく。

君がため手《た》折れる枝は春ながらかくこそ秋のもみぢしにけれ(34)

あなたのために手折ったこの枝は
まだ春の季節でありながら
私の心をうつして
ほら、こんなに秋の紅葉《もみじ》に染まっているよ

と言っておくったところ、その返事は、京に到着してから持って来たのだった。

いつの間にうつろふ色のつきぬらむ君がさとには春なかるらし(35)

いったい、いつの間に
変わる色がついてしまったのか
あなたのおいでの所には、きっと
秋（飽き）だけで、春がないのでしょう

第二一段

むかし、男と女が、たいそう深く思い交わし合っていて、他の人に心を移すことなどは全くなかった。それなのに、どういうことがあったのだろうか、ちょっとしたことにつけて、女は夫婦仲をつらいものに思って、出て行こうと思って、こうした歌をよんで、物に書きつけた。

いでていなば心かるしといひやせむ世のありさまを人は知らねば(36)

出て行ったら
心の軽いひとだ、というだろうか
ふたりの仲がどんなかを
ほかの人は知らないから

とよんでおいて出て行った。この女が、こう書いておいたのを、男は、わけがわからない、自分にへだて心

心おくべきことを覚えぬを[一]、なにによりてかかゝらむと、いといたう泣きて、いづ方に求めゆかむと、門にいでて、とみかうみ、見けれど、いづこを、はかり[二]とも覚えざりければ、かへりいりて、

[三]思ふかひなき世なりけりとし月をあだにちぎりて我やすまひし(37)

といひてながめをり。

[四]人はいさ思ひやすらむ玉かづら面影にのみいとゞ見えつゝ(38)

この女、いとひさしくありて、念じわびてにやありけむ、いひおこせたる。

[五]今はとてわするゝ草のたねをだに人の心にまかせずもがな(39)

返し、

[六]忘草植うとだに聞くものならば思ひけりとは知りもしなまし(40)

一 「覚ゆ」は自然に頭に浮かんでくる意。

二 量り。わからないことについてつける見当。

三 「あだにちぎる」は、いいかげんな心で契ること。「すまふ」は住み続ける、暮らす、などの意。真心から妻を思ってきたのに、の意をこめる。

四 前歌に続いて男の歌。「玉かづら」は「かく」の縁で「かげ(影)」にかかる枕詞。女の美しい容貌をたとえるものでもある。「面影」は幻影。

五 「わすれ草」は憂いを忘れる草といわれる。ただし、ここでは単に「忘れる」意に用いたのであろう。私を忘れないでください、という気持ちの歌。

六 もし、あなたが私を忘れようとして、忘れ草を植えるとなりと、せめて私が聞くのだったら、あなたが私を思ったのだったとは、まさに知りもしましょうのに。しかし、そうは聞かないので、あなたが私を思っていたのだったとは、知らないのでした、の意。やはり私を思っているとは考えられない、と返歌したもの。

を持つようなことも、全然思い当たらないのに、いったい、何が原因でこういうことになったのだろうと、本当にはげしく泣いて、どちらの方にさがしに行ったらよかろうと、門の所に出て、あちらを見、こちらを見、見まわしたが、どちらの方角を目当てにしてよいかも考えつかなかったので、帰って家の中にもどって、

思ふかひなき世なりけりとし月をあだにちぎりて我やすまひし(37)

愛したかいもない二人の仲だったなあ
この年月を、いいかげんなやくそくで
わたしは過ごしてきただろうか

と言って思いにふけってじっと坐《すわ》り続けている。

人はいさ思ひやすらむ玉かづら面影にのみいとゞ見えつゝ(38)

あの人はさあ、どうだろう
私を思っているだろうか
こちらではあの人が、美しいまぼろしとなって
いよいよ何度も見えてくる

この女は、それからずいぶんたってから、恋しさにがまんし切れなくなったのだろうか、男のもとに言っておくってきた。

今はとてわするゝ草のたねをだに人の心にまかせずもがな(39)

今はもうだめだよと言って
私をお忘れになる忘れ草の種をだけでも
あなたの心に私は
蒔《ま》かせたくないのです

男の返事、

忘草植うとだに聞くものならば思ひけりとは知りもしなまし(40)

私を忘れようとして
せめてあなたが忘れ草を植えるとでもきいたら
私を思っているのだったと
本当に知りもしようのに

また〱ありしよりけ[一]にいひかはして、をとこ、

[二]忘るらむと思ふ心のうたがひにありしよりけにものぞかなしき(41)

返し、

[三]中空にたちゐる雲のあともなく身のはかなくもなりにけるかな(42)

とはいひけれど、[四]おのが世々になりにければ、うとくなりにけり。

第二三段

むかし、[五]はかなくて絶えにけるなか、なほや忘れざりけむ、女のもとより、

[六]うきながら人をばえしも忘れねばかつうらみつゝなほぞ恋ひしき(43)

一 「けに」は「異に」で、特に、いっそう、の意。

二 「忘るらむ」の「らむ」は、現在の推量。古今集、恋四、（よみ人しらず）に類歌「忘れなむと思ふ心のつくからにありしよりけにまづぞ恋しき」がある。新古今集、恋五、よみ人しらず。

三 あなたに疑いの心があるのでは、私はすっかり中途半端な、頼りのない身の上となってしまいました、という気持ち。ただし、前の歌との照応がなく、ちぐはぐである。新古今集、恋五、よみ人しらず。

四 めいめいが、他に別の相手とかかわりを持つようになったので。

五 少しの間しか長つづきせずに。「ちょっとしたことが原因で」「はっきりしたわけもないのに」と解く説もある。

六 「うきながら」は、あなたの態度が私にとってつらい思いをさせるのではありながら、の意。下句は一方では、繰り返し、うらみうらみして、やはり恋しい、という矛盾した気持ち。新古今集、恋五、よみ人しらず。

またまた、今までよりずっとむつまじくお互いに語らい合うようになって、男が、

忘るらむと思ふ心のうたがひにありしよりけにものぞかなしき(41)

私を忘れているのではないかと
心に疑いが生まれて
絶えていた時よりずっと
もの悲しい気持ちがする

女の返歌、

中空にたちゐる雲のあともなく身のはかなくもなりにけるかな(42)

空の中ほどに
わき立ってじっとしている雲が
いずれあとかたもなく消えるように
わが身ははかなくなってしまったのでした

とは言ったのだけれど、それぞれ別に身を固めるようになってしまったので、次第に二人は遠のいてしまったのだった。

第二二段

むかし、ほんのしばらくで絶えてしまった男との仲を、まだやはり忘れなかったのだろうか、女のところから、

うきながら人をばえしも忘れねばかつうらみつゝなほぞ恋しき(43)

ゆううつなことに
あなたのことは
どうしても忘れることができないので
一方では、恨みながら
やはり恋しいのです

といへりければ、「さればよ」といひて、男、

一 あひみては心ひとつをかは島の水の流れてたえじとぞ思ふ(44)

とはいひけれど、その夜いにけり。いにしへゆくさきのことどもなどいひて、

二 秋の夜の千夜《ちよ》をひと夜になずらへて八千夜《やちよ》しねばや飽く時のあらむ(45)

返し、

三 秋の夜の千夜をひと夜になせりともことばのこりて鳥や鳴きなむ(46)

いにしへよりもあはれにてなむ通ひける。

一 「交す」と「川島」をかける。川島の水は川中の島をめぐる水が一度分かれてもまた合流するように、という意をこめたのであろうか。そうすると、全体は、「一旦逢い見たからには、お互に思う心一つを交わし合う間柄です。一度は別れたが、やがて流れ合って二人の仲は絶えまいと思います。」の意となる。しかし、いささか川島の意が重いような気がする。「さればよ」と関連づけて、「川島の水が絶えぬように、やはり二人の仲は絶えないと思ったとおりだったよ、歌をおくってきたね。」と軽く女に皮肉を言った歌とも見られる。また、その方が「とはいひけれど」とのつづきもよい。ただし、「あひみでは」とよみ、「心」を「身」と対比させて、「身ではなく心だけを交わす間柄となろう」ときれいごとを並べたとする見方もある。

二 男の歌か。秋の夜は四季のうちで最も夜が長い。その秋の夜を……の気持ち。文字どおりにとれば、「千カケル八千」で、「八百万夜」ということになる。「し」は強め、「や」は疑問の助詞。古今六帖、四、に類歌(下句「やちよしねなば こひはさめなん」)がある。

三 女の歌か。思いを尽くさぬうちに、夜明けを告げる鶏が鳴いてしまうでしょう。

と言ったところ、
「やっぱり思ったとおりだ」
と言って、男は、

あひみては心ひとつをかは島の水の流れてたえじとぞ思ふ(44)

おたがいに会ったからには
心をひとつにかわして
川中の島の水が流れて絶えないように
絶えまいと私は思う

と、歌を返したけれど、結局、その夜女のもとに行った。これまでのこと、将来のことなど、いろいろ話して、

秋の夜の千夜《ちよ》をひと夜になずらへて八千夜《やちよ》しねばや飽く時のあらむ(45)

長い秋の夜の
千夜をかりに一夜と数えて
それで八千夜寝たら
満ち足りる時があろうか

返しの歌、

秋の夜の千夜をひと夜になせりともことばのこりて鳥や鳴きなむ(46)

長い秋の夜の
千夜をかりに一夜と数えても
まだ、ことばが尽きずに
鶏《にわとり》が鳴いてしまうでしょう

昔よりもしみじみといじらしさがまさって、男は通ったのだった。

第二三段

むかし、田舎わたらひ[一]しける人の子ども[二]、井のもとに出《い》でてあそびけるを、大人になりにければ、男も女も、はぢかはし[三]てありけれど、男はこの女をこそ得めと思ふ、女はこの男をとおもひつゝ、親のあはすれども聞かでなむありける。さて、この隣の男のもとよりかくなむ。

[四]筒井《つつゐ》つの井筒《ゐづつ》にかけしまろがたけすぎにけらしな妹《いも》見ざるまに（47）

女、返し、

[五]くらべこしふりわけ髪も肩すぎぬ君ならずしてたれかあぐべき（48）

などいひ〳〵て、つひにほい[六]のごとくあひにけり。さて年ごろふるほどに、女、親なく、たよりなくなるまゝに、「もろともに[七]いふかひなくてあらむやは」とて、[八]河内《かふち》の国、高安の郡《こほり》に、いきかよふ所いできにけり。さりけれど、このもとの女、あし[九]とおもへる気色《けしき》もなくていだしやりけ

一 「田舎わたらひ」は京を離れて長く田舎に生活すること。行商、あるいは地方官などであろうか。
二 下文からみると複数。
三 お互いを男女として意識したさま。
四 「筒井」は円く筒のように掘った井。「井筒」は筒井の形に円い桶のようなものを、井の上に高くした囲いという。「つ」はよくわからない。「井づつ」を音調をととのえるために「井つ」といったものかともいう。「かけ」は各説あるが、「計りくらべて目標にした」のような意か。「まろ」は貴賤男女の別なく用いた、くだけた自称代名詞。歌中に用いるのは珍しい。「妹」は男が女を親しんでいう語。夫・恋人など。
五 「ふりわけ髪」は子供の髪形で、左右に振り分けてたれ、その末を肩の辺で切ったもの。男女同形であろう。「髪あぐ」は婚期に達して成人の姿となること。「君ならずして」は男が女の髪を実際にあげたか否か不明なので、「あなたのためにでなくて」と解するほかあるまい。
六 本意。本来持っている志。
七 二人ともに苦しい暮らしに落ちてしまってよいものかと思って。
八 大阪府の東南部。八尾《やお》市垣内のあたり。高安は河内から大和へ越える大坂道の入口に当たる。
九 不愉快だと思っているような様子。

第二三段

むかし、田舎暮らしをしていた人の子供たちが、井戸のある所に出て遊んでいたが、それぞれ大人になってしまったので、男も女も、お互いに恥じ合っていたけれど、男は、この女をこそ自分のものにしたいと思うし、女はこの男を夫に、と思って、親が別の人とめあわせようとするけれども承知しないでいた。こんなふうにしているうちに、この隣の男からこう言ってきた。

　筒井つ《つつゐ》の井筒《ゐづつ》にかけしまろがたけすぎにけらしな
　妹《いも》見ざるまに(47)

　　筒井の、その井筒と比べた
　　わたしの背丈は
　　もう井筒をすぎてしまったろうな
　　あなたと逢《あ》わないでいるうちに

女の返しの歌、

　くらべこしふりわけ髪も肩すぎぬ君ならずしてた
　れかあぐべき(48)

　　おたがいに比べてきた
　　わたくしのふりわけ髪も肩をすぎました
　　あなたでなくて
　　だれのために結い上げましょう

など、歌をよみ合って、遂にねがいのとおりに結婚したのだった。そのようにして何年か過ごしているうちに、女の方で親が亡くなり、生活が心細くなってくるにつれて、「二人ともに動きのとれない暮らしむきでは困る」ということで、男には、河内《かわち》の国の高安の郡《こおり》に、通っていく所ができてしまった。こういうひどい状態ではあったけれど、このもとの女は、男を悪いと思っている様子もみせずに男をおくり出したので、男

れば、男こと[一]心ありて、かゝるにやあらむと思ひうたがひて、[二]前栽《せんざい》の中にかくれゐて、河内《かふち》へいぬる顔にて見れば、この女いとよう[三]けさうじて、うちながめて、

[四]風吹けばおきつしら浪《なみ》たつた山夜はにや君がひとりこゆらむ(49)

とよみけるをきゝて、[五]かぎりなくかなしと思ひて、河内へもいかずなりにけり。まれまれかの高安に来て見れば、はじめこそ[六]心にくもつくりけれ、いまはうちとけて、[七]てづから[八]飯匙《いひがひ》とりて[九]笥子《けこ》のうつはものにもりけるを見て、心うがりていかずなりにけり。さりければ、かの女、大和《やまと》の方《かた》を見やりて、

[一〇]君があたり見つゝを居らむ生駒山《いこまやま》雲なかくしそ雨は降るとも(50)

といひて[一一]見だすに、からうじて大和人「来む」といへり。よろこびて待つに、たびたび過ぎぬれば、

一　他の男を通わせているのかと疑って。
二　庭の植込み。
三　「化粧」に、サ変動詞「す」のついた動詞。
四　「しら浪たつ」と「龍田山」をかける。龍田山は奈良県生駒郡にある山。さびしい山越えをする夫を案じた歌。古今集、雑下、よみ人しらず。大和物語一四九段。
五　心の用意のある女の姿を見、歌をきいてその情に感動し、わが身を恥じたのである。
六　「心にく」は「心にくし」の語幹で、「も」が添って副詞のように用いられる。あるいは「心にくく」の「く」の脱落ともいわれる。「心にくし」は上品で心が引かれるさま。
七　「女」みずからこうした動作をしたことが、男の嫌悪を誘っている。召使いにさせるべきことなのか、人に見られる所ですべきことではないのか。恐らく両方であろう。
八　おしゃもじ。
九　「笥」は飯を盛る器。「子」は接尾辞とも「籠《こ》」の意ともいう。
一〇　「生駒山」は奈良県生駒郡と大阪府との境にある山。万葉集、十二、に類歌「君があたり見つつも居らむいこま山雲なたなびき雨は降るとも」がある。新古今集、恋五、よみ人しらず。
一一　室内から外の方に視線をおくる。

は女が他の人に心を移して、こんなふうに平気なのではなかろうかと疑いの気持ちを起こして、植え込みの中に隠れてじっとしていて、河内《かわち》へ去ったような顔をして、見ていると、この女は、とてもきれいに化粧をして、物思いにふける様子で、

風吹けばおきつしら浪《なみ》たつた山夜はにや君がひとりこゆらむ(49)

風が吹けば
沖の白波が立つという名のさびしいたつた山を
今夜はあの方が
たったひとりで
こえていらっしゃることでしょう

とよんだのを聞いて、男はどうしようもなくいとしいと思って、河内へも行かなくなってしまった。たまに、あの高安に男が来て、こちらの女を見ると、はじめのうちこそ奥ゆかしく表面をつくろっていたものの、今はもうすっかり打ち解けて、自分の手でしゃもじを取ってごはんの容器に盛り入れたのを見て、すっかりいやになって、行かなくなってしまった。こんなふうだったので、その高安の女は、大和《やまと》の方角に遠く眼をやって、

君があたり見つゝを居らむ生駒山《いこまやま》雲なかくしそ雨は降るとも(50)

あのかたがいらっしゃるあたりを
じっとながめていましょう
その生駒山を
雲よ、どうか隠さないで
たとえ雨は降っても

と言って、外をながめていると、やっと大和の男が、

「来よう」

と言ってきた。喜んで待ったが、何回も空しく過ぎてしまったので、

[一]君こむといひし夜毎《ごと》に過ぎぬればたのまぬものゝ恋ひつゝぞふる（51）

といひけれど、[二]男すまずなりにけり。

第二四段

むかし、男、[三]かた田舎に住みけり。男[四]宮仕へしにとて、別れ惜しみてゆきにけるまゝに、[五]三とせ来ざりければ、待ちわびたりけるに、[六]いとねむごろにいひける人に、「今宵あはむ」とちぎりたりけるに、[七]この男きたりけり。「この戸あけ給へ」とたゝきけれど、あけで、歌をなむよみていだしたりける。

[八]あらたまの年の三とせを待ちわびてたゞ今宵こそ新枕《にひまくら》すれ（52）

といひいだしたりければ、

[九]梓弓《あづさゆみ》ま弓つき弓年をへてわがせしがごとうるはしみせよ（53）

一「たのむ」は誠実なものとして頼みに思うこと。新古今集、恋三、よみ人しらず。 二 女のもとに通い続けるのが「住む」こととなる。 三 都から遠い田舎。 四 宮中、または貴人の家などに仕えることを、広く「宮仕へ」という。 五 戸令に、夫が異国へ去った時は、子がある時は五年、子がなくて三年たてば、再婚が許されると見える。この規定と関係があろう。 六 大変親切に言い寄る男があって、その男に。 七 宮仕えしにといって去った始めの男。 八「あらたまの」は「年」の枕詞。女の困惑と悲しみの歌。「新枕」は男女が初めて枕を交わすこと。 九 一・二句はさまざまの解がある。「年」を言い出すために「つき(月)弓」といったもので、「梓弓、ま弓、つき弓」は序のような働きをしているものか。「梓弓」以下弓の材料となった木の名。神楽歌に「弓といへば品なきものを梓弓ま弓つき弓品こそあるらし」とあるのをふんで、「今までいろいろのことがあったのをしのんで私がしたように」の意とする説もある。ただし、第五句は「品ももとめず」という本もあり、これだと意味が逆になる。「うるはしみ」は「うるはし(きちんとしている。端正だ)」をもととして考える限り、単にいつくしむのではなく、乱れのないさまを言うと考えるべきであろう。

君こむといひし夜毎《ごと》に過ぎぬればたのまぬものゝ恋ひつゝぞふる(51)

　あなたが来ようとおっしゃる夜が
　毎晩むなしく過ぎ去ってしまうので
　当てにはせぬものの
　こがれつづけて過ごしています

と言ったのだけれど、男は通って来なくなってしまった。

第二四段

　むかし、男が、大変な田舎に住んでいた。男は、宮仕えをしに、ということで、女に別れを惜しんで出かけていってしまったまま、三年も帰って来なかったので、女は待ちあぐんでいた折から、たいそう熱心に言い寄った人に、今晩逢《あ》いましょうと、約束したちょうどその夜に、この男が戻って来た。

「この戸をあけてください」

とたたいたのだけれど、あけないで、歌をよんで差し出したのだった。

あらたまの年の三とせを待ちわびてたゞ今宵こそ新枕《にひまくら》すれ(52)

　あらたまの年の三年をわたくしは
　ずっと待ちわび暮らして
　今晩という今晩はじめて
　あなたならぬひとと新枕するのです

とよんで差し出したので、

梓弓《あつさゆみ》ま弓つき弓年をへてわがせしがごとうるはしみせよ(53)

　梓弓・まゆみ・つき弓——そのつき弓のごとく、月を重ね年をへて
　わたしがあなたと折り目正しく暮らしたように
　その人をどうぞ、たいせつにね

といひて、いなむとしければ、女、

一梓弓《あづさゆみ》ひけどひかねど昔より心は君によりにしものを(54)

といひけれど、男かへりにけり。女いとかなしくて、後《しり》にたちて追ひゆけど、え追ひつかで、清水のある所にふしにけり。そこなりける岩に、およびの血して、書きつけける。

二あひ思はでかれぬる人をとゞめかねわが身は今ぞきえはてぬめる(55)

と書きて、そこに三いたづらになりにけり。

第二五段

むかし、男ありけり。四あはじともいはざりける女の、さすがなりけるがもとにいひやりける。

一 この歌にも諸説あるが、「梓弓は弓だから、引いたり引かなかったりするでしょう。しかし、弓ではない私の心は、ひたすらあなたにぴったりと寄り添っておりましたものを」のような意か。「梓弓」は、弓を引くと本と末が近寄るので、「ひく」の枕詞、また「よる」の縁語。万葉集、十二に類歌「梓弓末のたづきは知らねども心は君によりにしものを」がある。

二 「かる」は離れ去る意の動詞。

三 息を引きとる。死ぬ。

四 簡に過ぎて、ややとらえにくい表現。逢うのか逢わぬのか、はっきりしない態度をとって、男をじらし、結局は男を拒む女、と仮に考える。「男をじらす態度でありながら情けありげな女」とする説もある。なお、次の二つの歌は、古今集、恋三に「題しらず、業平朝臣」「同、小野小町」として、各独立して並んでいるが、伊勢物語では、このように一対の贈答歌として載っているので、両作品の成立問題と関連して、さまざまの論議を呼んでいる。古今集が先と見るのが常識的であろうが、さらに二つの歌の続きの悪さなどから、始めに「秋の野に」の歌だけで一段をなし、のち小町伝説ができ上がったころ、「みるめなき」の歌が付加されたとみる考えもある。

と言って、立ち去ろうとしたので、女は、

梓弓《あづさゆみ》ひけどひかねど昔より心は君によりにしものを(54)

梓弓、それを引こうが引くまいが
弓ならぬ私の心は
むかしからずっとあなたに
寄ってしまっておりましたのに

と言ったけれど、男は帰ってしまった。女は非常に悲しんで、あとを慕って追って行ったけれど、追いつくことができないで、清水の湧《わ》いている所に倒れ伏してしまった。そこにあった岩に、指の血で、書きつけた。

あひ思はでかれぬる人をとゞめかねわが身は今ぞきえはてぬめる(55)

思い合ってくださらないで
離れてしまうお方を引きとめられずに
わたくしの身は
今、ここで消え果ててしまうようです

と書いて、そこに空しく息絶えてしまったのだった。

第二五段

むかし、男があった。はっきりと「逢《あ》うつもりはありません」とも言わないでいた女で、そうはいっても、いざとなったら逢いそうにもない女のもとに、言って送った。

[一]秋の野にさゝわけしあさの袖《そで》よりもあはでぬる夜ぞひぢまさりける（56）

色ごのみなる女、返し、

[二]みるめなきわが身を浦としらねばやかれなであまの足たゆく来る（57）

第 二六 段

むかし、男、[三]五条わたりなりける女をえ得ずなりにける事と、わびたりける、人の返り事に、

[四]思ほえず袖にみなとの騒ぐかなもろこし舟のよりしばかりに（58）

第 二七 段

むかし、をとこ、女のもとにひと夜いきて、又もいかずなりにければ、女の、手洗ふ所に、[五]貫簀《ぬきす》を[六]うちやりて、たらひのかげに見えけるを、みづから、

一 「秋の野にさゝわけしあさ」は、女と逢ってその女のもとから帰る朝という。「ひづ」はぬれること。逢えぬために流す涙で、の気持ち。

二 「見る目・海松布」「憂ら(恨とも)・浦」「離(か)れ・刈れ」などそれぞれ掛詞。「あま(海人。漁夫のこと)」に男をたとえる。技巧を尽くした歌であるだけに異論も多い。特に、「わが身を浦と」のあたりなど、考えるべきであろう。

三 このあたり解しにくい。「男に同情して『え得ず……』と思ってくれた人に対する返事に」「男が嘆いているある人に言ってやったが、その人からの返事に」など。仮に「『五条……事』とわびたりける男、人に対する返事に」のように考えておく。「五条わたりなりける女」は、二条后をさすとする説もある。

四 「男」の歌。涙が流れたことを、誇張して述べた歌。「袖にみなとの云々」は大きな唐船が寄港すると、港の波がさわがしく立つように、私の袖に涙があふれる、の意。慰めてくれたことに対する感謝の涙とも、失恋の涙とも考えられようが、後者の方が前文との続きがよい。新古今集、恋五、よみ人しらず。

五 竹をすだれのように編んで手洗いの上に掛け渡しておくもので、水が外に飛び散らぬためのものという。

六 腹立ちまぎれになげやって、とみる説もある。

秋の野にさゝわけしあさの袖《そで》よりもあはでぬる夜ぞひぢまさりける(56)

秋の野原に
笹を分けて帰った朝の袖より
お逢《あ》いせずにひとり寝する夜の方が
ずっとびっしより濡れるものなのでした

色好みの女の、返した歌、

みるめなきわが身を浦としらねばやかれなであまの足たゆく来る(57)

海松布《みるめ》などないい浦のように
お逢いする機会のなさを嘆く私と
ご存じないからかしら
遠のいてしまわずに
海人《あま》のあなたは足がだるくなる程お通いになる

第　二六　段

むかし、男が、五条のあたりに住んでいた女を、自分のものにすることができなかった、と、気を落としていたが、ある人の手紙に対する返事に、

思ほえず袖にみなとの騒ぐかなもろこし舟のよりしばかりに(58)

思いもかけず
港に波が立ちさわぎ
袖はたいそう濡れました
まるであの、もろこし舟が
寄ってきたほどに

第　二七　段

むかし、男が、女の所に一晩だけ行って、それっきり行かなくなってしまったところ、女は、手を洗う場所で、ぬきすをちょっとわきへよけて、たらいの水に自分の顔が影として映って見えたのを、自分から、

[一]我ばかりもの思ふ人はまたもあらじと思へば水の下にもありけり　(59)

とよむを、来ざりける男、立ち聞きて、

[二]水口《みなくち》にわれや見ゆらむ蛙《かはづ》さへ水のしたにてもろごゑになく　(60)

第二八段

むかし、色ごのみなりける女、出《い》でていにければ、

[三]などてかくあふごかたみになりにけむ水漏らさじと結びしものを　(61)

第二九段

むかし、[四]春宮《とうぐう》の女御《にょうご》の[五]御方の[六]花の賀に、[七]めしあづけられたりけるに、

[八]花に飽かぬなげきはいつもせしかども今日のこよひに似る時はなし　(62)

一　「ありけり」は存在するのにはじめて気がついた気持ち。この歌、語調がおもしろい。

二　「水口」は田へ水をせき入れる口。たらいの水をたとえたものであろう。そこから「蛙」が導かれる。歌意はわかりにくいが、心なき蛙までが、たんぼでほかの蛙と声を合せて鳴くのだから、水の下にいたのは、きっとあなたに同情している私の姿が見えるのでしょう、のようなことか。

三　「あふごかたみ」は「逢ふ期（機会）難み」。「あふご」の「ご」に「籠《こ》」をかけ、さらに「朸《あふご》（天秤棒のこと）」をかける。「難み」に「筐《かたみ》（目の細かい竹籠）」をかけた。「むすぶ」に竹で籠を編むことと、水を手ですくうことを、二人がちぎることにかけたもの。縁語・掛詞の技巧を駆使している。

四　「春宮の女御」は「春宮の嫡妃」の例と「春宮の母である女御」の例とがある。二条后のこととすると、後者の例。すなわち二条后高子は、春宮（のちの陽成帝）の母である。

五　御殿、御許、の意か。一説身内の方。　六　桜の花の咲くころに行われる賀。賀は年齢の祝い。四十に始まり、十年ごとに行う。　七　召されて仕事を委任されるのような意か。

八　女御に対する慕情がこめられていよう。新古今集、春下、業平。

我ばかりもの思ふ人はまたもあらじと思へば水の
下にもありけり(59)
私ほど
物思いに沈む人はまたとあるまい
と思ったらなんと
水の下にもまたいたのでした

とよんだのを、今まで来なかった男が立ち聞きをして、

水口にわれや見ゆらむ蛙《かはづ》さへ水のしたにてもろ
ごゑになく(60)
それはたらいの注《つ》ぎ口に
きっとわたしが見えているのでしょう
心のない蛙《かえる》まで
水の下に声を合わせて鳴くのですから

第二八段

むかし、色好みであった女が、男の家を出て行ってしまったので、

などてかくあふごかたみになりにけむ水漏らさじ
と結びしものを(61)
どうしてこうも
逢《あ》うのがむつかしくなってしまったのか
水も漏らすまいとしっかり編んだ籠《かご》のように
固く契りをむすんだのに

第二九段

むかし、春宮《とうぐう》の女御《にょうご》の御もとの、花の宴に、お召しにあずかった時に、

花に飽かぬなげきはいつもせしかども今日のこよ
ひに似る時はなし(62)
花に心をのこす
なげきは何度も味わいました
それも今日の今夜のなげきに
似るほどの時はございません

第三〇段

むかし、男、はつかなりける女のもとに、

[一]あふことは玉の緒ばかりおもほえてつらき心のながく見ゆらむ（63）

第三一段

むかし、宮の内にて、ある[二]御達《ごたち》の局《つぼね》のまへをわたりけるに、なにの[三]あたにか思ひけむ、[四]「よしや草葉よ、ならむさが見む」といふ。男、

[五]つみもなき人をうけへば忘草おのがうへにぞ生ふといふなる（64）

といふを、[六]ねたむ女もありけり。

第三二段

むかし、ものいひける女に、年ごろありて、

一　「玉の緒」は玉を連ねる緒で、その間が短くしか見えないことから、「短い」または、「命」の意となる。ここは短いことのたとえ。逢うことの短さと、つれない心が長く見えていることを対照させたもの。

二　「御達」は上席の女房。一九段既出。

三　自分に害を与える者。恋の恨みなどであろう。

四　当時の歌の下句か。女の創作の句か。「さが」は持ちまえの性質。

五　「うけふ」（四段）は呪《のろ》うこと。「忘草」は自分が人に忘れられるという意味で用いているから、二一段と同様、ここも単に「忘れる」草としての用例である。「いふなる」は伝聞。そんなことをすると、相手にされなくなるよ、の心。

六　「ねたむ女」は「よしや草葉よ」といった女とする説と、別の女とする説とがある。「ねたし」は相手に負かされたり、不注意で失敗した場合などに感じる、いまいましい、しゃくだと思う気持ち。

第三〇段

むかし、男が、ほんのちょっと逢《あ》った女のもとに、

あふことは玉の緒ばかりおもほえてつらき心のながく見ゆらむ(63)

お逢いしているあいだは
ほんの玉の緒の短かさに思われて
つれないあなたのお心の方《ほう》は
どうしてこんなに長く見えているのでしょう

第三一段

むかし、男が宮廷の中で、ある女房の局《つぼね》の前を通った時に、いったい、何の恨みがあると思ったのだろうか、

「よしや草葉よ、ならむさが見む（まあ、いいでしょう、どうせ草の葉よ。そのうちどうなるかを見ましょうよ)」

と歌の句を言う。男が、

つみもなき人をうけへば忘草おのがうへにぞ生ふといふなる(64)

罪もない人を呪《のろ》うと
草の葉どころか忘れ草が
その方《かた》の上に
生えるとかいいますよ

というのを、してやられたとくやしがる女もいたのだった。

第三二段

むかし、かつてかかわりがあった女に、何年かたって、

[一]古《いにしへ》のしづのをだまきくりかへし昔を今になすよしもがな(65)

といへりけれど、[二]なにとも思はずやありけむ。

第三三段

むかし、をとこ、[三]津の国、菟原《うばら》の郡《こほり》にかよひける女、このたびいきては、又は来じと思へる気色《けしき》なれば、男、

[四]芦辺《あしべ》よりみち来るしほのいやましに君に心を思ひますかな(66)

返し、

[五]こもり江に思ふ心をいかでかは舟さす棹《さを》のさして知るべき(67)

[六]田舎人のことにては、よしやあしや。

一 「古の」は「しづ」にかかる枕詞。「しづ(倭文)」は古代の織物の一種。「をだまき」は「しづ」を織るための糸を球のように巻きつけたもの。同じことを繰り返して巻きつけるから、「くり返し」の序になっている。第一句を「しづやしづ」と、静御前がよみかえて舞ったという話は有名(義経記、六)。古今集、雑上、よみ人しらず、に類歌「古のしづのをだまきいやしきもよきもさかりはありしものなり」がある。

二 返事をしなかった、という含み。

三 兵庫県の芦屋市のあたり。

四 「芦辺より……しほの」は景をよみ入れた序詞。万葉集、四、に類歌(下句「思へか君が忘れかねつる」)がある。

五 「こもり江」は、河または海などが深く陸地に入り込んで、かくれている入江。「江・舟さす・棹・さして」は縁語。前の歌の「心を思ひますかな」をうけて、その「心」は行動にあらわれなければ私にはわかりません。どうぞ、これからも訪れてください、の意であろう。本来は「心に秘めている私の心はあなたにわかるはずはない」の意の恋歌であろうが、この段においての「心」も「女の心」とする説はとらない。

六 女の歌に対する作者の発言。田舎人としてはまあうまいだろう、という賞讃をえんきょくに表現したもの。

古《いにしへ》のしづのをだまきくりかへし昔を今になすよしもがな(65)

古いむかしの、しずのおだまきを
くるくると繰り返すように
仲の良かった「昔」をもう一度繰り返して
「今」にするすべがあればいいのに

と言ったのだけれど、女の方では別にどうとも思わなかったのだろうか。

第　三三　段

むかし、男が、摂津《せっつ》の国の、菟原《うばら》の郡《こおり》に通っていたが、その女は、「今度帰って行ったら、この人はもう二度とは来ないだろう」と思っている様子なので、男は、

芦辺《あしべ》よりみち来るしほのいやましに君に心を思ひますかな(66)

あたかも芦辺から満ちてくる潮が
どんどん増してくるように
あなたへの思いは
ますます募ってくるのです

女の返しの歌、

こもり江に思ふ心をいかでかは舟さす棹《さを》のさして知るべき(67)

深い入江にかくれるように
かくれて思ってくださるあなたの心を
どうして舟さす棹のわたくしが
はっきりさして知ることができましょう

田舎者のよんだ歌としては、いいだろうか、それともまずいだろうか。

第三四段

むかし、をとこ、つれなかりける人のもとに、

一いへばえにいはねば胸に騒がれて心ひとつに歎《なげ》くころかな（68）

二おもなくていへるなるべし。

第三五段

むかし、心にもあらで絶えたる人のもとに、

三玉の緒を沫緒《あわを》によりてむすべれば絶えてののちも逢《あ》はむとぞ思ふ（69）

第三六段

むかし、「忘れぬるなめり」と四問ひ言《こと》しける女のもとに、

五谷せばみ峯《みね》まではへる玉かづら絶えむと人にわが思はなくに（70）

一 「えに」の「に」は、古代の打消の助動詞の連用形で、「得ずして」の意といわれている。

二 作者の感想で「いへばえに」など と殊勝なことを言いながら、臆面もなく言っているようだ、とみるのが妥当か。しかし、「おもなくて」の「て」を重くみれば、行動（歌をよみかける、訪れる）の方は臆面もないのに、それでいて歌の中ではこういうように言っているのだろう、とも見られる。

三 「あわを」は、緒のより方・結び方の名称であろうが、どのようなものかはっきりしない。一か所が切れても別の部分で支えている、といったより方か。底本「あはお」。「むすべれば」の「れ」は、完了の助動詞「り」の已然形。万葉集、四、に下句を「在りて後にも逢はざらめやも」とする類歌がある。

四 「問ふ」は、相手に不明の点を直接ただして答えを求めること。

五 上句は「絶えむと」にかかる序。「はへる」は、動詞「はふ」に、完了の助動詞「り」の連体形がついたもの。「なくに」は、「……ではないことなのに」の意の詠嘆的な表現。万葉集、十四、に類歌「谷せばみ峯にはひたる玉かつら絶えむの心わが思はなくに」がある。

第　三四　段

むかし、男が、すげないあしらいをした女の所に、

いへばえにいはねば胸に騒がれて心ひとつに歎《なげ》く
ころかな(68)

言おうとすれば言えず
言わなければ胸の中が乱れてしまう
私の心の中だけで
ため息をつく毎日です

あつかましくて、それでいて歌にはしおらしくこうよんだのだろう。

第　三五　段

むかし、心ならずも仲が絶えていた人のところに、

玉の緒を沫緒《あわを》によりてむすべれば絶えてののちも
逢《あ》はむとぞ思ふ(69)

短い玉の緒を特別に
沫緒《あわお》に縒《よ》って結んであるのですから
一たび切れてからのちも
またきっと逢えるだろうと思います

第　三六　段

むかし、「私をもうすっかりお忘れのようですね」と問いただしてきた女のところに、

谷せばみ峯《みね》まではへる玉かづら絶えむと人にわが
思はなくに(70)

谷がせまくて、そのままっすぐ
峯までのびる玉かつらのように
あなたにと絶《だ》えようとは
私は思っていないのに

第三七段

むかし、男、色好みなりける女に逢《あ》へりけり。一うしろめたくや思ひけむ、

二我ならで下紐《したひも》とくな朝顔の夕かげ待たぬ花にはありとも(71)

返し、

三ふたりして結びし紐をひとりしてあひ見るまでは解かじとぞ思ふ(72)

第三八段

むかし、四紀有常《きのありつね》がりいきたるに、五ありきておそくきけるに、よみてやりける。

六君により思ひならひぬ世の中の人はこれをや恋といふらむ(73)

一 女が色好みであったため、気がかりに思ったのである。

二 「下紐とく」は下裳《したも》の紐を解くことで男女の契りを暗にいう。「ひもとく」は花が開くことで、朝顔が開くことにかける。朝顔は現在のそれとは違うといわれるが、いずれにせよ、朝開いて夕にしぼむ花のことであろう。あなたが変わりやすい心の人であるとしても、私以外の男に下紐を解いてはいけない、の意。

三 相逢った男女が別れる時は、互いの下紐を結び合って、再び逢うまでは互いに解くまいと誓うのが風習であった。「ひとりして」は、「解かじ」に続く。万葉集、十二、に下句「吾は解き見じただに逢ふまでは」として類歌がある。

四 一六段既出。「がり」は「……のもとに」の意をあらわす接尾語。

五 有常は不在で、方々回わって遅く帰って来た、その折に帰りを待ちわびて、客である男が、有常の行く先に、留守宅から歌をつかわした、の意か。あるいは待ちくたびれて男は帰宅し、改めてよんでおくったものか。

六 私が味わったこのじっと待ち続ける苦しみを恋というのでしょうね。待たされたことを、たわむれに恨んだもの。

第三七段

むかし、男が、色好みであった女と逢《あ》っていた。他に心を移さないかと気がかりに思ったのだろうか、

我ならで下紐《したひも》とくな朝顔の夕かげ待たぬ花にはありとも(71)

私ではなくて
下紐を解かないでくださいよ
いくらあなたが朝顔で、夕日を待たずにしぼむ
うつろいやすい花ではあっても

女の返し、

ふたりして結びし紐をひとりしてあひ見るまでは解かじとぞ思ふ(72)

二人で、結んだ下紐ですもの
一人で勝手に
お逢いする時までは
解くまいと思います

第三八段

むかし、紀有常《きのありつね》のもとに行った時に、有常はほかに回わっておそく来たので、男はあとでよんでおくった。

君により思ひならひぬ世の中の人はこれをや恋といふらむ(73)

あなたをお待ちして
思い知りました
世間の人たちはなるほど
こんな気持ちを「恋」というのでしょう

返し、

一ならはねば世の人ごとになにをかも恋とはいふと問ひし我しも(74)

第三九段

むかし、二西院《さいゐん》の帝《みかど》と申す帝おはしましけり。その帝のみこ、三崇子《たかいこ》と申す四いまそかりけり。そのみこうせ給ひて、御葬《おほんはふり》の夜、その宮の隣なりける男、御葬見むとて、女車にあひ乗りて出《い》でたりけり。いと久しうゐていで奉らず。うち泣きてやみぬべかりけるあひだに、天《あめ》の下《した》の色好み、五源至《みなもとのいたる》といふ人、これももの見るに、この車を女車と見て、寄り来て、とかく六なまめくあひだに、かの至、蛍《ほたる》をとりて女の車に入れたりけるを、車なりける人、七この蛍のともす火にや見ゆらむ、ともし消ちなむずるとて、乗れる男のよめる。

八出《い》でていなばかぎりなるべみともしけち年へぬるかとなく声を聞け(75)

かの至、返し、

一「世の人ごとに」は、「恋とはいふ」にかかるとする説と、「問ひし」にかかるとする説がある。後者の方がとぼけた感じでおもしろかろう。下句は「何を恋というのか、と人に尋ねたことがある私、よりによって、その私が、まあ、恋の道の達人であるあなたの、恋の師となるとは、さてさて不思議なことですね」の意。二淳和天皇。譲位後、大宮の東の西院におられた。三承和十五年（八四八）五月十五日薨。十九歳。四「在り」「居り」の敬語。ラ変動詞。五嵯峨帝の御子、源定の子。順の祖父。歌人であるが、天の下の色好みは誇張であろう。六「なまめく」は、洗練された、しっとりとした態度で、歌をよみかけなどすることをいうのであろう。七この句のあらわす情景はとらえにくい。仮に「車なりける人……消ちなむずる」を、「乗れる男」の考えとみた。しかし、男が自分の乗っているのを隠そうとしているともみられ、はっきりしない。八難解な歌。法華経に、仏の入滅を「薪尽燈滅スルガ如シ」というのをふんで、崇子の薨去をさすとする説がある。「年へぬるか」は、「長く生きられたか、そうではない」の意であろう。仮に口訳のように解くが、疑わしい。本来、四〇段の「いでていなば」の歌の前にあったのではないかという試案もある。

有常の返しの歌、

ならはねば世の人ごとになにをかも恋とはいふと
問ひし我しも(74)

経験したことがないので
世間の人に逢《あ》うたびに
いったい何を「恋」というのか、と
たずねた私ですのに

第三九段

むかし、西院《さいいん》の帝《みかど》と申し上げる帝がおいでになった。その帝の皇女で、崇子《たかいこ》と申し上げる方がいらっしゃった。その皇女がお亡くなりになって、御葬送の夜に、その宮邸の隣に住んでいた男が、御葬送を見ようと思って、女車に女と一緒に乗って出ていた。長い間、お待ちしたが、なかなか御柩車《きゅうしゃ》をお引き出し申し上げない。そのまま悲しみの涙を流すだけで、拝見しないで帰ろうとしたところに、天下の色好みである、源《みなもと》至《のいたる》という人が、これも御葬列を拝見している時に、この男の乗った車を女車と見て、寄って来て、なにかと優雅に歌をよみかけなどするうちに、その至が、螢《ほたる》を取って女の車に入れたのを、「車に乗っている女が、この螢のともす火で見られているのではないか、灯を消してしまおう」というわけで、乗っている男がよんだ。

出《い》でていなばかぎりなるべみともしけち年へぬる
かとなく声を聞け(75)

御柩車が出ていけば、宮との御縁は
もうこれまでですから
こんな螢の灯は消して、灯が消えるように
長くはおいでにならずに、はかなかった方を
いたんで泣く私の声を聞いてください

例の至が、返事として、

[一]いとあはれなくぞ聞ゆるともしけち消ゆるものとも我は知らずな　(76)

天の下の色好みの歌にては、[二]なほぞありける。

[三]至は順《したがふ》がおほぢなり。みこのほいなし。

第四〇段

むかし、若きをとこ、けしうはあらぬ女を思ひけり。さかしらする親ありて、[四]思ひもぞつくとて、この女をほかへ逐《お》ひやらむとす。さこそいへ、まだ逐ひやらず。[五]人の子なれば、まだ心いきほひなかりければ、とどむるいきほひなし。[六]女もいやしければ、[七]すまふ力なし。さるあひだに思ひはいやまさりにまさる。にはかに親この女を逐ひうつ。[八]男、血の涙をながせども、とどむるよしなし。率《ゐ》て出《い》でていぬ。男泣く〳〵よめる。

[九]いでていなば誰《たれ》か別れのかたからむありしにまさるけふは悲しも　(77)

一　前歌との関連において、これもよくわからない。法華経の「我涅槃ヲ説クト雖モ、是レ則チ真ノ滅ニアラズ」を同じくふんで、皇女の命の永遠を言うものと仮にみておく。なおこれを、「蛍の火を消してもちゃんとみえますよ」にかけたとする見方もある。

二　平凡。もう一つ物足りない。

三　以下は注記であろう。順は源順。梨壺の五人の一人。この人を、伊勢物語の成長にかかわりのある人物とみる説もある。「みこのほいなし」は、よくわからない。本来は「親王の伝本にはない」の意で、「みこの本なし」であったか。ほかに「皇女の御葬送に不本意だ」「至には親王になる気持ちはなかった」とする説もある。いずれにせよ、この段全体に問題がありそうである。

四　「思ひ」は男の女に対する思いであろう。「もぞ」は好ましからぬことが、必然的に起こることを予想する場合に用いる助詞。歌の部分までの文章は現在形で語っている。

五　まだ独立していないのである。

六　召使いなどであろう。

七　相手の働きかけを力で拒否する。

八　すてる。下二段活用。

九　初句「女が自分の意志で出て行くなら」の意というが、やや疑わしい。「いとひては」とする本文もある。

いとあはれなくぞ聞ゆるともしけち消ゆるものとも我は知らずな(76)

大変おいたわしいこと
なるほどあなたのお泣きの声が聞こえます
ともし火を消すように宮さまの御命が
消えるものとも私は思いませんが

天下の色好みの歌としては、平凡なものだ。源至《みなもとのいたる》は、源順《みなもとのしたがう》の祖父である。こんなやりとりは皇女さまの御本意には添わないことだ。

第四〇段

むかし、若い男が、そうわるくはない女を思った。分別くさいお節介を焼く親がいて、深く恋慕の心がつくといけないということで、この女をよそへ追い払おうとする。そうはいっても、まだ追い払わないでいる。この男は、親の世話になっている身分なので、まだ思いのままに振る舞う力もなくて、女を引きとめる勇気がない。女の方も、身分が低いので、身をもって拒む力がない。そうしているうちに、恋慕の心はいよいよ勝りに勝ってくる。それで突然、親はこの女を追い出す。男は、血の涙を流して悲しむけれど、引きとどめる手段もない。人がこの女を連れて出て行く。男は泣く泣くよんだ。

いでていなば誰《たれ》か別れのかたからむありしにまさるけふは悲しも(77)

あの人が自分で出て行くのなら
だれも別れがつらいなど言わないのです
今までもつらかったけれど
今日はそれよりずっと悲しい日だなあ

とよみて絶え入りにけり。親あわてにけり。一なほ思ひてこそいひしか、いとかくしもあらじと思ふに、真実《しんじち》に絶え入りにければ、まどひて願《ぐわん》たてけり。けふの入相《いりあひ》ばかりに絶え入りて、又の日の二戌《いぬ》の時ばかりになむ、辛《から》うじていき出《い》でたりける。むかしの若人《わかうど》は、三さるすける物思ひをなむしける。四今の翁《おきな》まさにしなむや。

第四一段

むかし、女五はらからふたりありけり。ひとりはいやしきをとこの貧しき、ひとりはあてなるをとこもたりけり。いやしきをとこもたる、しはすのつごもりに六うへのきぬを七洗ひて、てづから張りけり。八志《こころざし》はいたしけれど、さる賤《いや》しき業《わざ》も九慣《なら》はざりければ、うへのきぬの肩を一〇張りやりてけり。せむ方もなくてたゞ泣きに泣きけり。これを、かのあてなるをとこ聞きて、いと心苦しかりければ、いと清らなる一一緑衫《ろうさう》のうへのきぬを、見出でてやるとて、

一二むらさきの色こき時はめもはるに野なる草木ぞわかれざりける(78)

一 この一句ややあいまいな表現。「やはり自分は息子のことを思って諫言したのだが、まさかこんなではあるまいと思うのに」の意か。口語訳のように見たが、「こそ……已然形」の逆接表現を考えると、「息子はやはり女を本当に思って言ったことなのだが」のようにも解せるか。
二 午後八時ごろ。
三 「すけり」は「好く」に完了の「り」の添ったもの。恋にふける、一途にうち込む。
四 現在のおじいさん(分別くさい若者)は、こんなふうに死ねようか、できはすまい、の意か。一説「昔の若人」すなわち「今の翁」で、「今の翁には どうしてこんな恋ができるか」と、昔の自分の体験をとぼけて語ったもの。
五 初段参照。
六 袍。男子の宮中における正装の上衣。位階によって色の定めがある。
七 新年の用意をするのであろう。洗ったものを板に張ってのりづけする。
八 「いたす」は力の限りを尽くして、つとめてすること。
九 馴れる。習慣となる。
一〇 「やる」はひきちぎって破ること。
一一 ロクサンの音便。六位の人の着る緑色の袍。
一二 紫の根が濃い時は、草木はみな「緑」一色になる、の意であろう。「緑衫」からも、一帯に「紫」になるとは考えにくい。「目も遥に」に「芽も張るに」をかける。古今集、雑上、業平。

とよんで気を失ってしまった。親はすっかりあわててしまった。やはり子のことを思って諫言したのに、まさか本当に死んだりすることはあるまいと思うのに、本当に気を失ってしまったので、ろうばいして願を立てた。今日の日の入りのころに気を失って、次の日の戌《いぬ》の時刻のころに、やっとのことで息を吹き返した。昔の若者はこうした一途《いちず》な恋愛をしたものだ。今時のおじいさんは、いったい、死ぬことができようかな。

第四一段

むかし、二人の姉妹があった。そのうちひとりは、身分が低くて貧しい男を、もうひとりは高貴な男を夫として持っていた。賤《いや》しい男を持っている女は、十二月の末に夫の袍《うえのきぬ》を洗って、自分の手で張った。心をこめて一生懸命するのだけれど、そうした賤しい仕事にも慣れていなかったので、袍の肩を張って破ってしまった。どうしようもなくて、ひたすら泣きに泣くばかりだった。このことを、あの、高貴な男が聞いて、大変気の毒に感じたので、たいそうきれいな緑衫《ろくそう》の袍を、さがし出して贈ろうとして、

むらさきの色こき時はめもはるに野なる草木ぞわかれざりける(78)

紫草が色濃くて芽ぶく春には
目もはるかにおしなべて、緑一色
野にある草木は区別できないのです
愛する妻と、あなたがわけられないように

[一]武蔵野《むさしの》の心なるべし。

第四二段

むかし、男、色好みとしる〱[二]女をあひ言へりけり。されど憎く[三]はたあらざりけり。しば〱いきけれどなほいと後《うしろ》めたく、さりとて、いかではた得あるまじかりけり。なほはた得あらざりけるなかなりければ、ふつかみかばかりさはることありて、えいかでかくなむ。

[四]いでてこしあとだにいまだかはらじを誰《た》が通ひ路と今はなるらむ　(79)

[五]もの疑はしさによめるなりけり。

第四三段

むかし、[六]賀陽親王《かやのみこ》と申す親王《みこ》おはしましけり。その親王、[七]女をおぼしめして、いとかしこう恵みつかう給ひけるを、[八]人なまめきてありけるを、我のみと思ひけるを、[九]又人聞きつけて、文《ふみ》やる。[一〇]ほととぎすのかたをかきて、

一　作者の感想。「武蔵野の」の歌は「紫草の一本のために、武蔵野の草は全部おもむき深く思われる。そのように愛する人ひとりのために、それにつながる縁の人は全部いとしく思われる」の意。古今集、雑上、よみ人しらず。「むらさきの色こき時は」の歌の前に見える。
二　女と互いに言い交わす。「を」は感動助詞か。
三　色好みだからといって、やはり。このあたりの文章、重複が多く、くどい感じがする。男の思い切りがたい心をあらわしたのであろうか。
四　新古今集、恋五、業平。
五　作者の解説。
六　桓武天皇第七皇子。
七　女性をお愛しになって。恋愛の意ではないとする説もある。
八　恋をほのめかして優雅な様子を見せることであろう。
九　「親王」「人」に続き、三人目の男性。
一〇　「又人(男)」は。「かた」は絵。

これは、「武蔵野《むさしの》（紫の一本《ひともと》ゆゑに武蔵野の草はみながらあはれとぞ思ふ）」の歌の趣をよんだものなのだろう。

第四二段

むかし、男が、色好みと十分知りつつ、ある女と語らい合っていた。とはいっても、その女をにくくは思わなかった。何度も通っていたのだが、やはりとても気がかりで、だからといって、通って行かないではいられそうもなかった。なんといってもやはり通って行かずにはいられない仲だったので、二日、三日ほど差し支えがあって、行くことができずにいた時に、このようによんでおくった。

いでてこしあとだにいまだかはらじを誰《た》が通ひ路と今はなるらむ(79)

私が出てきた
足跡《あしあと》だってそのまま残っていようのに
だれの通う道と
今はなっていることだろう

女の心が何となく疑わしくて、このようによんだのだった。

第四三段

むかし、賀陽親王《かやのみこ》と申し上げる親王《しんのう》がいらっしゃった。その親王《しんのう》は、女を御寵愛《ちょうあい》なさって、とてもかわいがってお使いになったのだが、その女に、ある男が気持をほのめかしていて、それは自分だけだと思っていたのに、また、別の男がこのことを聞きつけて、女に手紙をおくる。この別の男は、ほととぎすの絵を描いて、

一 ほととぎす汝《な》が鳴く里のあまたあればなほ疎《うと》まれぬ思ふものから (80)

といへり。この女、二 けしきをとりて、

三 名のみたつしでの田長《たをさ》はけさぞ鳴く庵《いほり》あまたと疎まれぬれば(81)

時は四 さ月になむありける。男、返し、

五 いほり多きしでの田長はなほたのむわが住む里に声し絶えずは(82)

第四四段

むかし、六 県《あがた》へゆく人に七 馬《うま》のはなむけせむとて、呼びて、疎き人にしあらざりければ、八 家刀自《いへとうじ》九 さかづきさゝせて一〇 女の装束《さうぞく》かづけむとす。主《あるじ》のをとこ、歌よみて、一一 裳《も》の腰に結《ゆ》ひつけさす。

一 「ほととぎす」は相手の女。かかわりを持つ男性が多すぎる、とよみかけたもの。古今集、夏、よみ人しらず。
二 様子を見てとって、の意と見たが、「男の歓心を買おうとして、機嫌をとって」の意とする見方もある。
三 「しでの田長」は、ほととぎすの異名。浮気だという虚名のために、あなたから疎まれるのはつらい、と応じた。
四 ほととぎすの鳴くころ。作者の説明。
五 あなたが私の言うことを聞いてくれるのなら、まあ他の人のことはいいとしましょう。
六 「県」は田舎。地方。任国のことで、地方官として赴任する意ともいう。
七 旅立つ人と別れる時、馬の鼻を行く方に向けて、かどでの世話をすることから、旅立つ人におくりものをしたり、酒食を設けてもてなしたりすることを、「馬のはなむけ」という。
八 「家戸主」で一家の主婦。北の方。
九 「さかづきさゝせ」たのは「家刀自」が人をして、という文脈。
一〇 「かづく」はかぶらせる、頭に載せさせる、の意の下二段動詞。目上の人から衣服を与えられた時、頭に載せて拝礼した。従って、ここは贈り物として与えること。
一一 「裳」は正装の時、袴の上にまとったもの。「腰」は腰ひも。

ほととぎす汝《な》が鳴く里のあまたあればなほ疎《うと》まれ
　ぬ思ふものから(80)
　ほととぎすよ
　お前の鳴く里があまりたくさんあるから
　やはりいやになってしまう
　恋しく思っていながらも
と言った。この女は、事情を察して、
　名のみたつしでの田長《たをさ》はけさぞ鳴く庵《いほり》あまたと
　疎まれぬれば(81)
　わるい名ばかり立つ
　「しでのたおさ」は
　今朝こそこうして泣いています
　住みかが多いといやがられたので
時節は五月のことだった。男の返事、
　いほり多きしでの田長はなほたのむわが住む里に
　声し絶えずは(82)
　住みかの多い「しでのたおさ」を
　やはり頼みにしています
　私の住む里に
　その声がとぎれないのなら

第四四段

むかし、地方へ行く人に、餞別《せんべつ》の宴をしようというわけで、その人を呼び、疎遠な人でもなかったので、その家のあるじの妻が、盃《さかずき》をすすめさせて、女の装束《そうぞく》をおくろうとする。主人である男が、歌をよんで、その装束の中にある裳《も》の腰ひもに結びつけさせる。

一いでてゆく君がためにとぬぎつれば我さへもなくなりぬべきかな　(83)

二この歌はあるがなかに面白ければ、心とゞめてよます、腹に味はひて。

第四五段

むかし、男ありけり。人の娘のかしづく、いかでこの男に三ものいはむと思ひけり。うちいでむこと難くやありけむ、四もの病《やみ》になりて死ぬべき時に、「かくこそ思ひしか」といひけるを、親聞きつけて、泣く〳〵告げたりければ、まどひ来たりけれど、死にければ、つれづれと籠《こも》りをりけり。時はみな月のつごもり、いと暑きころほひに、宵は五あそびをりて、夜ふけてやゝ涼しき風ふきけり。蛍《ほたる》たかくとびあがる。この男、見ふせりて、

六ゆく蛍雲のうへまでいぬべくは秋風ふくと雁《かり》に告げこせ　(84)

七暮れがたき夏の日ぐらしながむればそのことゝなくものぞ悲しき　(85)

一　女の立場で「主のをとこ」がよんだもの。「裳」と「喪」をかける。「喪」は死の忌みのみならず、広くわざわい、凶事をいう。旅のはなむけの歌。古今六帖、四、業平。

二　以下は作者の戯書とも、後人の註ともいわれるがはっきりしない。「女に読ます」と見たが、「よまず」と見る考えもある。「心とどめてよ。まづ腹に……」ともよめるか。「感動の心を残して、返歌をよまず」「心をもちいて詠誦はせず」などの解き方もある。

三　逢って語らうことをさす。

四　恋わずらいであろう。

五　死者の霊をなぐさめるために、柩の前で管絃を奏するという。しかし、男のつれづれを慰さめる所為と見ても差し支えなかろう。

六　蛍・雁を女の霊にたとえる。本来は雁の訪れを待つ秋の歌であろう。後撰集、秋上、業平。

七　何となくはっきりしない歌であるが、知らぬまにむすめに恋われ、死なれた、男の困惑のまじった悲しみをあらわすものか。

いでてゆく君がためにとぬぎつれば我さへもなく
なりぬべきかな(83)

旅立っておいでの
あなたのためにと脱いだ裳《も》なので
私までわざわいが
きっとなくなることでしょう

この歌は、その時のたくさんの歌の中で特におもしろかったので、心をとめるようにして詠じさせる。その趣をしみじみとおなかの中で味わって。

第　四五　段

むかし、男があった。人の娘で親が大事にしている女が、どうかしてこの男に思いをうちあけたいと思った。それを口に出すことがむずかしかったのだろうか、病気になって死んでしまう時に、「こうこう思っていたのだけれど」と言ったのを、親が聞きつけて、泣く泣く男に告げたので、男はあわててかけつけて来たけれど、女は死んでしまったので、やるせない気分でそのまま喪に籠《こも》ってじっとしていた。時は六月の末のとても暑いころで、宵のうちは楽器を鳴らして、夜が更けてから少し涼しい風が吹いて来た。蛍《ほたる》が高くとんで空に上がる。この男はそれを臥しながら見て、

ゆく蛍雲のうへまでいぬべくは秋風ふくと雁《かり》に告
げこせ(84)

とぶ蛍よ
雲の上までいけるのなら
地上ではもう秋風が吹いていると
雁に教えて来させておくれ

暮れがたき夏の日ぐらしながむればそのことゝな
くものぞ悲しき(85)

なかなか暮れていかない
夏の日いっぱい思いにふけっていると
何をさすともなく、なんとなく悲しいものだ

第四六段

むかし、をとこ、[一]いとうるはしき友ありけり。かた時さらずあひ思ひけるを、[二]人の国へいきけるを、いとあはれと思ひて別れにけり。月日経ておこせたる文《ふみ》に、

[三]あさましく対面《たいめん》せで月日の経にけること。忘れやし給ひにけむと、いたく思ひわびてなむ侍《はべ》る。世の中の人の心は、[四]めかるれば忘れぬべきものにこそあめれ。

といへりければ、よみてやる。

[五]めかるともおもほえなくにわすらるゝ時しなければ面影にたつ(86)

第四七段

むかし、男、ねむごろにいかでと思ふ女ありけり。されど、この男を[六]あだなりと聞きて、[七]つれなさのみまさりつゝいへる。

[八]大幣《おほぬさ》のひく手あまたになりぬれば思へどえこそ頼まざりけれ(87)

一 きちんと整って、欠けることのない友情の美しさをいうか。「うるはし」は「端正だ」「立派できちんとしている」の意。
二 他の地方。京以外の地。
三 「あさましく」は「月日の経にけること」にかかる。
四 「目離(か)る」で逢わないこと。
五 「わすら」は四段活用の「わする」の未然形。「るる」は自発。自然に思い忘れる。「面影」は現実ではなくて、思い出などにありありと現れる顔や姿。古今六帖、四、業平。
六 浮気者だと評判に聞いて。
七 女の歌が、その度ごとに冷淡さを加えること。
八 「大幣」は串に麻帛などを垂れたもので、神前に奉る。この大幣で祓いをし、それが終わると、大勢の人々が引き寄せて身をなでて、けがれを移すので、「ひく手あまた」といったもの。古今集、恋四、よみ人しらず。

第　四六　段

むかし、男が、とても折り目の正しい間柄の友達を持っていた。少しの間も離れる時なくお互いに親しんでいたのに、その友達が地方へ行ったのを、とてもしみじみと悲しいと思って別れてしまった。月日がたって、友達からおくってきた手紙に、

あきれるほど、お逢《あ》いしないで月日がたってしまいました。お忘れになったのではないかと、とてもさびしく思っております。世間の人の心は、あわずに離れてしまえば、忘れてしまうもののようですが……。

と書いてあったので、よんでおくる。

めかるともおもほえなくにわすらるゝ時しなければ面影にたつ(86)

お逢いしないでいるとは
とても思えません
忘れてしまう時がないので
いつもあなたのお姿がありありと見えています

第　四七　段

むかし、男が、熱心に何とかして逢いたいと思う女があった。しかし女の方では、この男のことを移り気な男だと評判に聞いて、冷たさばかりが増した歌をよむようになって、言いおくってきた。

大幣《おほぬさ》のひく手あまたになりぬれば思へどえこそ頼まざりけれ(87)

あなたは大幣のように
ひく手あまたにおなりですから
お慕いしていても
たよりにすることができないのでした

返し、をとこ、

一 大幣《おほぬさ》と名にこそたてれ流れてもつひによる瀬はありといふものを（88）

第 四八 段

むかし、男ありけり。馬のはなむけせむとて、二 人を待ちけるに、来ざりければ、

三 今ぞ知る苦しきものと人待たむ里をばかれず訪《と》ふべかりけり（89）

第 四九 段

むかし、をとこ、四 いもうとのいと五 をかしげなりけるを見をりて、

六 うら若みねよげに見ゆる若草を人の結ばむことをしぞ思ふ（90）

七 ときこえけり。返し、

一 大幣は神事のあと、川に流す。いくら大幣でも、流れつく所はあるということだから、あなたをその行きつく所にしてください。という気持ち。古今集、恋四、返し、業平朝臣。

二 馬のはなむけを受ける人。旅立つ人。

三 気のおけない友人に対する冗談まじりのとがめ立ての歌。古今集、雑下、業平。古今集の詞書によれば、相手は紀利貞。

四 「いもうと」は男から女のきょうだいをさして言う語。従って年上でも「いもうと」というが、ここでは恐らく年下の「妹」であろう。異母姉妹か。中古以前には、「妹」と結婚する例は必ずしも稀《まれ》ではなかったようである。

五 魅力のある明るい美しさをいう。

六 「根よげ」と「寝よげ」をかける。「結ぶ」は「草を結ぶ（旅寝をする）」と同時に契りを結ぶことでもある。源氏物語総角の巻に、「在五が物語かきて、妹に琴《きん》教へたる所の『人の結ばん』といひたるを見て云々」とある。伊勢物語のこの場面の絵には、琴が描かれていたものかといわれている。古今六帖、六、業平。

七 妹に対して敬語を用いているのは、その母の身分が高いためか。

返事を、男が、
大幣《おほぬさ》と名にこそたてれ流れてもつひに寄る瀬はありといふものを(88)
　大幣ということで、名は高い
　しかし大幣でさえ、流されると
　その果てに流れ寄る瀬は
　あるということなのに

第四八段

むかし、男があった。餞別《せんべつ》の宴をしようということで、人の来るのを待っていたのに、その人が来なかったので、
今ぞ知る苦しきものと人待たむ里をばかれず訪《と》ふべかりけり(89)
　今思い知りました、とてもつらいと
　なるほど、人が待っている里は
　絶えることなく
　訪《おとず》れなくてはいけないのでした

第四九段

むかし、男が、いもうとの、とても美しい様子をしているのをじっと見ていて、
うら若みねよげに見ゆる若草を人の結ばむことをしぞ思ふ(90)
　とても若くてみずみずしいから
　寝てみたいように見える若草を
　よその男が結ぶだろうと
　そのことばかり考えています
と申し上げた。その返事、

[一]はつ草のなどめづらしき言の葉ぞうらなくものを思ひけるかな(91)

第五〇段

むかし、男ありけり。[二]怨《うら》むる人をうらみて、

[三]鳥の子を十《とを》づゝ十はかさぬとも思はぬ人をおもふものかは(92)

といへりければ、

[四]朝露は消えのこりてもありぬべし誰《たれ》かこの世をたのみはつべき(93)

又、をとこ、

[五]吹く風にこぞの桜は散らずともあなたのみがた人の心は(94)

又、女、返し、

一 「はつ草の」は「めづらし」の枕詞。「葉」「裏」は縁語。今まで兄妹として特別な気持ちも持っていなかったのに、どうしてそんなことをおっしゃるのですか、という気持ち。「うらなし」は気がねなく無心であること。

二 男を恨む女を、逆に男が恨んで。「うらむ」は相手の仕打ちに不満を持ちつつ、表立ってやり返せず、じっと相手の出方をうかがっていること。また、その心を行動であらわすこと。

三 卵を重ねるといった至難な仕事はできるとしても、思わぬ人を思うといった、より至難なことは、私にはできない、の気持ち。「鳥の子」はたまご。「十づつ十」は「百」。古今六帖、四、紀友則、下句「人の心をいかが頼まむ」。

四 上の句、朝露は日光にあえば消えるが、それでも消えないものが、万一あるとしても、あなたの心は私に対して消えのこることはないでしょうから、の気持ち。

五 白氏文集の「タトヒ旧年ノ花、梢ニ残リテ、後ノ春ヲ待ツトモ、頼ミガタキハ、コレ人ノ心ナリ」によるか。古今六帖、四、(在原滋春)に類歌「散らずして去年の桜はありぬとも人の心をいかがたのまん」がある。

はつ草のなどめづらしき言の葉ぞうらなくものを
思ひけるかな(91)

初草のように
珍らしいお言葉はどうしたこと
へだてもなく、わたくしは
きょうだいと思っておりましたのに

第　五〇　段

むかし、男があった。恨みごとを言ってきた人をまた、恨んで、

鳥の子を十《とを》づゝ十はかさぬとも思はぬ人をおもふ
ものかは(92)

もし仮に、まるくてもろい鳥の卵を
十ずつ十も
重ねることができても
思ってくれない人を思うことなど
できるものですか

と言ったところ、

朝露は消えのこりてもありぬべし誰《たれ》かこの世をた
のみはつべき(93)

はかない朝露は、ひょっとして
消え残る時はあるかもしれません
朝露よりもっとはかない二人の仲を
だれがどこまで頼りきれましょう

また、男が、

吹く風にこぞの桜は散らずともあなたのみがた人
の心は(94)

もし仮に、吹く風に
去年の桜が散り残ったとしても
まあ、なんと頼りにならぬこと
人の心というものは

また、女の、返事の歌、

一ゆく水にかずかくよりもはかなきは思はぬ人を思ふなりけり(95)

又、をとこ、

二ゆく水とすぐるよはひと散る花といづれ待ててふことを聞くらむ(96)

三あだくらべ、かたみにしける男をんなの、忍びありきしけることとなるべし。

第　五一　段

むかし、男、人の前栽《せんざい》に菊うゑけるに、

四植ゑしうゑば秋なき時や咲かざらむ花こそ散らめ根さへ枯れめや(97)

第　五二　段

むかし、男ありけり。人のもとより、五かさなり粽《ちまき》おこせたりける返り事に、

一「かずかく」は数字を書くことか。万葉集に、「水の上に数書くごときわが命妹にあはんとうけひつるかも」という例がある。古今集、恋一、よみ人しらず。

二「らむ」を「いづれ」を推量したものとすれば、下句は「待てということを今聞いているのは一体どれか」と解くべきか。あなたの心も引きとめられない、の意を含むか。前の歌との連絡が悪いことから、この部分を後人の感想とみる考えもある。「又をとこ」以下真名本にはない。

三以下も後人の注か。いずれにせよ、真剣なものではなく、機知をめぐらし、お互いにからかい合うやりとりの楽しさを味わうべきであろう。

四「植ゑしうゑば」は重ねて意味を強めたものか。「移し植ゑば」とする本もある。「秋なき時や咲かざらむ」は、結局「必ず秋はあるから立派に咲くだろう」の意となる。仮定を重ねてややわかりにくい歌である。古今集、秋下、業平。大和物語一六三段。

五「かさなり粽」は、「粽」の重なったものか。例がないので、「かざり粽」(天福本以外の本文にこうあり、かつ、他に例もみえる)の誤りとする説もある。粽はもちごめを葉で巻いたもの。茅《ち》で巻くが、次の歌でみると、あやめでも巻いたものか。

ゆく水にかずかくよりもはかなきは思はぬ人を思ふなりけり(95)

流れて行く水に
数を書きとめるよりもはかないのは
お言葉のように
思ってくれない人を思うことなのでした

また、男が、

ゆく水とすぐるよはひと散る花といづれ待ててふことを聞くらむ(96)

流れて行く水と
過ぎ去る年齢と
散る花と
いったい、どれが「待て」という言葉を
聞いていることでしょう

移り気比べをお互いにした男女が、忍び歩きをしたことを歌によみ合ったのだろう。

第五一段

むかし、男が、人の庭の植込みに菊を植えた時に、

植ゑしうゑば秋なき時や咲かざらむ花こそ散らめ根さへ枯れめや(97)

こうして一心に植えたなら
秋のない時はまあ咲かないでしょうけれど
秋のあるかぎりよく咲きますよ
花は散るとしても
根まで枯れることなどありますまい

第五二段

むかし、男があった。人のところから、「かざなり粽《ちまき》」を届けて来たその返事に、

一 菖蒲《あやめ》刈り君は沼にぞまどひける我は野に出《い》でてかるぞわびしき（98）

とて、雉子《きじ》をなむやりける。

第　五三　段

むかし、をとこ、逢《あ》ひがたき女に逢ひて、物語などする程に、鳥の鳴きければ、

二 いかでかは鳥の鳴くらむ人しれず思ふ心はまだ夜ぶかきに（99）

第　五四　段

むかし、をとこ、つれなかりける女にいひやりける。

三 行きやらぬ夢路をたのむたもとには天《あま》つ空なる露やおくらむ（100）

第　五五　段

むかし、男、思ひかけたる女の、え得《う》まじうなりての世に、

一 「あやめ刈る」「きじ狩る」をかける。五月五日の節句の歌であろう。相手の労苦をねぎらい、自分も苦労したことを述べたものとして、第五句を「私も骨を折ったことです」と解するのが普通だが、それにしては、「わびし」がそぐわない気がする。そのため、口訳のような説に従ったが、あるいは、「私の方はこんなもので失礼」といったようにも解けるか。大和物語一六四段。

二 実際には夜明けに至って鶏が鳴いたのに、まだ思いが残ることから、夜が深い(思いが深いのにかける)ととりなしたもの。「らむ」は「いかでかは」を推量する。続後撰集、恋三、業平。

三 現実では逢えないので、夢の中で逢う、しかし、それもままならぬために、涙を流してしまう、という恨みの歌。後撰集、恋一、よみ人しらず、に類歌がある(第二句「夢路にまどふ」第五句「露ぞおきける」)。

菖蒲《あやめ》刈り君は沼にぞまどひける我は野に出《い》でてかるぞわびしき(98)

あやめを刈るとて
あなたは沼で御苦労なさったのでしたね
私は野に出て狩りをしたので
御一緒できなくて残念でした

といって、雉子《きじ》をおくった。

第　五三　段

むかし、男が、なかなか逢《あ》えない女にやっと逢って、物語などをしているうちに、鶏《にわとり》が鳴いたので、

いかでかは鳥の鳴くらむ人しれず思ふ心はまだ夜ぶかきに(99)

どうして夜が深いのに
夜明けを告げる鳥が鳴いているのか
人知れずひそかにあなたを思う心は
まだ夜更けのように深いというのに

第　五四　段

むかし、男が、冷たい態度をとった女に言っておくった。

行きやらぬ夢路をたのむたもとには天《あま》つ空なる露やおくらむ(100)

夢でさえ思うにまかせぬ
はかない通い路をたのみとする袂《たもと》には
空の露でもおいたのでしょうか
こんなにしっとり濡れています

第　五五　段

むかし、男が、思いをかけた女が、自分のものになることが、とてもむつかしそうになった折に、

一思はずはありもすらめど言《こと》の葉のをりふしごとに頼まるゝかな（101）

第五六段

むかし、男、臥して思ひ起きて思ひ、思ひあまりて、

二わが袖《そで》は草の庵《いほり》にあらねども暮るれば露のやどりなりけり（102）

第五七段

むかし、男、三人しれぬ物思ひけり。つれなき人のもとに、

四恋ひわびぬあまの刈る藻《も》に宿るてふ我から身をもくだきつるかな（103）

第五八段

むかし、五心つきて色好みなる男、六長岡といふ所に家造りてをりけり。そこの隣なりける、七宮ばらに、八こともなき女どもの、田舎なりければ、

一「思はずは」の「は」は軽く添えた助詞で、「思はずあり」と続く。下句、「言の葉をくださるたまの折節ごとに」とも、「以前くださった言の葉が、現在折節ごとに」ともとれる。仮に前者に考えておく。続後撰集、恋三、業平。

二「草の庵」は、草や木で作る仮小屋。すきまが多いので、夜には露が宿る。「草の庵」ではないが、「露の宿」だった、という気持ち。新勅撰集、雑二、業平。

三「人知れぬ、もの（思ひを）思ふ」のような意か。やや異例の構文である。

四「あま」は漁業に携わる人。「てふ」は「といふ」の略言。「われから」は海藻に住む虫であるが、実体はよくわかっていない。「我から（自分から）」にかけて用いられる。

五「おとなになる、心をつくす、好色の心がつく、気が利いている、男女の情を解するようになる」などの説があるが、いずれにせよ「（○○の）心（が）付く」と見るのが妥当であろう。仮に「心がひきつけられる」のように見ておく。

六京都府乙訓郡。桓武帝延暦三年（七八四）から十三年まで都があった。

七宮腹であって、の意であろう。

八「こともなし」は非のうちどころのないの意で、積極的に良い場合が多い。「女どもの」は「見て」に続く。「の」は主格助詞。

思はずはありもすらめど言の葉のをりふしごとに
頼まるゝかな(101)

私のことを思ってくださらずに
お過ごしでしょうけれど
お言葉のたびごとに
ひょっとしたら、と頼みにされるのです

第 五六 段

むかし、男が、寝ては思い、起きては思い、とうとう思いあまって、

わが袖《そで》は草の庵《いほり》にあらねども暮るれば露の宿《やど》り
なりけり(102)

わたくしの袖は
草の庵ではないのに
日がくれると、しっとり濡れて
まるで露の置く宿なのでした

第 五七 段

むかし、男が、人に知られぬ恋に思い悩んだ。すげない態度の女のもとに、

恋ひわびぬあまの刈る藻《も》に宿るてふ我から身をも
くだきつるかな(103)

恋いしさに気落ちしてしまいました
漁夫の刈る藻に宿るという「われから」のように
「われから」もとめて
わが身をこなごなにくだいてしまったのです

第 五八 段

むかし、物事にすぐ心を動かすといった、色好みの男が、長岡という所に家を造って住みついていた。そこの隣家にいた、宮ばらであって、悪くはない女たちが、この男が、田舎なので田を刈るということで、

田刈らむとてこの男のあるを見て、「いみじのすき者のしわざや」とて集りていり来ければ、この男、にげて奥にかくれにければ、女、

荒れにけりあはれいく世《よ》の宿なれや住みけむ人のおとづれもせぬ (104)

といひて、この宮に集りきゐてありければ、この男、

葎《なぐら》おひて荒れたる宿のうれたきはかりにも鬼のすだくなりけり (105)

とてなむいだしたりける。この女ども、「穂ひろはむ」といひければ、

うちわびて落穂ひろふときかませば我も田面《つら》にゆかましものを (106)

第五九段

むかし、男、京をいかゞ思ひけむ、ひんがし山に住まむと思ひ入りて、

一 「すく」は好きなものに対して一途に心が走ること。ここの「すき者」は、恋愛の方面に打ち込む者の意であろう。伊達男の労働をひやかしたもの。

二 奥へ逃げこんだ男をからかった歌。ただし、この歌は本来は古い宿に対する感慨を詠んだものであろう。古今集、雑下、よみ人しらず。

三 男の母が宮であったから、その母宮の邸をいったと見る説をとりたい。「……母なむ宮なりける。その母、長岡といふ所に住み給ひけり」（八四段）

四 女を荒れた家に集まる鬼と、からかい返したもの。「仮にも」（一時的にも）に「刈りにも」をかけたのであろう。「すだく」は多数集まっていること。

五 お手伝いをして、落ち穂を拾ってあげましょう。これも男に対するからかい。

六 男がまた、女にやり返した歌。落ちぶれて、落ち穂を拾うと聞いていたら、逃げこんだりしないで、こちらこそお手伝いしたのでしたのに。それを知らずに逃げたりして、どうも失礼、といった意味。

七 京都の東の方面一帯の山。

そこにいるのを見て、

「まあ、御立派な風流な方のなさることね」

と言って集まって入って来たので、この男は逃げて奥に隠れてしまったところ、女が、

　荒れにけりあはれいく世《よ》の宿なれや住みけむ人のおとづれもせぬ(104)

　　荒れてしまっていること
　　ああ、いったい
　　幾世をへた昔の宿だからといって
　　住んでいた人が返事もしないのでしょうか

と言って、この宮に集まって来て、しばらくうろうろしているので、この男は、

　葎《むぐら》おひて荒れたる宿のうれたきはかりにも鬼のすだくなりけり(105)

　　葎が生い茂って
　　荒れている家のなげかわしいことは
　　稲刈りをしているかりそめの時にせよ
　　鬼がたくさん
　　むらがっていることだったのでした

と言って女の所に差し出したのだった。この女たちが

「落ち穂を拾いましょう」

と言ったので、

　うちわびて落穂ひろふときかませば我も田面《づら》にゆかましものを(106)

　　落ちぶれて
　　落ち穂をお拾いと聞き知っていたら
　　私もお手伝いに
　　田のほとりに行ったでしょうのに

第五九段

むかし、男が、京をどう思ったのだろうか、東山に住もうと深く思い望んで、

[一]住みわびぬ今はかぎりと山里に身をかくすべき宿もとめてむ(107)

かくて、ものいたく病みて、死にいりたりければ、おもてに水そ[二]ゝぎなどして[三]いき出《い》でて、

[四]わがうへに露ぞおくなる天の河とわたる船のかいのしづくか(108)

となむいひて、いき出でたりける。

第六〇段

むかし、男ありけり。宮仕へいそがしく、[五]心もまめならざりけるほどの家刀自《いへとうじ》、まめに思はむといふ人につきて、[六]人の国へいにけり。この男、[七]宇佐の使にていきけるに、ある国の[八]祗承《しぞう》の官人《くわんにん》の妻《め》にてなむあると聞きて、「[九]女あるじにかはらけとらせよ。さらずは飲まじ」といひければ、かはらけ取りていだしたりけるに、[一〇]さかななりける[一一]橘《たちばな》をとりて、

一 「もとめてむ」は、たずね探すことを必ずしようという決意をあらわす。後撰集、雑一、業平、に類歌(第四句「つま木こるべき」)がある。

二 「そゝぐ」は江戸初期以前は清音で、「そゝく」であるといわれている。

三 「生きいで」「息いで」両説がある。

四 「おくなる」の「なる」は、推定の「なり」であろうが、音響に関係がないので疑わしい。水を注ぐ音などを考えるべきか。「と」は川門《かわと》で、川岸が迫って門のようになっているため、渡るのによい場所。本来は七夕の歌であろう。古今集、雑上、よみ人しらず。

五 珍しい表現であるが、「心も誠実さを欠いていた時の、その男の家の主婦が」の意であろう。「ほどの」の「の」は衍字か。

六 他国。誘った男の任国。

七 大分県宇佐郡宇佐八幡宮への奉《ほう》幣使《へいし》。天皇の即位の時、国家の大事の時に遣わされた

八 勅使が下向の時に、宿駅を定め、奉迎、饗応、その他の雑事をつかさどる役人。

九 当家の主婦に酒杯を取らしめて、私にささげさせよ。もとの妻かどうかためそうとしたもの。「かはらけ」は素焼きの盃。

一〇 酒菜《さかな》の義。 一一 みかんの類。

住みわびぬ今はかぎりと山里に身をかくすべき宿もとめてむ(107)

都は住みにくくなってしまった
もう今はこれかぎりと思い定《さだ》めて
山里に
身をかくすべき宿をさがし出そう

こうして、ひどい病気になって、息が絶えてしまったので、顔に水をそそぎなどして、やっと息を吹き返して、

わがうへに露ぞおくなる天の河とわたる船のかいのしづくか(108)

私の上に
どうやら露が置いたようだ
それともこれは天の河の
河門《かわと》を渡る船のかいのしずくだろうか

と言って、息を吹き返した。

第六〇段

むかし、男があった。宮廷づとめが忙しく、心も愛情を欠いていた、そういうころの妻が、誠実に愛そうという人に従って、よその国に行ってしまった。この男が、宇佐八幡宮の奉幣使《ほうへいし》となって行った時に、もとの妻は、ある国の祇承《しぞう》の役人の妻となっていると聞いて、その国で、

「女主人にかわらけをとらせてください。そうでなければ飲みますまい」

と言ったところ、その妻がかわらけを取って差し出したので、酒の肴《さかな》として出ていた橘《たちばな》を取って、

[一]さつき待つ花橘《たちばな》の香をかげば昔の人の袖《そで》の香ぞする（109）

といひけるにぞ、[二]思ひ出《い》でて、尼になりて、山に入りてぞありける。

第六一段

むかし、をとこ、[三]筑紫《つくし》までいきたりけるに、「これは色好むといふすきもの」と簾《すだれ》のうちなる人の、いひけるを聞きて、

[四]そめ河をわたらむ人のいかでかは色になるてふことのなからむ（110）

女、かへし、

[五]名にしおはゞあだにぞあるべきたはれ島浪《なみ》のぬれ衣《ぎぬ》きるといふなり（111）

第六二段

むかし、年ごろおとづれざりける女、心かしこくやあらざりけむ、は[六]

一 下句に、「昔夫婦の契りをした袖の香がしてなつかしいことだ、あなたはそう思わないか」の意を託す。古今集、夏、よみ人しらず。

二 この勅使が、もとの夫であるとは思いもよらなかったが、この歌を聞いて、はっと思い出して、男の昔を忘れぬ心持ちを知り、恥じて尼になって。

三 今の福岡県にあたる筑前《ちくぜん》・筑後《ちくご》の称。

四 そめ河は福岡県筑紫郡にある川。「色に染めてしまう染川」にとりなしたもの。「もともと色好みではないが、染川を渡ろうとしています。渡る人が色に染まるということが、どうしてなかろう、やむをえないことです」。拾遺集、雑恋、業平。

五 「たはれ島」は熊本県の海中にある島。「戯れ（恋におぼれる）島」にとりなしたもの。「名として負い持っている名のとおりなら、浮気でしょう。しかし、それは浪の濡れ衣（無実の罪）を着ているのだと、たわれ島がいっていると聞きます。同様に染川が物を染めて色にするというのも無実のことで、もともとあなたは色好みの方と存じます」と応じた。後撰集、羇旅、よみ人しらず、に類歌（第二句「あだにぞ思ふ」第五句「いくよきつらむ」）がある。

六 あてにならない人の言葉に従って。

さつき待つ花橘《たちばな》の香をかげば昔の人の袖《そで》の香ぞする(109)

五月を待って咲く
橘の花の香りをかぐと
昔親しかった人の
袖のかおりがする

と言った言葉を聞いて、この勅使がもとの夫であったことにふっと気がつき、尼になって、山にこもって暮らしたのだった。

第　六一　段

むかし、男が、筑紫《つくし》まで行った時、
「これは色を好むというわさの高い風流な男なのよ」
と、簾《すだれ》をおろした中にいる女が、言ったのを聞いて、
そめ河をわたらむ人のいかでかは色になるてふことのなからむ(110)

つくしのそめ河をわたる人が
どうして
色にそまらないはずがあろう
みんな渡って色好みになってしまうのです

女の、返しの歌、
名にしおはゞあだにぞあるべきたはれ島浪《なみ》のぬれ衣《ぎぬ》きるといふなり(111)

もし名前のとおりなら「たわれ島」は
きっとたのみにならないでしょう
でも、「たわれ島」は
波がかかって濡れるように
それは「ぬれ衣」だと言っているそうですよ

第　六二　段

むかし、何年か訪れなかった女が、しっかりした心を持っていなかったのだろうか、いいかげんな人の言

かなき人のことにつきて、[一]人の国なりける人につかはれて、もと見し人の前にいで来て、物くはせなどしけり。「[二]夜さり、このありつる人給へ」とあるじにいひければ、おこせたりけり。男、「我をば知らずや」とて、

[三]いにしへのにほひはいづら桜花こけるからともなりにけるかな (112)

といふを、いとはづかしと思ひて、いらへもせでゐたるを、「などいらへもせぬ」といへば、「涙のこぼるゝに目もみえず、ものもいはれず」といふ。

[四]これやこの我にあふみをのがれつゝ年月ふれどまさり顔なき (113)

といひて、[五]きぬぬぎてとらせけれど、すてて逃げにけり。いづちいぬらむともしらず。

一 他国の人に召使いにされて。

二 「夜さり」を「その夜になって」の意とみて、地の文とする説もある。

三 「にほひ」は美しい色つや。「こけるから」は不詳。「扱(こ)ける幹(から・骸)」で、「花をしごきとって残った骸・幹」の意か。いずれにせよ、桜の花の散ったあとと、女の美しい容貌を失ったさまを言いかけたのであろうが、いささか残酷な歌ではある。

四 「これやこの」は、体言的に「まさり顔なき」にかかる。「近江」は「逢ふ身」にかけて持ち出したものであろう。

五 六〇段と、話としては似通っているが、六〇段の「官人の妻」と違って、こちらは「召使」でもあり、男の視線も女の運命も苛烈である。「きぬを与える」というのは、困窮を救うことであると同時に、女を下に見た態度でもあって、女はその恥にたえられなかったのであろう。

葉を真《ま》に受けて、地方に住んでいる人に使われる身となって、もと夫であった人の前に出て来て、食事の給仕などをした。

「夜になったら、あのさっきいた人を私の所にお寄こしください」

と主人に言ったので、その女を寄こした。男は、

「私を、知らないか」

と言って、

いにしへのにほひはいづら桜花こけるからともなりにけるかな(112)

古い昔の
においやかな色つやはどうしたのか
桜の花よ
見るかげもない幹になってしまったではないか

というのを、とてもはずかしいと思って、応答もせずに坐《すわ》っているのを、

「どうして答えもしないのか」

と言うと、

「涙がこぼれるので、目も見えません、物も言えません」

と言う。

これやこの我にあふみをのがれつゝ年月ふれどまさり顔なき(113)

これがまあ
私に逢《あ》うのをきらって近江《おうみ》を逃れ逃れ
年月はたったけれど
一向まさったふうもみえぬ人なのか

と言って、着物を脱いで与えたけれど、女はそれを捨てて逃げてしまった。いったい、どちらの方へ行ってしまったともわからない。

第六三段

むかし、[一]世ごころづける女、いかで心なさけあらむ男に[二]あひえてしがなとおもへど、いひ出《い》でむもたよりなさに、まことならぬ夢がたりをす。子三人《みたり》を呼びて語りけり。二人の子は、情なくいらへてやみぬ。三郎《さぶらう》なりける子なむ、「よき御をとこぞいでこむ」とあはするに、この女気色《けしき》いとよし。「こと人はいと情なし。いかでこの[三]在五《ざいご》中将にあはせてしがな」と思ふ心あり。狩しありきけるにいきあひて、道にて馬の口をとりて、「かうかうなむ思ふ」といひければ、あはれがりて、きて寝にけり。さてのち男見えざりければ、女、男の家にいきてかいまみけるを、男[四]ほのかに見て、

[五]百歳《ももとせ》に一歳《ひととせ》たらぬつくも髪われを恋ふらしおもかげに見ゆ(114)

[六]とて、出《い》でたつけしきを見て、[七]茨《うばら》からたちにかゝりて、家にきてうちふせり。男か[八]の女のせしやうに、しのびて立てりてみれば、女なげきて[九]寝《ぬ》とて、

一　男を慕う気持ちを持っている女。この段はすべて「女」と漢字書きであるから、あるいは老女を意味する「おうな」の意識があったのか、という指摘もある。

二　直訳すれば、「逢うことができてしまうとよいのだがなあ」。

三　在原業平。阿保《あぼ》親王の第五男で、右近衛中将であったから、「在五中将」と呼ばれる。主人公が、「在五中将」と明記されているのは、この段だけである。

四　「ほのか」は、様子がうっすらとわずかに現れるさま。その背後に確かな存在が感じられる場合にいう。

五　「つくも髪」は不詳。「つく藻」という草に似た髪ともいう。いずれにせよ、老女の髪の形容であろう。「九十九」を「つくも」とよませるのは、後世のことらしく、従って、百に一足らぬ「白」の意と解くのには従えない。

六　女の姿を見かけたのを、男はわざと知らぬふりをして、女の気持ちをいたわって、右の歌を吟じ、女の家に出かけたのである。

七　いばら・からたちとも、とげが多い。

八　女が男の家で「かいまみ」をしていたように。

九　「寝」は下二段活用動詞の終止形。

第六三段

むかし、男女の仲を知った女が、どうかして情愛の細《こま》やかな男と逢《あ》いたいものだと思うのだけれど、そのことを言い出そうにも便宜がないので、いいかげんな夢の話を作って話す。子供三人を呼んで物語ったのだった。上ふたりの子は、冷淡にうけ答えをしただけだった。三男に当たる子が、

「その夢なら、お相手としてすばらしい方があらわれるでしょう」

と夢を解き合せるので、この女は大変きげんが良い。三男は、「ほかの男は情愛がわからない。どうかしてあの有名な在五中将に逢わせたいものだ」と心に考えている。在五中将が狩りをして回わっている時に行き会って、道で馬の口を取って、

「私はこうこう思うのでございます」

と言ったところ、しみじみと心を動かされて女のもとに来て寝たのだった。それからのち、男の姿が見られなかったので、女は、男の家に行って、のぞき見をした姿を、男がうっすらと見て、

百歳《ももとせ》に一歳《ひととせ》たらぬつくも髪われを恋ふらしおもかげに見ゆ(114)

百歳に一歳足らぬ年ごろの
つくも髪の御老女が
私をどうも慕うらしい
まぼろしとなって目先に見えているよ

と言って、出かけようとする様子を見て、女は茨《いばら》やからたちに引っかかって、あわてて家に帰って来て横になっている。男は、さっきの女がしたように、こっそりと外に立ったまま女の様子を見ると、女はため息をついて寝るというわけで、

一さむしろに衣かたしき今宵も恋しき人にあはでのみ寝む（115）

とよみけるを、男あはれと思ひて、その夜はねにけり。世の中の二例《れい》として、思ふをば思ひ、思はぬをば思はぬものを、この人は、思ふをも思はぬをも、けぢめみせぬ心なむありける。

第六四段

むかし、男、三みそかに語らふわざもせざりければ、いづくなりけむ、怪しさによめる。

四吹く風にわが身をなさば玉すだれひまもとめつゝ入るべきものを（116）

返し、

五とりとめぬ風にはありとも玉すだれ誰《た》が許さばかひまもとむべき（117）

一「さむしろ」の「さ」は「狭」で、狭く短い夜具用のむしろといわれる。歌語として用いられることが多い。「かたしき」も片寄せて敷くとも、一人分だけ敷くともいわれるが、さびしい一人寝をあらわす。古今集、恋四、よみ人しらず、に類歌（下句「われを待つらん宇治の橋姫」）がある。

二 自分の愛している女をも、愛していない女をも、区別を見せないで、相手の女の気持ちを思いやって、同情する心があった、の意であろう。こうした表現から、「色好みの業平」というイメージが定着してからの、付加的章段とみる考えもある。

三「女が語らうこともしなかったので、一体文を寄こしたのはどこの女だったのだろう、と不審なので、次の歌をよんで、使いに持たせた」とするのが通説。「いづくなりけむ」は、作者の感想の挿入とみて、「……せざりければ（そのことの）怪しさに」とみて解した。「いづくなりけむ」は、あるいは高貴な女ではないか、とほのめかしたとも、歌の内容から見られるのではなかろうか。

四「玉すだれ」は美しいすだれのこと。新千載集、恋二、業平。

五 すだれのすきまから入ることはだれにも許可しません、の心。

さむしろに衣かたしき今宵もや恋しき人にあはで
のみ寝む(115)

ねやのむしろに
衣を片敷いて今宵も
恋しい人に逢《あ》わないで
ひとり寝するばかりなのだろうか

とよんだのをきいて、男はしみじみと心を動かされて、その夜は女のもとに泊ったのだった。男女一般の習いとしては、好きな人を愛し、気に入らない相手は情けをかけないものだが、この人は、自分の好きな人でも、思っていない人でも、区別を見せずに相手を思うやさしい心があったのだった。

第六四段

むかし、男が、女がひそかに語らうこともしなかったので――それはいったい、どこの女のことだか知らないが――不審に思ってよんだ、

吹く風にわが身をなさば玉すだれひまもとめつゝ
入るべきものを(116)

形のない吹く風と
私の身を変えてしまうなら
あなたの玉のすだれのすきまを尋ね探して
入ることができましょうのに

女の返し、

とりとめぬ風にはありとも玉すだれ誰《た》が許さばか
ひまもとむべき(117)

捉《とら》えられない
風ではあっても
いったいだれが許して玉のすだれの
すきまをさがすことがおできでしょう

第六五段

むかし、[一]おほやけおぼしてつかう給ふ女の、[二]色ゆるされたるありけり。[三]大御息所《おほみやすんどころ》とていますがりける[四]いとこなりけり。殿上《てんじやう》にさぶらひける[五]在《あり》原《はら》なりける男の、まだいと若かりけるを、この女あひしりたりけり。男、[六]女がたゆるされたりければ、女のある所に来て[七]むかひをりければ、女、「いと[八]かたはなり。身もほろびなむ。かくなせそ」といひければ、

　[九]思ふには忍ぶることぞまけにける逢《あ》ふにしかへばさもあらばあれ　(118)

といひて、曹司《ざうし》におり給へれば、例の、このみ曹司には、人の見るをも知らでのぼりゐければ、この女思ひわびて里へゆく。されば、[一〇]何の、よきことと思ひて、いき通ひければ、みな人きゝてわらひけり。つとめて主《との》殿司《もづかさ》の見るに、[一一]沓《くつ》はとりて奥になげ入れてのぼりぬ。

かくかたはにしつゝありわたるに、身もいたづらになりぬべければつ

一　ここでは清和天皇に擬す。

二　「色ゆるす」は禁色《きんじき》を許されること。特別な扱いを示す。禁色は、ある服装について、ある色を限ってその着用を禁ずること。染色だけでなく、綾織物の着用を禁ずることをいう場合もある。

三　帝の母である女御、または更衣などの女官。ここでは、清和帝の母、染殿后明子(良房女)を暗示している。

四　清和天皇の后高子（二條后。良房の兄長良の女）に擬しているのであろう。「つかう給ふ女」と同じ人。

五　在原業平を暗示する。元服前の、殿上童《てんじようわらわ》として出仕していたというのであろう。

六　年少なので、差し支えないと。

七　「むかひをる」は、真正面にこの人と思い込んで対座していることをいうか。

八　不恰好。不都合。

九　「さもあらばあれ」はままよ、どうともあれ、と思いつめた気持ち。古今集、恋一、よみ人しらず、に類歌（下句「色には出でじと思ひしものを」がある。

一〇　よくわからない。「何の（さはりかあらん）、よきこと(なり)」とみる考えに仮に従う。「何と都合のいいこと」とみる説もある。

一一　沓が端の方にあると、宿直したように見えないので、とりつくろった、という。

第六五段

むかし、帝《みかど》がお心をおかけになってお使いになる女で、特に禁色が許されている人があった。大御息所《おおみやすんどころ》と呼ばれておいでになった方のいとこであった。殿上《てんじょう》の間にお仕えしていた、在原《ありわら》氏の出《で》で、まだとても若かった男と、この女は親しい間柄になってしまっていた。男は、年少なので、女のいる方に出入りすることを許されていたために、この女の住む所に来て、女とじっと向かい合って坐《すわ》っていたので、女は困って、

「とても見苦しいことです。二人とも身をほろぼしてしまうでしょう。こんなことはおやめなさい」

と言ったので、男は、

思ふには忍ぶることぞまけにける逢《あ》ふにしかへば
さもあらばあれ(118)

あなたを思う心に
もう堪《た》え忍ぶ力が負けてしまったのです
逢うという喜びにかえられることなら
いくらどんなことになろうとも

と言って、女が、自分の居室に下《さが》っていらっしゃると、いつものように、この御居室には、人の見るのをかまわずのぼって坐りこんでいたので、この女はつらく思って里へ帰る。それで、男は、何の困ったことがあろう、かえって都合がいいと思って女の里に行き通ったので、人はみなそれを聞いて笑った。里へ通った翌朝、主殿寮《とのも》の役人が見ると、宿直を怠ったのをかくすために、沓《くつ》はとって奥の方へ投げ入れて、殿上へのぼってしまうというぐあいだった。

こうして見苦しい有様を続けながら、ずっと過ごしているうちに、本当にわが身もだめになってしまいそうになったので、遂にきっと破滅してしまうだろうと

ひにほろび[一]ぬべしとて、この男、「いかにせむ。我がかゝる心やめ給へ」とほとけ神にも申しけれど、いやまさりにのみ覚えつつ、なほわりなく恋しうのみ覚えければ、陰陽師《おんやうじ》[二]、巫《かんなぎ》[三]よびて、恋せじといふ祓《はらへ》[四]の具してなむいきける。祓へけるまゝに[五]、いとど悲しきこと数まさりて、ありしよりけに恋しくのみ覚えければ、

[六]恋せじと御手洗川《みたらしがは》にせしみそぎ神はうけずもなりにけるかな(119)

といひてなむ往《い》にける。

[七]この帝《みかど》は顔かたちよくおはしまして、仏の御名を、御心に入れて、御《おん》声《こゑ》はいと尊くて申したまふを聞きて、女はいたう泣きけり。「かゝる君に仕うまつらで、宿世《すくせ》[八]つたなく悲しきこと、この男にほだされて[九]」とてなむ泣きける。

かゝるほどに帝聞しめしつけて[一〇]、この男をば流し[一一]つかはしてければ、この女のいとこの御息所《みやすんどころ》、女をばまかでさせて、蔵に籠《こ》めてしをり[一二]給うければ、蔵に籠《こも》りて泣く。

一 勅勘をこうむって、免官になってしまうことなど。

二 陰陽寮に出仕して、天文暦数などのことを司るもの。占いをも扱う。

三 神和《かみなぎ》の義。神を祭って、神楽を奏したり祓いなどをする。

四 祓いの道具。これに罪を移して、終わると川へ流した。「はらへのぐして」の「ぐ」の脱字とみる考えもある。

五 「はらへ」は下二段活用連用形。

六 「御手洗川」は神社に近く、はらいなどをする川。固有名詞として、賀茂神社の脇を流れる小川とする説もある。古今集、恋一、よみ人しらず、に類歌（下句「神はうけずぞなりにけらしも」）がある。

七 三代実録に「風姿甚美端厳如神性」と記されていることなどから、清和帝のことという。

八 前世からの宿縁。

九 「ほだす」は、自由に動けないようにつなぎとめる、束縛する、の意。

一〇 「聞きつけて」に、敬意を添えたもの。

一一 「つかはす」は「行かせる」「やる」などの意の尊敬語。

一二 「しをる」はしかりとがめること。

思って、この男は、

「いったい、どうしたらいいでしょう。私のこうした気持ちをやめさせてください」

と仏や神にも申し上げたのだが、いよいよ思いはまさるばかりに感じられて、やはりどうにもならず恋しく思われるので、陰陽師や、巫《かんなぎ》を呼んで、「恋をすまい」という祓《はら》いの品を持って川原に行った。お祓いをするにつれて、いよいよ悲しいことが数倍増して、今までよりずっと恋しく感じられたので、

恋せじと御手洗川《みたらしがは》にせしみそぎ神はうけずもなりにけるかな(119)

恋をすまいと
御手洗川でした「みそぎ」を
神はうけてくださらなかったのだよ
こんなに恋しさがまさるのだもの

といって川から家に帰った。

この帝《みかど》は、御容貌《ようぼう》がおきれいでいらっしゃって、仏の御名号《みょうごう》を、御心をこめて、とても尊い御声《おんこえ》で、お唱え申し上げになるのを聞いて、女ははげしく泣いた。

「こんなすばらしいみかどの君にお仕え申し上げないでいるとは、悪い因縁を持って悲しいこと、この男にしばられて」

と言って泣いたのだった。

こうしているうちに、帝はうわさをお聞きつけあそばして、この男を、御命令によって流罪に処しておしまいになったので、この女のいとこの御息所《みやすんどころ》は、女を宮中から退出させて、蔵におしこめて折檻《せっかん》なさったので、女は蔵に籠《こも》って泣く。

[一]あまの刈る藻《も》にすむ虫の我からと音《ね》をこそなかめ世をばうらみじ　(120)

と泣きをれば、この男、[二]人の国より夜ごとに来つゝ、笛をいと[三]おもしろく吹きて、声はを[四]かしうてぞ、[五]あはれにうたひける。かゝれば、この女は蔵に籠《こも》りながら、[六]それにぞあなるとは聞けど、あひ見るべきにもあらでなむありける。

[七]さりともと思ふらむこそ悲しけれあるにもあらぬ身を知らずして　(121)

と思ひを[八]り。男は女[九]しあはねば、かくしありきつゝ、人の国にありきてかくうたふ。

[一〇]いたづらに行きてはきぬるものゆゑに見まくほしさにいざなはれつつ　(122)

[二]水尾《みのを》の御時なるべし。大御息所《おほみやすんどころ》も染殿《そめどの》の后《きさき》なり。[三]五条の后とも。

第　六六　段

むかし、男、津の国にしる所ありけるに、あにおとと友達ひきゐて、

一　上句は「われからと」を言い出すための序詞。「われから」は五七段参照。古今集、恋五、典侍藤原直子朝臣。
二　流された他国。
三　明るく、晴れやかな感動をいう。
四　魅力のある快い感動。
五　しみじみと深く心を打たれる感動。
六　笛の音や歌声によって、そこにどうやら男がいるようだとは、聞き知るけれど。「あなる」の「なり」は推定。笛や歌声によって男の存在を推定するのである。
七　新勅撰集、恋四、よみ人しらず。
八　「をり」は低い姿勢でじっとしていること。
九　「女し」の「し」は強めの助詞。次の「しありき」の「し」は、する意のサ変動詞。笛を吹き歌をうたうこと。
一〇　「もののゆゑに」は、「もののために」の意から、自然「ものだのに」の意となる。「いざなふ」は積極的に相手に働きかけて、自分の目指す方向に伴うこと。連れ出す。古今集、恋三、よみ人しらず。
二　以下後人の注か。「水尾」は京都府水尾山陵に葬られた清和帝のこと。
三　史実としては、二条后高子と業平との関係は、文徳帝の御代のことで、従って大御息所は、染殿の后明子ではなくて、文徳の母である、五条后順子に当たるはずだ、という考えからの注であろう。

あまの刈る藻《も》にすむ虫の我からと音《ね》をこそなかめ
　世をばうらみじ(120)

海人《あま》の刈る藻にすむ虫の「われから」
そう、「われから」したことと
声に出して泣きはしましょうが
世を恨むことはいたしません

と泣き続けているので、この男は、地方から夜ごとに何度も来ては、笛をとても晴れやかに吹いて、魅力的な声で、しみじみと歌を歌った。こうした有様なので、この女は、蔵に籠《こも》ったままで、あの男がいるようだとは聞くけれど、お互いに逢《あ》えるはずもなく時が過ぎて行く。

さりともと思ふらむこそ悲しけれあるにもあらぬ
　身を知らずして(121)

それでも、いつかは逢えるだろうと
思っておいでのようなのが悲しいこと
あっても無いが同然な
私の身と知らないで

と思ってじっと坐り続けている。男は、女が逢わないので、このようにしつつ他国を歩き回わってこう歌う。

いたづらに行きてはきぬるものゆゑに見まくほし
　さにいざなはれつゝ(122)

全くむだに
行っては帰って来てしまうものなのに
やっぱり逢いたさに導かれて
何度も行き帰りすることよ

水尾《みのお》の帝《みかど》の御代のことなのだろう。大御息所《おおみやすんどころ》というのも染殿《そめどの》の后《きさき》のことだ。または五条の后ともいう。

第　六六　段

むかし、男が、摂津《せっつ》の国に領地があったので、兄や弟や、友人たちを連れて、難波《なにわ》の方へ行った。波打ち

[一]難波《なには》の方《かた》にいきけり。渚《なぎさ》を見れば、舟[二]どものあるを見て、

[三]難波津をけさこそみつの浦ごとにこれやこの世をうみわたる舟(123)

これをあはれがりて、人々かへりにけり。

第六七段

むかし、男、[四]逍遥《せうえう》しに、思ふどちかいつらねて、[五]和泉《いづみ》の国へきさらぎばかりにいきけり。河内《かふち》の国[六]生駒《いこま》山を見れば、曇りみ晴れみ、[七]たちゐる雲やまず。あしたより曇りて、ひる晴れたり。雪いと白う木の末に降りたり。それを見て、かのゆく人のなかにたゞ一人よみける。

[八]昨日けふ雲のたちまひかくろふは花のはやしを憂しとなりけり(124)

第六八段

むかし、男、和泉の国へいきけり。[九]住吉の郡《こほり》すみよしの里住吉の浜を

一 現在の大阪のあたり。難波津は大阪の港。
二 「舟」の複数の形。
三 「みつ」は「見つ」と「三津」にかけ、「憂み渡る(憂うつに過ごし続ける)」は「海渡る」にかけた。「三津」は難波津のことで、日本書紀、仁賢巻に「難波御津」と見える。後撰集、雑三、業平、に類歌(第二句「けふこそみつの」)がある。
四 ぶらぶらと気の向くままに遊山して回わること。
五 今の大阪府の南西部。
六 大和・河内の国境にある。二三段既出。
七 たちのぼり、また、低く動かずにいる雲の意か。「立ったまま動かずにいる雲」と見る説もある。
八 「かくろふ」は隠れ続けるの意の自動詞。主語は「山」であろう。「花のはやし」は、雪を花に見立てた。「憂し」は、美しい景色を人に見られるのが惜しいからと、早い桜を山が独占する気持ちにとりなしたもの。
九 「住吉」は摂津(津)国にある。和泉国へ向かう途中のつもりであろう。「住吉、住吉、住吉」と重ねて語調をおもしろくし、「住吉の、また中心地の最も住みよい所」を強調している。

際を見ると、舟が何そうもあるのを見て、

難波津《なにはつ》をけさこそみつの浦ごとにこれやこの世を
うみわたる舟(123)

難波津を今朝やっと見ることができた
そのみつの浦の
ひとつひとつに浮かんでいるのは
これがこの世を憂《ゆう》うつなものに思い続けて
海を渡る舟なのか

この歌にしみじみと心を打たれて、人々は帰ったのだった。

第六七段

むかし、男が、気まかせな旅に、親しい者同士連れ立って、和泉《いずみ》の国へ、二月のころに行った。河内《かわち》の国の生駒山《いこまやま》を見ると、曇ったり、晴れたりして、立ち昇ったり、低くたちこめたりする雲が絶えない。朝から曇って昼にはぱっと晴れた。その山を見ると、雪がとても白く木の上に降っている。それを見て、さきほどの一行の中で、ただひとりよんだ。

昨日けふ雲のたちまひかくろふは花のはやしを憂
しとなりけり(124)

昨日《きのう》も今日も雲が立ち舞い
生駒山がずっとかくれていたのは
雪の花の白い林を
人に見せるのがいやだと思ったからなのだ

第六八段

むかし、男が、和泉の国へ行った。住吉の郡《こおり》の、住吉の里の、住吉の浜を行く時に、あまりに晴れ晴れと

ゆくに、いとおもしろければおりゐつゝ行く。ある人、「住吉の浜とよめ」といふ。

雁《かり》鳴きて菊の花さく秋はあれど春のうみべに住吉の浜 (125)

とよめりければ、みな人々よまずなりにけり。

第六九段

むかし、男ありけり。その男伊勢《いせ》の国に、狩の使にいきけるに、かの伊勢の斎宮《いつきのみや》なりける人の親、「常の使よりは、この人、よくいたはれ」といひやれりければ、親のことなりければ、いとねむごろにいたはりけり。朝《あした》には狩にいだし立ててやり、夕さりはかへりつゝそこに来《こ》させけり。かくてねむごろにいたづきけり。二日といふ夜、男、われて「あはむ」といふ。女もはた、いと逢《あ》はじとも思へらず。されど人目しげければえ逢はず。使実《つかひざね》とある人なれば、遠くも宿さず。女のねや近くありければ、女、人をしづめて、子《ね》一つばかりに、男のもとに来たりけり。男

一 「或る人」とも「有る人」ともよめる。
二 「住吉の浜」と言葉を入れての意か。
三 「秋はあれど」は、「秋はともかくとして」の意か。「秋はおもしろくあれど」の意と見る考えもある。「住吉」と「住みよし（住みやすい）」をかける。秋と春を対照させて、「住吉」でおさめたやや珍しい語調の歌。
四 平安時代初期、勅使を諸国につかわして狩りをさせ、野鳥などをとったことが三代実録などに見える。ここはその使いのこと。国々の情勢をも視察したという。
五 天皇即位のはじめに、未婚の内親王または女王を定めて伊勢神宮に奉仕せしめられたのをいう。はじめは、その居所の名であったが、のちにその人を指すようになった。なお、七二段に「伊勢の国なりける女」の例があるから、「斎宮なりける人」を「斎宮にいた人」の意と、解けぬこともない。いずれにせよ、異性はタブーであった。なお、この段「会真記」の影響があるといわれる。
六 「帰りつつ」の主語は男。
七 親切に世話をする。
八 未詳。「われて」を「心がくだけて」のように解し、地の文と見る考えに仮に従う。
九 使者中の主だった人。
一〇 午後十一時〜十一時半ごろ。

明るいので、たびたび馬から下りて腰をおろし、ながめを楽しみながら行く。ある人が、

「住吉の浜ということで歌をよみなさい」

という。


雁《かり》鳴きて菊の花さく秋はあれど春のうみべに住吉の浜(125)

雁が鳴き菊の花咲く秋はともかく
春の海辺は、その名のとおり
何といっても住吉の浜だ
住みよいのは

とよんだので、ほかの人たちは皆よまずに終わってしまった。

第六九段

むかし、男があった。その男が、伊勢《いせ》の国に、鷹《たか》狩りの使いとして行ったところ、その伊勢の斎宮《さいぐう》であった人の親が、「いつもの勅使よりは、この人を大切にお世話するように」と京から言い送ってあったので、親の言葉だったから、大変手厚くもてなしたのだった。朝には狩りに出かけられるように世話をして送り出し、夕方には、帰って来るたびに自分の家に来させた。このようにして、細かく気を配って世話をしたのだった。斎宮に宿って二日めという夜、男は心が千々《ちぢ》に乱れて、

「お逢《あ》いしたい」

と言う。女も、といって、逢わないようにしようと、たいして思っているわけでもない。しかし、人目が多いので、なかなか逢うこともできない。この人は正使として来ている人なので、離れた場所にも泊めない。女の寝所が近くにあったので、女は、人を寝静まらせて、子《ね》一つのころに、男のもとに来たのだった。男

はた寝られざりければ、外《と》の方を見いだして臥せるに、月のおぼろなるに一小さきわらはを先に立てて、人立てり。男いとうれしくて我が寝《ぬ》る所に、率《ゐ》ていりて、子《ね》一つより二丑《うし》三つまであるに、まだ何事も語らはぬに、帰りにけり。男いとかなしくて、寝ずなりにけり。つとめて三いぶかしけれど、四わが人をやるべきにしもあらねば、いと五心もとなくて待ちをれば、明けはなれてしばしあるに、女のもとより言葉はなくて、

六君やこし我や行きけむおもほえず夢かうつゝか寝てかさめてか（126）

男いといたう泣きてよめる。

七かきくらす心の闇《やみ》にまどひにき夢現《うつつ》とはこよひ定めよ（127）

とよみてやりて、狩に出《い》でぬ。

野にありけど心はそらにて、こよひだに人しづめて、いととく逢《あ》はむと思ふに、八国守《くにのかみ》、斎宮《いつきのみや》のかみかけたる、狩の使ありときゝて、夜ひ

一　おつきの童女。
二　午前二時半〜三時ごろまでの間。
三　疑わしい意から、不確かなことを確かめて、事情を知りたい意となる。
四　自分が、使いを。ただし、自分の使いともよめる。
五　気がかりで待ち遠しいこと。
六　女の方から訪れたので、女から後朝《きぬぎぬ》の文がきたのである。古今集、恋三、よみ人しらず。「斎宮なりける人」が業平におくった歌として見える。
七　現実かどうかを定めよ、とは、今夜逢いたいという心をこめたもの。古今集に、前の歌に続いて「かへし、業平朝臣」として類歌（第五句「世人さだめよ」）がある。
八　伊勢守兼斎宮寮長官。斎宮寮は斎宮に関する事務を扱う役所。

は、逢いたいとは言ったものの、やはり心配で、寝ることができなかったので、外の方を見やって横になっていると、月のぼんやりとした光の中に、小さい女の子を先に立てて、人が立っている。男はとてもうれしくて自分の寝る所に、女を連れて入って、子《ね》一つから丑《うし》三つの刻まで一緒にいたが、思っていることをまだ十分話し続けないうちに、女は帰ってしまったのだった。男は非常に悲しくて、とうとう寝ずに終わってしまった。翌朝、様子を知りたいと思ったけれど、自分の方から、人を出すべきでもなかったので、とてもまち遠しく思ってじっと待っていると、すっかり夜が明けはなれてしばらくたったころ、女の方から、手紙の文章はなくてただ歌だけ、

君やこし我や行きけむおもほえず夢かうつゝか寝てかさめてか(126)

あなたがおいでになったのか
私がうかがったのか
よくわかりません
夢なのか、うつつなのか
寝ている時か、目覚めてのことか……

男は、とてもはげしく泣いてよんだ。

かきくらす心の闇《やみ》にまどひにき夢うつつとはこよひ定めよ(127)

悲しみにまっくらになった
心の闇に
まどい乱れてしまいました
夢なのか、現実なのかは
今夜、はっきりおきめください

とよんでおくって、狩りに出かけてしまう。

野を狩りをしながら回わっているが、心はうつろで、せめて今夜なりと、人を寝静まらせて、少しでも早く逢《あ》おうと思っていると、伊勢《いせ》の国守《くにのかみ》で、斎宮寮《さいぐうりょう》の長官を兼任している人が、狩りの使いが来ていると聞いて、その夜一晩じゅう、使いを招いて酒宴をもよ

と夜酒飲みしければ、[一]もはら逢《あ》[二]ひごともえせで、明けば尾張《をはり》の国へたちなむとすれば、男も人知れず血の涙を流せどもえあはず。夜やうやう明けなむとするほどに、女がたよりいだす[三]さかづきの皿に、歌を書きていだしたり。とりて見れば、

[四]かち人のわたれどぬれぬえにしあれば(128—イ)

と書きて、末はなし。

そのさかづきの皿に、[五]続松《ついまつ》の炭して歌の末を書きつぐ。

[六]またあふさかの関は越えなむ(128—ロ)

とて、明くれば、尾張の国へ越えにけり。[七]斎宮《いつきのみや》は水[八]の尾の御時、[九]文徳天皇の御むすめ、惟喬《これたか》の親王《みこ》の妹。

第七〇段

むかし、男、狩[一〇]の使よりかへり来けるに、[二]大淀《おほよど》のわたりに宿りて、斎宮のわらはべにいひかけける。

[三]みるめかるかたやいづこぞ棹《さを》さしてわれに教へよあまの釣舟(129)

一 「もはら」は下に打消を伴って「全然・少しも」の意となる。
二 逢って語り合うこと。一説、「相言」で、「ひとり言」に対し、二人で語り合うこと。
三 盃そのものとする説、盃を載せる台とする説があるが、仮に後者と見る。
四 「江に」に「縁(えに)」をかける。「し」は強めの助詞。二人の間は、かりそめの浅い縁だから、とみるのが普通であるが、逢ったがまだ契らぬ仲なのだから、と見る考えもある。
五 たいまつの消炭。
六 「逢坂の関」に二人がまた逢う意をこめたもの。古今六帖、五、に、上句と下句とをまとめて「ちぎる」という題で出ている。七 以下は後人の注であろう。八 清和天皇の御代。
九 清和天皇に適当な方がないので、義姉に当たる文徳天皇の皇女恬子内親王が斎宮となっておられた。惟喬親王の同母妹。貞観元年(八五九)~十八年斎宮。ただし、このような伝えがあるというだけで、真偽不明である。
一〇 前段と同じ時なら、尾張から伊勢を経て京に帰ることになる。
二 三重県(伊勢国)多気《たき》郡の海辺。「わたり」は「渡し場」ともいう。
三 「海松布」に「見る目」、「潟」に「方」をかけた。斎宮にお目にかかる方法を教えてほしい、という気持ち。新古今集、恋一、業平。

おしたために、一向に逢《あ》うこともできずに、夜が明ければ尾張《おわり》の国に出発しようということになっているので、男も人知れず血のような涙を流したが、とうとう逢えない。夜が次第に明けていこうとするころに、女の方から出すさかずきの皿に、歌を書いて出してあった。その皿を手に取って見ると、

かち人のわたれどぬれぬえにしあれば(128—イ)

歩いて行く人が、渡るけれど
濡れもしない江のように、浅い御縁ですので

と書いて、下の句はない。

そのさかずきの皿に、たいまつの炭で、歌の下句を書き足す。

またあふさかの關は越えなむ(128—ロ)

また逢坂《おおさか》の関を越えて
きっと逢いにうかがいましょう

ということで、夜が明けたので、尾張の国へと越えてしまった。斎宮《さいぐう》というのは、水尾の帝《みかど》の御時の方で、文徳帝の御むすめで、惟喬《これたか》親王の御妹に当たる方のことである。

第七〇段

むかし、男が、狩りの使いから帰って来た時に、大《おお》淀《よど》の海辺に泊って、斎宮《さいぐう》にお仕えする童女に歌をよみかけた。

みるめかるかたやいづこぞ棹《さを》さしてわれに教へよ
あまの釣舟(129)

人を見るという名の
みるめを刈る潟《かた》はどこにあるのか
その方向を舟に棹《さお》さして
私に教えてほしい
海人《あま》の釣り舟よ

第七一段

むかし、をとこ、伊勢《いせ》の斎宮《いつきのみや》に、内の御使にて、まゐれりければ、かの宮に一すきごといひける女、二私事《わたくしごと》にて、

三ちはやぶる神のいがきも越えぬべし大宮人《おほみやびと》の見まくほしさに（130）

をとこ、

四恋しくは来ても見よかしちはやぶる神のいさむる道ならなくに（131）

第七二段

むかし、五をとこ、伊勢の国なりける女、又えあはで、隣の国へいくとて、いみじう怨《うら》みければ、女、

六大淀《おほよど》の松はつらくもあらなくにうらみてのみもかへる波かな（132）

一 斎宮に仕える侍女であろう。

二 斎宮の意を伝えるのではなく、彼女自身の私的な歌をよみかけたことをいう。

三 「ちはやぶる」は「神」の枕詞。「いがき」は「斎垣」で、神社の周囲に設けた神聖な垣。「いがきを越ゆ」は法度をこえるの意で、身の破滅をもたらすことになるので、上句は身がほろんでもかまわない意となる。「大宮人」は「男」をさす。万葉集、十一に類歌（下句「今は吾が名の惜しけくもなし」）があり、拾遺集、恋四、柿本人麿、にも類歌（下句「今は我が身の惜しけくもなし」）がある。

四 男女の語らう「恋の道」は、神が禁じたわけではないという発想。続千載集、恋三、返し、業平。

五 文脈がまぎらわしいので、口語訳の方では、煩雑をかえりみずに主語を明示して仮に解した。「をとこ……隣の国へいくとていみじう怨みければ」という文脈か。この「女」を斎宮をさすと決めるのは必ずしも正しくない。作者はただそうとられても差し支えないような書き方をしただけであろう。

六 「松」を女に、「波」を男にたとえた。「恨みて」に「浦見て」をかける。事情があって逢えなかっただけで、私はお待ちしているのに、さっさと恨んで帰るとはの心を持たせたのであろう。

第七一段

むかし、男が、伊勢《いせ》の斎宮《さいぐう》に、帝《みかど》のお使いとして参上していたところ、その斎宮で、色めいた言葉のやりとりをしていた女が、個人的なこととして、

ちはやぶる神のいがきも越えぬべし大宮人《おほみやびと》の見まくほしさに(130)

みだりに越えてはいけない神聖な垣も
私は越えてしまいそうです
都の宮からおいでの方に
どうしてもお逢《あ》いしたくて

男は、

恋しくは来ても見よかしちはやぶる神のいさむる道ならなくに(131)

どうしても恋しければ
さあ、来て逢ってごらんなさい
こわい神さまがおとめになる
そんな道ではないのですから

第七二段

むかし、男が、伊勢の国に住んでいた女が、一度逢っただけで、男にまた逢うことができないままで、男が隣の国へ行くということで、大変に女を恨んだので、女が、

大淀《おほよど》の松はつらくもあらなくにうらみてのみもかへる波かな(132)

大淀の松は
つれないわけでもないのに
ただ浦をみるだけで
私を恨んで帰る波のような方ですね、あなたは

第七三段

むかし、そこにはありと聞けど、一せうそこをだにいふべくもあらぬ女のあたりを思ひける。

二目には見て手にはとられぬ月のうちの桂《かつら》の如《ごと》き君にぞありける（133）

第七四段

むかし、男、女をいたう怨《うら》みて、

三岩根ふみかさなる山にあらねども逢《あ》はぬ日おほく恋ひわたるかな（134）

第七五段

むかし、男、「伊勢《いせ》の国に率《ゐ》ていきてあらむ」といひければ、女、

四大淀《おほよど》の浜に生《お》ふてふみるからに心はなぎぬかたらはねども（135）

一　二条后、伊勢斎宮などが念頭にあろう。

二　「月のうちの桂」は月桂樹。准南子《えなんじ》に「月中ニ桂樹有リ」とあり、ここでは、手に入れにくいものの例として用いられている。万葉集、四、湯原王、に類歌（第二句「手にはとらえぬ」第五句「妹をいかにせむ」）がある。

三　二人の、通い路にはまるでけわしい山が幾重にも重なっているように、あなたはつれない、と相手を恨んだもの。万葉集、十一に、「いはねふむへなれる（重成）山はあらねども逢はぬひまねみ恋ひわたるかも」という類歌がある。「重成」を当時「カサナル」と訓じたために意味があいまいになった歌を、そのままここに採ったものであろうという。拾遺集、恋五にも（題しらず、坂上郎女）「岩根ふみ重なる山はなけれども逢はぬ日数を恋ひやわたらむ」という類歌がある。

四　「大淀の浜に生ふてふ」は「見るからに」の序詞。「見る」に海藻の「海松」をかける。「浜」「海松」「和ぐ」は海の縁語。「見る」を仮に「お目にかゝる」ようにとるが、「見る」は普通「かたらふ」、次の歌の「逢ふ」などとは対立せず、むしろ同じ意味を持つことが多い。あるいは「見る」は「つれていってあげよう」というやさしい気持ちを示した手紙を見るだけで、のようにここでは考えるべきか。

第七三段

むかし、そこにいるとは聞くけれども、手紙だけでもおくることができそうもない女の住むあたりを思った歌、

目には見て手にはとられぬ月のうちの桂《かつら》の如《ごと》き
君にぞありける(133)

目には見えていながら
手にとることはできない
月の中の桂のような
あの方だったのでした

第七四段

むかし、男が、女をひどく恨んで、

岩根ふみかさなる山にあらねども逢《あ》はぬ日おほく
恋ひわたるかな(134)

岩根を踏んで行かねばならぬ
連なり重なる山ではないのに
あなたは
逢ってくださらない日が多く
恋しく思い続けているのです

第七五段

むかし、男が、
「伊勢《いせ》の国に一緒に行って、そこで住もう」
と言ったので、女が、

大淀《おほよど》の浜に生《お》ふてふみるからに心はなぎぬかたら
はねども(135)

伊勢の大淀の浜に生えるという
「海松《みる》」の名とおなじく
あなたを見るだけで心は静まってしまいました
うちとけたお話はいたしませんでも

といひて、ましてつれなかりければ、男、

一袖《そで》ぬれてあまの刈りほすわたつうみのみるを逢《あ》ふにてやまんとやする(136)

女、

二岩間より生《お》ふるみるめしつれなくは汐干《しほひ》汐満ちかひもありなむ(137)

また男、

三涙にぞぬれつゝしぼる世の人のつらき心は袖のしづくか(138)

四世にあふことかたき女になむ。

第七六段

むかし、二条の后《きさき》の、まだ五春宮《とうぐう》の御息所《みやすんどころ》と申しける時、六氏神にま

一 上句は「見る」の序詞。やはり「見る」「海松」をかける。あなたに一生懸命逢おうとして袖をぬらして泣く、といった自分の姿をこめて、相手を恨んだもの。新勅撰集、恋一、業平。 二 よくわからない歌。「甲斐」に「貝」をかける。「つれなくは」の「つれなし」は「連れ無し」で、物事の無関係なさまをいうのが原義であろうから、「変化がない」の意に用いられることもある。枕草子八七段「さて雪の山つれなくて(溶けもしないで)年もかへりぬ」など。しかし男女のやりとりで「つれなし」は「無情・冷淡」の意に用いられるのがほぼ定石なので、やや疑わしい。「見る目だけではつれないとおっしゃいますが、私がつれない状態を続けていれば、いつかはかいもあるのではありませんか」といった気持ちか。新勅撰集、恋一、返し、よみ人しらず、に類歌(第五句「かひやありなむ」)がある。 三 「世の人」は世間の人であるが、相手の女を、この場面では意識していよう。続後撰集、恋一、業平。 四 「世に(非常に)」は歌に導き出された言葉であろう。 五 春宮の母である御息所の意。貞観十一年(八六九)に陽成帝は春宮に立たれた。 六 氏の先祖を神として祭ったもの。ここでは大原野神社。春日野神社が藤原氏の氏神であるが、遠いので遷都後は大原野に勧請した。

と言って、以前よりも一層冷淡なそぶりをしていたので、男は、

袖《そで》ぬれてあまの刈りほすわたつうみのみるを逢《あ》ふにてやまんとやする(136)

袖がぬれて
海人《あま》が刈っては干す海の「海松《みる》」
その見ることを逢うことにかえて
終ろうとなさるのですか

女は、

岩間より生ふるみるめしつれなくは汐干《しほひ》汐満ちかひもありなむ(137)

岩間から生える「海松布《みるめ》」が
変らずにあるなら
汐が干たり汐が満ちたり
いろいろなことがあったとしても
遂には貝(甲斐《かい》)がきっとあることでしょう

また、男が、

涙にぞぬれつゝしぼる世の人のつらき心は袖のしづくか(138)

涙に濡れ濡れして
袖をしぼって泣くことです
世の人のつめたい心は
しずくとかわって濡れかかるのか

全く逢《あ》うことがむつかしい女である。

第七六段

むかし、二条の后《きさき》が、まだ春宮《とうぐう》の御息所《みやすんどころ》と申し上げた時、氏神にお参りなさった折に、近衛府《このえふ》にお仕

うで給ひけるに、一近衛府《このゑつかさ》にさぶらひける翁《おきな》、人々の二禄《ろく》たまはるついでに、御車よりたまはりて、よみてたてまつりける。

三大原やをしほの山も今日こそは神代のことも思ひいづらめ(139)

とて、四心にもかなしとや思ひけむ、いかが思ひけむ、知らずかし。

第七七段

むかし、五田村のみかどと申すみかどおはしましけり。その時の女御《にようご》、六多賀幾子《たかきこ》と申す七みまそかりけり。それうせ給ひて、八安祥寺《あんしやう》にて、みわざしけり。人々さゝげもの奉りけり。奉りあつめたるもの千捧《ちささげ》ばかりあり。そこばくのさゝげものを木の枝につけて堂の前にたてたれば、山も九さらに堂の前にうごき出《い》でたるやうになむ見えける。一〇それを、右大将にいまそかりける一一藤原常行《ふぢはらのつねゆき》と申すいまそかりて、講のをはるほどに、歌よむ人々を召しあつめて、けふのみわざを題にて、春の心ばへある歌を奉らせ給ふ。一二右馬頭《みぎのうまのかみ》なりける翁、目はたがひながらよみける。

一 在原業平を暗示。貞観十七年(八七五)五十一歳の折、右近衛権中将となる。近衛府は皇居の警備・行幸供奉などをつとめる。二 朝廷からほう美などに下さる布帛の類。三 小塩山のふもとに大原野神社がある。「神代のこと」は、天孫降臨のとき、瓊々杵尊《ににぎのみこと》に従って、藤原氏の先祖天児屋根命《あまのこやねのみこと》が守護した、ということを受ける。藤原氏出身の御息所の参詣をことほいだもの。業平と高子のことをうけ、「あなたも昔私とひそかに語らったことをお思い出しくださるでしょう」の意を含めているといわれる。古今集、雑上、業平。大和物語一六一段。四 高子との間のことをえん曲に述べていよう。五 文徳帝御陵が京都府葛野郡田邑《たなら》にある。六 右大臣藤原良相の女。三代実録によると、天安二年(八五八)十一月十四日没。七「いまそかり」と同じといわれるが用例はきわめてまれである。一〇一段「太政大臣の栄華のさかりにみまそかりて」八 京都市山科にあった。九 あらたに、の意であろう。一〇 儀式を、か。どこにかかるかはっきりしない。「けふのみわざを」と繰返したものか。一一 良相の嫡男。当時は右少将兼周防権守。一二 暗に業平をさす。ただし、史実からいえば、右馬頭になったのは五年後。

えしていた翁《おきな》が、人々が祿《ろく》をいただくついでに、御《み》息所《やすんどころ》の御車から祿をいただいて、よんで奉った。

大原やをしほの山も今日こそは神代のことも思ひいづらめ(139)

この大原の小塩の山も
おいでを迎えた今日こそは
神代のむかしのことをも
思い出していることでしょう

とよんで、翁は心の中でも悲しいと思ったのだろうか、どう思ったろうか、それはわからない。

第七七段

むかし、田村のみかどと申し上げる天皇がおいでになった。その時の女御《にょうご》で、多賀幾子《たかきこ》と申し上げる方がいらっしゃった。その方が、お亡くなりになって、安祥《あんしょう》寺で御法事をした。たくさんの人が、お供え物を奉った。大勢の人々が奉ったささげ物は、千ささげほどある。そんなに多くのささげ物を、木の枝につけて堂の前に立ててあるので、まるで山が新たに堂の前に動いて出て来ているように見えたのだった。それを、右大将でいらっしゃった藤原常行《ふじわらのつねゆき》と申し上げる方がいらっしゃって、経文の講義の終わるころに、歌をよむ人たちをお召し集めになって、今日の御法事を題として、春の趣のある歌をお奉らせになる。右馬頭《みぎのうまのかみ》であった翁が、老いの眼《め》で見間違えたままに、こうよんだ。

一山のみなうつりて今日に逢《あ》ふことは春の別れをとふとなるべし（140）

とよみたりけるを、二いま見ればよくもあらざりけり。そのかみはこれやまさりけむ、あはれがりけり。

第七八段

むかし、多賀幾子《たかきこ》と申す女御《にようご》おはしましけり。うせ給ひて、なゝ七日のみわざ安祥寺《あんしやう》にてしけり。右大将藤原常行といふ人いまそかりけり。そのみわざにまうで給ひてかへさに、三山科《やましな》の禅師のみこおはします、その山科の宮に、滝落し、水走らせなどして、おもしろく造られたるに、まうで給うて、「年ごろよそにはつかうまつれど、近くはいまだつかうまつらず。こよひはこゝにさぶらはむ」と申し給ふ。みこよろこび給うて、四よるのおましのまうけせさせ給ふ。さるに、かの大将出《い》でて五たばかり給ふやう、「宮仕への初めに、たゞ六なほやはあるべき。七三条の大行幸《おほみゆき》せし時、八紀の国の千里《ちさと》の浜にありける、いとおもしろき石奉れりき。大《おほ》

一 涅槃経に釈迦が涅槃に入った時、大山が崩れ裂けたとある。これを頭においていよう。女御の七七忌は、貞観元年一月二日のはずだが、釈迦入滅の二月十五日と季を合わせたか、または、三月の末に行われたと考えるべきであろう。女御と春とに別れるのである。

二 作者の謙遜ともうけとれる書き方。古今六帖、四、業平。

三 人康《さねやす》親王。仁明帝の第四皇子。法名法性。山科宮と号す。三代実録によると、貞観元年五月に出家されたので、女御の七七忌にはまだ出家しておられないわけである。しかし、これが三月末に行われたのなら、二カ月の差となる。高岳親王に擬す説もある。

四 寝所、あるいは夜の宴席。場面からは宴席がふさわしいが、用法に疑問が残る。

五 「たばかる」は、物事の対処の方法をいろいろ工夫し計画すること。

六 平凡。何もしない意。

七 三代実録によると、貞観八年三月二十三日、西三條右大臣藤原良相の百花亭に、清和帝の行幸があった。七七忌よりもずっと後のこととなる。

八 和歌山県(紀伊国)日高郡千里浜。

山のみなうつりて今日に逢《あ》ふことは春の別れをとふとなるべし(140)

山がみな動き移って
今日のみわざに逢うというのは
女御《にょうご》さまと去りゆく春の別れを
弔《とむら》おうというつもりなのでしょう

とよんだのを、今見ると、大してよくもないのだった。その当時は、これがすぐれていたのであろうか、しみじみと人々が感じ入ったのだった。

第七八段

むかし、多賀幾子《たかきこ》と申し上げる女御がおいでになった。お亡くなりになって、七七忌の御法事を安祥寺《あんしょうじ》で行なった。右大将の藤原常行《ふじわらのつねゆき》という人がいらっしゃった。その御法事に参詣なさって、その帰りに、山《やま》科《しな》の禅師の親王がおいでになる、その山科の宮に、そこは滝を落とし、水を流したりして、明るい趣につくっておありの所なのだが、そのおやしきに参上なさって、

「長年、心のうちによそながらはお仕え申し上げておりますが、おそば近くで直接お仕えしてはおりません。今夜はここに伺候いたしましょう」

と親王に申し上げなさる。親王はお喜びになって、常行の夜の御寝所の準備をおさせになる。そうしているうちに、その大将は、御前をさがり、人々のいる所に出て来て、いろいろ趣向を工夫なさるのには、

「宮仕えのはじめというのに、ただありきたりでは芸のないことだ。父上の三条邸に行幸があった時、紀の国の千里《ちさと》の浜にあった、たいそう見事な石を人が献上したことがある。

行幸《みゆき》ののち奉れりしかば、一ある人の御曹司《みざうし》のまへの溝《みぞ》にすゑたりしを、二島好み給ふ君なり、この石を奉らむ」とのたまひて、三御随身《みずいじん》、舎人《とねり》してとりに四つかはす。いくばくもなくて持てきぬ。この石聞きしよりは見るはまされり。「これをたゞに奉らばすゞろなるべし」とて、人々に歌よませ給ふ。右馬頭《みぎのうまのかみ》なりける人のをなむ、五青き苔《こけ》をきざみて蒔絵《まきゑ》のかたに、この歌をつけて奉りける。

六あかねども岩にぞかふる色見えぬ心を見せむよしのなければ（141）

となむよめりける。

第七九段

むかし、七氏《うぢ》のなかに、親王《みこ》うまれ給へりけり。八御産屋《おんうぶや》に人々歌よみけり。九御祖父方《おほぢがた》なりける翁《おきな》のよめる。

一〇わが門《かど》に千《ち》ひろあるかげを植ゑつれば夏冬たれか隠れざるべき（142）

これは貞数《さだかず》の親王《みこ》。時一一の人、中将の子となむいひける。兄の一二中納言《ちゅうなごん》行《ゆき》

一 三条邸に住んでいるある人の御部屋。二「島」は泉水・築山などをあしらって作る庭。三「随身」は上皇、摂政関白以下、六衛府の次官に至るまで、警備のために朝廷から賜わった近衛の官人。「舎人」は、天皇・皇子・貴族に仕えて雑役をするもの。四「やる・行かせる」の敬語。五 苔を、歌の文字の形に刻んで、の意か。「蒔絵」はうるしで絵をかき、乾かぬうちに金銀の粉などをつけて、模様を浮き出させたもの。この金銀の代わりに苔を刻んで、歌の文字の形にしたということか。六 宮に対する敬慕の情を、大将に代わってよんだもの。七 はっきり言わぬが、在原氏を暗示。八 産養。出産後、三五七九日めの夜に行う祝い。九 祖父は行平。その弟の「業平」を祖父方といった。行平の女、更衣文子は貞観十七年（八七五）清和帝の皇子貞数親王を生んだ。一〇「かげ」は「竹」の誤写とする説もあるが、「竹のかげ」と仮に見ておく。山海経《せんがいきよう》などに千尋の竹のことが見える。「竹」は漢の文帝の子、梁の孝王が竹園を愛したことから、皇族にたとえる。「一ひろ」は六尺。将来帝位につかれる期待を述べる。一一 後人のうわさを述べたもの。一二 業平より七歳年長。元慶六年（八八二）六十五歳で中納言。

ところが行幸のあとで献上してきたため、不用になって、ある方の御局の前の溝《みぞ》に置いてそのままにしてあったが、この宮様は庭園がお好きな方だ、この石を献上するとしよう。」

とおっしゃって、御随身《みずいしん》や、舎人《とねり》に命じて取りにおつかわしになる。いくらもたたぬうちに持って帰ってきた。この石は実物を見ると、前に聞いていたよりずっと見事なものだ。「これを、石だけただ趣向をこらさずに差し上げるのは、何となくつまらないことになろう」ということで、一同に歌をおよませになる。その中で、右馬頭《みぎのうまのかみ》であった人のよんだ歌を、特に選び、石のおもての青い苔《こけ》を刻んで、蒔絵《まきえ》模様ふうに彫りつけて献上したのだった。

あかねども岩にぞかふる色見えぬ心を見せむよしのなければ(141)

不満足ながら
岩に気持ちをお目にかけます
色には見えない私の心を
お見せしようがございませんので

とよんだのだった。

第七九段

むかし、一族の中に、親王《しんのう》がお生まれになったことがあった。御産屋《うぶや》のお祝いに、人々が歌をよんだ。親王の御祖父の血縁に当たる翁《おきな》がよんだ歌、

わが門に千《ち》ひろあるかげを植ゑつれば夏冬たれか隠れざるべき(142)

わが家の門に
千ひろも陰《かげ》のある竹を植えてあるので
夏でも冬でも
みんなおかげをこうむることでしょう

これは貞数《さだかず》親王のことだ。当時の人は、なんと業平《なりひら》中将の子といった。中将の兄に当たる中《ちゅう》納言《なごん》行平《ゆきひら》の娘

平《ひら》のむすめの腹なり。

第八〇段

むかし、[一]おとろへたる家に、藤の花植ゑたる人ありけり。やよひのつごもりに、その日雨そぼふるに、人のもとへ折りて[二]奉らすとて、よめる。

[三]ぬれつゝぞしひて折りつる年のうちに春はいくかもあらじと思へば (143)

第八一段

むかし、[四]左のおほいまうちぎみいまそかりけり。賀茂《かも》川のほとりに、六条わたりに、家をいとおもしろく造りて住みたまひけり。神無月《かんなづき》のつごもりがた、[五]菊の花うつろひさかりなるに、もみぢの千種《ちぐさ》に見ゆる折、親王《みこ》たちおはしまさせて、夜ひと夜、酒のみし遊びて、夜あけもてゆくほどに、この殿のおもしろきをほむる歌よむ。そこにありける[六]かたゐ翁《おきな》、[七]だいしきの下に[八]はひありきて、人にみなよませ果ててよめる。

一　在原氏を暗示。
二　「奉る」に、使役助動詞「す」の添ったもの。
三　藤原氏に追従を示して、藤をおくった歌と考えられている。しかし、必ずしもそう考える必要もなかろう。古今集、春下、業平。
四　左大臣源融《とおる》をさすといわれている。融は嵯峨天皇の第十二皇子。貞観十四年(八七二)左大臣。六条河原にやしきを作って河原左大臣といわれた。
五　色が変わって、赤みがかった菊を愛した。
六　いやしめて乞食《こじき》といった。業平らしき男をたわむれていったもの。
七　「台敷」で舞台などのようなものをさすかといわれるが、はっきりしない。「いたしき」とする本文をとって「板敷」(えんがわ)に改める考えもある。
八　こっそりと姿勢を低くして動き回わること。「かたゐ翁」に応じた動作。

がお生みした親王である。

第　八〇　段

むかし、おとろえた家に、藤の花を植えている人があった。三月の末に、その日は雨がしとしと降っていたのだが、人の所へその藤の花を折って、使いのものに差し上げさせようということでよんだ。

ぬれつゝぞしひて折りつる年のうちに春はいくかもあらじと思へば(143)

雨に濡れ濡れしてこの花を
やっと折りました
ことしのうちに
春はもう幾日もあるまいと思いますので

第　八一　段

むかし、左大臣がおいでになった。賀茂《かも》川のほとりの、六条のあたりに、やしきを大変趣深く造ってお住まいになっていらっしゃった。十月の末近く、菊の花が盛んに美しく色変わりしている上に、紅葉《こうよう》が千種類もの色にみごとに見える折に、親王様方を御招待申し上げて、夜一晩じゅう、酒宴を催し、管絃の遊びをして、夜が次第に明けてゆくころに、この御殿の晴れやかな趣向をほめる歌をよむことになった。そこにいたこじきのような老人が、台敷きの下に、うろうろしていて、人々にみんなよみ終えさせておいてから、よんだ。

一塩釜《しほがま》にいつか来にけむ朝なぎに釣する舟はこゝによらなむ（144）

二となむよみけるは、みちの国にいきたりけるに、三あやしくおもしろき所所おほかりけり。わがみかど六十余国《よこく》の中に、塩釜といふ所に似たるところなかりけり。さればなむ、かの翁《おきな》、四さらにここをめでて、「塩釜にいつか来にけむ」とよめりける。

第八二段

むかし、五惟喬《これたか》の親王《みこ》と申す親王《みこ》おはしましけり。六山崎のあなたに、七水無瀬《みなせ》といふ所に宮ありけり。年ごとの桜の花ざかりには、その宮へなむおはしましける。その時右馬頭《みぎのうまのかみ》なりける人を常に率《ゐ》ておはしましけり。時世《ときよ》へて久しくなりにければ、八その人の名忘れにけり。九狩はねむごろにもせで酒をのみ飲みつゝ、やまと歌にかゝれりけり。一〇いま狩する一一交野《かたの》の渚《なぎさ》の家、その院の桜ことにおもしろし。その木のもとにおりゐて、枝を折りてかざしにさして、かみ、なか、しも、みな歌よみけり。馬頭《うまのかみ》

一 「塩釜」は宮城県（陸奥国）松島湾内にある名所。融は、この塩釜の景を邸内に作らせたという（今昔物語、江談抄）。続後拾遺集、雑上、業平。
二 「となむよみけるは。」で切る考えもある。三 「あやし」は理解することができないこと。四 「重ねて再び」の意で、「めでて」にかかるか。「他の人よりさらに」と見る考えもある。
五 文徳帝第一皇子。母は紀名虎の女静子で、紀有常のきょうだい。承和十一年（八四四）誕生。貞観十四年（八七二）七月十一日出家。寛平九年（八九七）二月二十日薨。五十四歳。
六 京都府（山城国）乙訓郡大山崎村。淀川に沿い、難波と対比される要港であった。七 大阪府三島郡島本町広瀬のあたり。八 業平であることが明かであるのに、わざとぼやかしたのは、この物語には、一般に作為がほどこされていることを示そうとしたつもりであろう。九 鷹狩であろう。水無瀬・交野は御猟場で、史料にも遊猟の記事が散見する。一〇 以上は従来の様子、以下は今回のこと。
一一 大阪府枚方市に渚の院の跡がある。水無瀬から近くのここへ狩りをしつつ来たのであろう。この当時は、離宮ではない宅であり、「院」は貴族の邸と考えられている。土佐日記に承平五年（九三五）二月九日、この院を望見しての記事がある。

塩釜《しほがま》にいつか来にけむ朝なぎに釣する舟はこゝによらなむ(144)

私は塩釜に
いったい、いつ来てしまったのか
朝のなぎに釣りする舟は
どうかここに寄って来ておくれ

と、こうよんだのは、この翁《おきな》がかつて奥州《おうしゅう》に行ったところ、不思議に思われるほど趣深い所がたくさんあった。中でもわが国六十余国の中に、塩釜という所におよぶ所はほかになかった。そういうわけだから、この翁は、重ねてここを賞讃して、「塩釜にいつか来にけむ」とよんだのだった。

第八二段

むかし、惟喬親王《これたかのみこ》と申し上げる親王《しんのう》がおいでになった。山崎の向こうに、水無瀬《みなせ》という所に離宮があった。毎年の桜の花盛りには、そこの宮へおいでになった。その時には、右馬頭《みぎのうまのかみ》であった人を、いつもお連れになっておいでになった。もう現在までに長い時がたってしまったので、その人の名前は忘れてしまった。狩りを熱心にもしないで、もっぱら酒を、何度も汲みながら、和歌を作ることに熱中していた。いまその人が狩りをしている交野《かたの》の渚《なぎさ》の家、その渚の院の桜は特に趣がある。その木の下に、馬からトりて坐《すわ》って、枝を折って頭にかざしに差して、お供の、上・中・下の身分の人がみんな歌をよんだ。馬頭であった人がよ

なりける人のよめる。

一 世の中に絶えて桜のなかりせば春の心はのどけからまし（145）

となむよみたりける。また人の歌、

二 散ればこそいとゞ桜はめでたけれうき世になにか久しかるべき（146）

とて、その木の下《もと》はたちてかへるに、日暮になりぬ。御供《とも》なる人、酒をもたせて、野より出《い》できたり。この酒を飲みてむとて、よき所をもとめ行くに、三 天の河といふ所にいたりぬ。親王《みこ》に馬頭《うまのかみ》四 おほみき五 まゐる。親王《みこ》ののたまひける、「交野《かたの》を狩りて、天の河のほとりにいたるを題にて、歌よみて杯はさせ」とのたまうければ、かの馬頭よみて奉りける。

六 狩り暮らしたなばたつめに宿からむ天の河原に我《われ》は来にけり（147）

一 一首の裏には、「だが、実際は世の中には桜があって、大層美しいものだから、人の心は心配にやきもきして、落ち着かない気持ちでいることだ」の余意がある。古今集、春上、業平。

二 古今集、春下、よみ人しらず、に類歌（残りなく散るぞめでたき桜花ありて世の中果てのうければ）がある。

三 大阪府枚方市禁野《きんや》の一名。現在も天の河という川が、そのそばを流れている。

四 神や天皇など尊い方に差し上げる酒の敬称。

五 この「まゐる」は四段活用他動詞の謙譲語としての用法。「……して差し上げる」「差し上げる」の意。

六 「たなばたつめ」は織女星。一年に一度天の河で、牽牛《けんぎゅう》星と会う。古今集、羇《き》旅、業平。新撰和歌集、三、および古今六帖、二「大鷹《たか》狩」（業平）に同歌が見える。

んだ歌、

世のなかに絶えて桜のなかりせば春の心はのどけからまし(145)

この世のなかに
まったく桜がないとしたら
春のこころは
ああどんなに
ゆったりとすることか

とよんだのだった。また、別の人の歌、

散ればこそいとゞ桜はめでたけれうき世になにか久しかるべき(146)

散るからこそ
いよいよ桜は心を引かれる
このはかなくもつらい世に
いったい、なにが
いつまでも久しいというのだろうか

とよんで、その桜の木の下は立って、水無瀬《みなせ》に向かって帰途につく時に、日暮れになってしまった。お供をしている人が従者に酒を持たせて、狩り野から出てきた。この酒を飲むことにしようというわけで、適当な場所を探しながら行くと、「天の河」という所に着いた。親王《しんのう》に、馬頭《うまのかみ》が御酒を差し上げる。親王がおっしゃったのには、

「交野《かたの》を狩りをしてまわって、天の河のほとりに至る、ということを題として、歌をよんで、それから杯は差しなさい」

とおっしゃったので、この馬頭がよんで、奉った。

狩り暮らしたなばたつめに宿からむ天の河原に我《われ》は来にけり(147)

一日じゅう狩りをして日を暮らして
たなばたつめに今夜の宿を借りよう
ちょうどいいことに
「天の河」の河原に
私は来ていたのでしたよ

親王《みこ》歌をかへすぐ[一]誦《ず》じ給うて[二]返しえし給はず。[三]紀有常御供《きのありつねおんとも》に仕うまつれり。それがかへし、

[四]一とせにひとたび来ます君まてば宿かす人もあらじとぞ思ふ(148)

かへりて宮に入らせ給ひぬ。夜ふくるまで酒飲み物語して、あるじの親王、ゑひて入り給ひなむとす。[五]十一日の月もかくれなむとすれば、かの馬頭《うまのかみ》のよめる。

[六]あかなくにまだきも月のかくるゝか山の端《は》にげて入れずもあらなむ(149)

親王にかはり奉りて、紀有常、

[七]おしなべて峯《みね》もたひらになりななむ山の端《は》なくは月もいらじを(150)

第八三段

むかし、水無瀬《みなせ》にかよひ給ひし惟喬《これたか》の親王、[八]れいの狩しにおはします

一 口に出して吟詠する。
二 あまりのたくみさに、絶句したのである。
三 親王の母の兄に当たる。一六段既出。
四 織女星の気持ちを推し量った歌か。織女星自身の歌ともよめる。「来ます君」と敬語を用いている点から見て、「君」は「彦星」と同時に親王をも指していよう。「親王をお待ちしているのだから、それ以外に宿を貸す相手の男(業平)など、あるまいと思う」と戯れたもの。「宿かす人」は「織女星が宿を貸す人(男)」であろう。古今集、羇旅、紀有常。前の歌に続いて見える。古今六帖、二「大鷹狩」にも同歌が見える。
五 十一日の月は早く出て、早く入る。
六 「月」に親王をかけて引きとめた歌。「まだきも」は時が至らないのに、早々と。古今集、雑上、業平。古今六帖、一、「雑の月」(業平)にも同歌が見える。
七 親王の代作。後撰集、雑三、上野岑雄、に類歌(第五句、「月もかくれじ」)がある。この歌を、ここに取り入れてつけ加えたものか。
八 「れいの」は「いつものように」の意で、副詞的に用いられる。

親王《しんのう》は、この歌を何度も何度も吟誦《しょう》なさって、返歌をすることがおできにならない。紀有常《きのありつね》がお供に御奉仕していた。その有常の返歌、

一とせにひとたび来ます君まてば宿かす人もあら
じとぞ思ふ（148）

一年に
たった一度だけおいでの方を
たなばたつめは、待つのですから
その彦星のほかに宿を貸す相手も
あるまいと私は思いますよ

水無瀬《みなせ》に帰って親王は宮にお入りあそばした。夜が更けるまで酒を飲み、話をして、御主人である親王は、酔って御寝所にお入りになってしまおうとする。十一日の月も隠れようとするので、この馬頭《うまのかみ》のよんだ歌、

あかなくにまだきも月のかくるゝか山の端《は》にげて
入れずもあらなむ（149）

見あきないのに
こんなに早く月がかくれるのか
山の端がにげて
入れないでおくれ

親王にお代わり申し上げて、紀有常が、

おしなべて峯《みね》もたひらになりなゝむ山の端《は》なくは
月もいらじを（150）

一様《いちよう》に
峯もたいらになってしまってほしい
山の端がなかったら
まさか月も入るまいから

第八三段

むかし、水無瀬の離宮にお通いになった惟喬親王《これたかのみこ》が、いつものように狩りをしにおいでになるお供とし

供に馬頭《うまのかみ》なる翁《おきな》つかうまつれり。日ごろへて宮にかへり給うけり。御送りしてとくいなむと思ふに、おほみきたまひ禄《ろく》賜はむとて、[一]つかはさざりけり。この馬頭[二]心もとながりて、

[三]枕とて草ひき結ぶこともせじ秋の夜とだにたのまれなくに(151)

とよみける。時はやよひのつごもりなりけり。[四]みこ大殿籠《おほとのごも》らであかし給うてけり。かくしつゝまうで仕うまつりけるを、[五]思ひのほかに、御髪《みぐし》おろし給うてけり。正月《むつき》にをがみたてまつらむとて、[六]小野にまうでたるに、ひえの山のふもとなれば、雪いとたかし。しひて[七]御室《みむろ》にまうでてをがみたてまつるに、つれ〴〵といとものがなしくておはしましければ、やゝ久しくさぶらひて、いにしへのことなど思ひ出《い》で聞えけり。さてもさぶらひてしがなと思へど、公事《おほやけごと》どもありければ、えさぶらはで、夕暮にかへるとて、

[八]忘れては夢かとぞおもふ思ひきや雪ふみわけて君を見むとは(152)

一 「つかはす」は「行かせる」「やる」などの敬語。

二 気がかりで待ち遠しい気持ち。

三 「草を結ぶ」とは、旅寝すること。ここでは、親王のやしきに泊る意。秋の夜なら長いのでゆっくりすることができようが、今は短い春の夜なのだから泊らずに失礼いたします、の意。古今六帖、五。新勅撰集、羇旅、業平。

四 馬頭の歌に応じて、親王も春の短夜を惜しまれたのである

五 三代実録、貞観十四年(八七二)七月十一日の条に「惟喬親王疾《やまひ》ニ寝《い》ネ頓《とみ》ニ出家シ沙門ト為《な》ル」とある。出家の原因などについては、よくわからない。時に二十九歳。

六 今の京都市八瀬のあたり。親王はここに隠棲された。比叡山の西麓。

七 岩の洞を「むろ」といい、転じてそうした所に住む僧の住まい、または、安置する神の居所という意になる。ここは出家された親王の住まいなので、「御」を冠したもの。

八 親しくお仕えしていた親王が、出家してさびしく正月を迎えていらっしゃることへの驚きと悲しみの歌。古今集、雑下、業平。古今六帖、一、雪、に同歌がみえる。

て、馬頭《うまのかみ》である老人がお仕えしていた。何日かたってから、京の宮にお帰りになった。お送り申し上げて、早く自分の家に帰ろうと思うのに、労をねぎらって御酒をくださって禄《ろく》をお与えになろうということで、おそばをはなさずお帰しにならなかった。この馬頭は、待ち遠しく思って、

枕とて草ひき結ぶこともせじ秋の夜とだにたのまれなくに(151)

旅の枕として
草を引き結ぶこともいたしますまい
せめて、秋の夜長となりと
ゆっくりできる時ならともかく
この短い春の夜には

とよんだ。その時は、ちょうど、三月の末なのであった。親王は、おやすみにならないで、春の短夜をおあかしになったのだった。このようなことをいつもしては、翁《おきな》は参上して御奉仕申し上げたが、親王は意外にも剃髪《ていはつ》なさってしまった。正月に、拝謁しようということで、小野に参上したところ、そこは比叡《ひえい》山のふもとなので、雪が大変深く降り積もっている。苦労して御庵室にうかがって拝謁すると、親王は所在なげにさびしくもの悲しい御様子でおいでになったので、かなり長く伺候して、昔のことなどを思い出してお話申し上げた。そうしたままで、おそばにいてお相手したいと思うが、正月なので、宮中の儀式などの催し事があるために、伺候していることができず、夕暮れに帰るということで、

忘れては夢かとぞおもふ思ひきや雪ふみわけて君を見むとは(152)

うつつを忘れては
ふと、夢かと思います
考えたことがございましょうか
雪を踏み分けて、君を拝そうとは

とてなむ泣く〳〵来にける。

第八四段

むかし、男ありけり。身はいやしながら、母なむ宮なりける。その母長岡といふ所に住み給ひけり。子は京に宮仕へしければ、まうづとしけれど、しばしばえまうでず。ひとつ子にさへありければ、いとかなしうし給ひけり。さるに、しはすばかりに、とみの事とて、御ふみあり。おどろきて見れば、うたあり。

老いぬればさらぬ別れのありといへばいよいよ見まくほしき君かな (153)

かの子、いたうちなきてよめる。

世の中にさらぬ別れのなくもがな千代《ちよ》もといのる人の子のため (154)

一 「いやしながら」は、形容詞「いやし」の語幹に「ながら」の添った語。

二 業平の母は、桓武帝皇女、伊登内親王。ここでも、「男」は業平を暗示する。

三 京都府向日市あたりの地。桓武帝は延暦三年(七八四)十一月に平城京からここに遷都、七年後に平安京に移られた。五八段参照。

四 業平の父阿保親王は多勢の子を持っていたが、伊登内親王腹は業平のみであろうといわれている。

五 数え年であると一月一日に年をとった。十二月は新年を目前にしており、「年をとって老いる」実感が強いので、「しはす」と特に記したのであろう。

六 漢語「頓《とん》」の転。ぐずぐずできず、即座に事を決しなければならない状況についていう。

七 万一のことを予想したのであろう。

八 「さる」は避ける、よける、の意。「さらぬ別れ」は死別をいう。古今集、雑上、業平の母のみこの歌として見える。

九 古今集、雑上、かへし、業平、に類歌(第四句「千よもとなげく」)がある。

といって、泣く泣く京に帰って来たのだった。

第 八四 段

むかし、男があった。官位は低い身ながら、母は内親王だった。その母は、長岡という所にお住まいだった。子は、京で朝廷にお仕えしていたので、参上しようとしたが、いつも伺うというわけにはいかない。その上、男はたったひとりの子であったので、母宮はとてもおかわいがりになった。そうしているうちに、十二月のころに、「急のこと」といって、お手紙が届く。驚いて、見ると、歌がある。

老いぬればさらぬ別れのありといへばいよいよ見まくほしき君かな(153)

年をとってしまうと
避けられぬ別れがある、ということですから
いつもより一層逢いたさが募ってくる
わがいとしい子よ

その子は、はげしく泣いてよんだ、

世の中にさらぬ別れのなくもがな千代《ちよ》もといのる人の子のため(154)

世の中に
避けられぬ別れはなければよいのに
千年も、と
親の長寿を祈る子供のために

第八五段

むかし男ありけり。[一]わらはよりつかうまつりける君、御《み》ぐしおろし給うてけり。む月にはかならずまうでけり。おほやけの宮仕へしければ、常にはえまうでず。されど、もとの心うしなはでまうでけるになむありける。[二]むかし仕うまつりし人、[三]俗なる、[四]禅師《ぜんじ》なる、あまたまゐり集りて、む月なれば[五]ことだつとて、おほみきたまひけり。雪こぼすがごと降りて、ひねもすにやまず。みな人ゑひて、「雪に降り籠《こ》められたり」といふを題にて、[六]うたありけり。

[七]思へども身をしわけねばめかれせぬ雪のつもるぞわが心なる（155）

とよめりければ、親王《みこ》いといたうあはれがり給うて、御ぞぬぎてたまへりけり。

第八六段

むかし、いと若き男、[八]若き女をあひいへりけり。おのおの親ありけれ

一 この段は、惟喬親王と業平のように書かれているが、業平は親王よりはるかに年長であるから、「わらはより云々」というのは、作者の創作である。八二、八三段参照。 二 「むかし仕うまつりし人、俗なる（人）禅師なる（人）」の意で、「むかし仕うまつりし人」と「俗なる禅師なる」は同格であろう。
三 仏門に入らない、普通の人。
四 本来、山林修行をして、禅定《ぜんじよう》を修めた師僧に対する称号であるが、ここでは、広く出家・法師をさしている。
五 「事立つ」で、普段とは異なって特別なことをする、の意か。「はじめて事をする」の意とする考えもある。
六 単に、歌をよんだ、という表現ではなく、「歌をよむ会を催した」といった語感であろう。
七 「身をしわけねば」は、親王にお仕えする身と、宮仕えの身と、二つにわが身を分けられないことをいう。「めかれせぬ」は目から離れない、の意で、雪が絶えず降ることと、親王に常に逢うことを言いかける。「雪が積もって降りこめられた」とことこそ、私にとってはうれしいことだ、の意。一説「つもるのこそ、私のつもる心と同じです」の意とする。古今集、離別、伊香子《いかごの》淳《あつ》行《ゆき》に類歌、（第三句以下、「目に見えぬ心を君にたぐへてぞやる」）がある。
八 「女にあひ、女をかたらふ」の意か。

第八五段

むかし、男があった。子供のころからお仕え申し上げた御主君が、御ぐしをおおろしになってしまった。正月には、必ず御主君のもとに参上した。朝廷にお仕えしていたので、いつも参上するというわけにはゆかない。しかし、以前の気持ちを失わずに、参上したのであった。昔お仕えしていた人たちが普通の人も、法師も、大勢集まって、正月なので、特別なことをするというわけで、親王《しんのう》から御酒をくださった。雪は、天からものをこぼすようにはげしく降って、一日じゅうやまない。一同は皆酔って、「雪に降りこめられている」ということを題として、歌をよんだ。

思へども身をしわけねばめかれせぬ雪のつもるぞわが心なる(155)

お慕いしておりますのに
身は分けられませんから
このように目から離れず降る雪が
高く積もって行手《ゆくて》を閉ざし
お近くに侍《じ》すのが私の本望でございます

と男がよんだので、親王は大変しみじみと感動なさって、お召しの御衣を脱いで、御ほうびにくださったのだった。

第八六段

むかし、とても若い男が、若い女に言い寄って愛し合うようになった。それぞれに親があったので、親に

ば、つゝみていひさしてやみにけり。年ごろへて女のもとに、なほ心ざしはたさむとや思ひけむ、男一うたをよみてやれりけり。

二今までに忘れぬ人は世にもあらじおのがさまざま年の経ぬれば (156)

三とてやみにけり。四男も女もあひ離れぬ宮仕へになむいでにける。

第八七段

むかし、男、五津の国菟原《うばら》の郡《こほり》芦屋《あしや》の里にしるよしして、いきて住みけり。昔の歌に、

六あしの屋のなだの塩焼きいとまなみ黄楊《つげ》の小櫛《をぐし》もささず来にけり (157)

とよみけるぞ、この里をよみける。ここをなむ七芦屋の灘《なだ》とはいひける。この男、八なま宮仕へしければ、それを便りにて、九衛府佐《ゑふのすけ》ども集り来にけり。この男のこのかみも一〇衛府督《ゑふのかみ》なりけり。その家の前の海のほとりに遊

一 以下とのつながりが悪いので、あるいは、次に男の、女に対する「心ざしをはたさむ」とする意志表示の歌があったのが、落ちたのかも知れないとする考えもある。
二 このまま男の歌と解けば、裏に、「でも万一にも昔の ことをお忘れでなかったら、私の心を察してくださいませんか」といった気持ちをこめた打診の歌となる。古今六帖、五。新古今集、恋五、よみ人しらず。
三 と言ったのだが、結局この歌で、女とのことは終わってしまった、のような意を汲みとるべきか。
四 何となく離れにくいので、同じ所に宮仕えした、というのであろうか。この段、全体にははっきりしない。
五 現在の兵庫県芦屋市。
六 上句は「黄楊の……」を言い出すための序詞とも、実景とも見られる。万葉集、三、に石川小郎の「しかの海人はめ刈り塩焼きいとまなみくしげの小櫛取りも見なくに」という似た歌がある。七「なだ」は海流の早い難所をいうが、ここは地名か。現在神戸市に「灘」がある。八 形式的な任官で、ほとんど出仕しない状態をいうか。地位の低いことをいうとも言われる。
九 業平は貞観五年二月から一年間左兵衛権佐であった。
一〇 業平の兄行平は、貞観六年三月に左兵衛督となった。

遠慮して、交際を途中でやめてそのままになってしまった。何年かたって、女のところに、やはり昔の、女に対する思いを遂げようと思ったのだろうか、男は、歌をよんでおくった。

今までに忘れぬ人は世にもあらじおのがさまぐ
年の経ぬれば(156)

今に至るまで
忘れぬ人は
世間にもあるまい
おたがいに、それぞれさまざまで
何年もたってしまったのだから

とよんで、それで終わってしまった。男も女も、離れ離れにならぬ同じ場所に出仕したのだった。

第八七段

むかし、男が、摂津《せっつ》の国の、菟原郡《むばらぐん》芦屋《あしや》の里に領地を持っている縁があって、行って住んだ。昔の歌に、

あしの屋のなだの塩焼きいとまなみ黄楊《つげ》の小櫛《をぐし》も
ささず来にけり(157)

芦屋のなだの
芦の屋に住む海人《あま》の女は
塩焼く家業のひまがないので
つげの小櫛《ぐし》も差さずに来ました

とよんだのは、この里をよんだのであった。ここを「芦屋の灘《なだ》」といったのである。この男は、宮仕えめいたことをしていたので、それの縁で、衛府佐《えふのすけ》たちが、この家に集まって来ていた。この男の兄も、衛府《えふ》督《かみ》だったのである。その家の前の海辺を散策してまわって、

びありきて、「[一]いざ、この山のかみにありといふ布引《ぬのびき》[二]の滝見にのぼらむ」といひてのぼりて見るに、その滝ものよりことなり。ながさ二十丈[三]、ひろさ五丈ばかりなる石のおもて、白絹に岩を包めらむ[四]やうになむありける。さる滝のかみに、わらふだ[五]の大きさして、さしいでたる石あり。その石のうへに走りかゝる水は、小柑子《せうかうじ》[六]、栗《くり》の大きさにてこぼれ落つ。そこなる人にみな滝の歌よます。かの衛府督《ゑふのかみ》まづよむ。

[七]わが世をばけふかあすかと待つかひの涙のたきといづれたかけむ (158)

あるじ、つぎによむ。

[八]ぬき乱る人こそあるらし白玉のまなくもちるか袖《そで》のせばきに (159)

とよめりければ、かたへの人、笑ふ[九]。ことにやありけむ、この歌にめでてやみにけり。かへりくる道遠くて、うせにし[一〇]宮内卿《くないきやう》もちよしが家の前くるに日暮れぬ。やどりの方を見やれば、あまのいさり火[一一]おほく見ゆ

一 「いさごの山」とよんで、「砂子山」とする説もある。この山は現存するが、伊勢物語からきた名らしい。
二 現在神戸市葺合区布引山にかかる滝。
三 一丈は約三メートル。
四 「つつむ」の已然形に完了の「り」の未然形が添い、それに「む」がついたもの。つつんでいるのであろうような姿であった。
五 わらなどで作った円形の敷物。
六 現在のみかんの原種かという。
七 「わが世」は、自分が認められて栄える世。「甲斐の無み」に「峡(山の間)の涙」をかける。世を去るのは今日か明日かと待つ、の意とする考えもあるが、次の歌から見て、口訳のように解した。新古今集、雑中、行平。
八 玉の緒を抜いたために、白玉が散る、と滝の水を叙したもの。「袖せばし」は官位の低い、身の不遇をいうか。古今集、雑上、業平。古今六帖、三、滝、に類歌(第四句「間なくもふるか」)がある。
九 よくわからない。「笑ふ」「ことにやありけむ」と続けて、「前の歌について笑っていた人たちが」、「笑う表現だったろうか、そうではなく」「苦笑することがあったかもしれないが」などと解されている。仮に切って解した。
一〇 宮内省の長官。「もちよし」は藤原元善か。
一一 魚を誘うため、沖で漁をする時たく火。滝から芦屋まで十五キロほど。

「さあ、この山の上にあるという布引《ぬのびき》の滝を見にのぼろう」

といって上って見ると、その滝は他の滝とは全く異なっている。長さは二十丈、幅は五丈ほどある石の表面は、まるで白絹に石を包んであるような姿で水が流れていた。そんな滝の上の方に、円座《わろうだ》ほどの大きさで、突き出している石がある。その石の上に走りかかる水は、小さいみかんか、栗《くり》ぐらいの大きさでこぼれ落ちる。そこにいる人に、みんな滝の歌をよませる。あの衛府督《えふのかみ》が、まず最初によむ。

わが世をばけふかあすかと待つかひの涙のたきといづれたかけむ(158)

自分が世に出るのは
今日か明日かと待つ
甲斐《かい》のなさに落ちる涙の滝と
この山峡《かい》の滝と
どちらがいったい、高いだろうか

主人の男が、次によむ。

ぬき乱る人こそあるらし白玉のまなくもちるか袖《そで》のせばきに(159)

緒を抜き取って
ばらばらにする人がいるらしい
美しい白玉が、ひまもないほど散るよ
うける袖がせまいというのに

とよんだので、まわりの人は、笑う。格別すぐれていたのであろうか、この歌に感心して、よむのはやめになってしまった。帰って来る道のりは遠くて、亡くなった宮内卿《くないきょう》もちよしの家の前を通りかかる時に、日が暮れてしまう。今夜泊る芦屋の方を遠くのぞむと、漁夫のいさり火がたくさん見えるので、この、主人の

るに、かのあるじの男よむ。

一はるゝ夜の星か河辺の蛍《ほたる》かもわが住むかたのあまのたく火か(160)

とよみて家にかへりきぬ。その夜、南の風吹きて、浪《なみ》いとたかし。つとめて、その家のめの二こども出《い》でて、三浮海松《うきみる》の波に四よせられたる拾《ひろ》ひて、家のうちにもてきぬ。五女がたより、その海松を六高坏《たかつき》にもりて、七かしはをおほひていだしたる、かしはにかけり。

八わたつみのかざしにさすといはふ藻《も》も君がためには惜しまざりけり(161)

九田舎人の歌にては、あまれりや、たらずや。

第八八段

むかし、一〇いと若きにはあらぬ、これかれ友だちども集りて、月を見て、それがなかにひとり、

一 またたく光を、「星」「螢」「いさり火」になぞらえたもの。このうち「螢」は、前に「失せにし宮内卿云々」とわざわざ言う点から見て、亡き人の魂を見立てているのであろう。この物語のほかの螢(三九・四五段)も人の死にかかわっている。新古今集、雑中、業平。 二 使われている女の子たちであろう。 三 根が波に切られて、浮かんでいる海草の「みる」。 四 昨夜の強い南の風が吹き寄せたもの。 五 この「女」は、家の主婦格の婦人であろう。 六 食物を盛る皿を載せる台。 七 広いので、ちりなどかからぬように覆ったのだというが、風雅の一つでもあったのであろう。 八 「わたつみ」は海神。「かざし」は、宗教儀礼と無縁ではあるまい。「いはふ」は、「大切に守る」の意というが、こうした用例に乏しい。「祝福する」の意か。いずれにせよ、海神が風を起こして藻を与えてくださった、という発想。古今六帖、四、「かざし」に類歌(第二句「かざしにさして」)がある。 九 男の、田舎における、妻に当たる人物の歌について、まあ、うまいだろう、という気持ちを、とぼけて表現したもの。三三段末尾参照。 一〇 やや整わない文脈であるが、口訳のように仮に解した。

男がよむ。

はるゝ夜の星か河辺の蛍《ほたる》かもわが住むかたのあまのたく火か(160)

あれは、晴れている夜空の星か
それとも川辺に光る蛍だろうか
あるいは、私の住む芦屋の方で
漁夫がたく火なのだろうか

とよんで家に帰って来た。その夜は、南の風が吹いて波が非常に高い。翌朝、その家の女の子たちが浜に出て、浮海松《うきみる》が波にうち寄せられたのを拾って、家の中に持ってきた。女のいる方から、その海松《みる》を、高杯《たかつき》に盛って、柏《かしわ》の葉をおおって差し出したのだが、その柏にこう書いてあった。

わたつみのかざしにさすといはふ藻《も》も君がためには惜しまざりけり(161)

海の神様が
かざしとして髪に差すとて
ことほぐ海藻も
あなたさまのためにはこうして
惜しまなかったのでした

田舎の人の歌としては、うまいだろうか、下手だろうか。

第　八八　段

むかし、ひどく若いというほどではない、あの人この人といった友人たちが集まって、月を見て、その人たちの中で、ひとりが、

一 おほかたは月をもめでじこれぞこのつもれば人の老いとなるもの（162）

第八九段

むかし、いやしからぬ男、我よりはまさりたる人を思ひかけて、年へける。

二 人知れずわれ恋ひ死なばあぢきなく何《いつ》れの神になき名おほせむ（163）

第九〇段

むかし、つれなき人をいかでと思ひわたりければ、あはれとや思ひけむ、「さらばあすもの三ごしにても」といへりけるを、かぎりなくうれしく、また疑はしかりければ、おもしろかりける桜につけて、

四 桜花けふこそかくもにほふともあなたのみがたあすの夜《よ》のこと（164）

五 といふ心ばへもあるべし。

一 空の「月」と、年月の「月」をうまく言いかけたもの。古今集、雑上、業平。古今六帖、一、「雑の月」にも同歌が見える。

二 「人知れず」は具体的には、「自分の思いを女に知られずに」の意味となろう。「あぢきなし」は、「気にそまぬが、どうにもしかたがない」といった気持ちをあらわす。「なき名おほす」は、原因不明なので、「神の祟りで死んだ」などと、無実の名を神に負わせること。新続古今集、恋二、業平。

三 すだれとか、几帳とかを隔てること。

四 明夜は桜が散るだろうという裏に、今日は好意的におっしゃるが、明日のことはあてにならない、という気持ちをこめる。「にほふ」は視覚的にとらえたもので、色つやの美しいこと。

五 わかりにくい。「といひやりける、さる心ばへもあるべし」の意か。「とよんでやったが、こういう気持ちになるのももっともであろう」の意と見る説、「といふ。心ばへも」とよんで、「この歌どおりというより、歌をよむ上での作意もあるに違いない」の意とみる考えなどもある。仮に、「心ばへ」を「女の心ばへ」ととった。

おほかたは月をもめでじこれぞこのつもれば人の老いとなるもの(162)

たいていのことでは
月を賞美するのはやめよう
ほら、この「月」こそが
積もり積もると
人の「老い」となるしろものさ

第　八九　段

むかし、身分のいやしくない男が、自分よりも高貴な身分の人に思いを寄せて、何年かたった。

人知れずわれ恋ひ死なばあぢきなく何れの神になき名おほせむ(163)

このままわたしが
人知れず恋い死にをしたなら
どうしようもないことに世の人は
どの神様に「たたりだ」と
ありもしない名を負わせることだろう

第　九〇　段

むかし、冷淡な人を、どうかして逢《あ》いたいものだとずっと思い続けていたので、女もしみじみと気の毒だと思ったのだろうか、男に、

「それでは明日、ものをへだててでも」

と言ったのを、とてもうれしく思ったが、また疑わしくも思ったので、晴れやかに咲いていた桜につけて、

桜花けふこそかくもにほふともあなたのみがたあすの夜《よ》のこと(164)

桜の花よ
今日はこんなに色美しく映えていても
ああ、たよりにならない
あすの夜のことは

というが、女にはこうしたことを男に言わせる気配があるのだろう。

第九一段

むかし、月日のゆくをさへ[一]なげく男、三月[二]つごもりがたに、

[三]をしめども春のかぎりのけふの日の夕暮にさへなりにけるかな(165)

第九二段

むかし、こひしさに来つゝかへれど、女にせうそこをだにえせでよめる。

[四]葦《あし》べ漕《こ》ぐ棚《たな》なし小舟《をぶね》いくそたび行きかへるらむ知る人もなみ(166)

第九三段

むかし、男、身はいやしくて、いと[五]になき人を思ひかけたりけり。すこし頼みぬべきさまにやありけむ、[六]臥して思ひ、起きて思ひ、思ひわびてよめる。

一　女に逢えぬ嘆きのみではなく、の意をよみとる考えもある。

二　旧暦によれば、春は一、二、三月であるから、晦日《みそか》は春の最後のころとなる。「つごもり」は必ずしも三十日の意ではなく、月末ごろをいうが、歌は最後の一日を強調している。

三　後撰集、春下、よみ人しらず、に類歌（第三句「けふの又」）がある。

四　「棚なし小舟」は、舟ばたに縁のように打ちつける板を持っていない、ごく簡単な小舟。「らむ」は「いくそたび」を推量する。葦に隠れて、人に見えないことと、自分の行き来が、女に知られないことをかける。古今集、恋四、よみ人しらず、に類歌（「堀江こぐ棚なし小舟こぎかへり同じ人にやこひわたりなむ」）がある。

五　「になき」は似ることなし、比類なし、の意という。「二なし」の意ともよめる。

六　四段の「立ちて見、居て見」など、こうした表現はたびたび見られる。

第　九一　段

むかし、月日の流れ去るのをまでなげく男が、三月の末のころに、

をしめども春のかぎりのけふの日の夕暮にさへなりにけるかな(165)

名残《なご》りを惜しんでも
春三月のおしまいの今日の
その大切な一日の夕暮れにまで
とうとうなってしまったのだったなあ

第　九二　段

むかし、恋しさに、女の家のあたりまで何度も来ては、また帰るものの、その女に手紙をさえも渡すことができずに、よんだ歌、

葦《あし》べ漕《こ》ぐ棚《たな》なし小舟《をぶね》いくそたび行きかへるらむ知る人もなみ(166)

葦べを漕ぐ
棚なし小舟は
いったい、いくたび
行っては帰るのでしょう
茂みにかくれて知る人もなく

第　九三　段

むかし、男が、自分の身分は低くて、比べものにならぬほど身分の高い人に思いをかけていたのだった。少しは、頼みにできそうな様子であったのだろうか、横になっては思い、起きては思い、思い悩んでよんだ。

一 あふなあふな思ひはすべしなぞへなく高きいやしき苦しかりけり(167)

二 むかしもかゝることは、世のことわりにやありけむ。

第九四段

むかし、男ありけり。いかゞありけむ、その男すまずなりにけり。のちに男ありけれど、子あるなかなりければ、こまかにこそあらねど、時時ものいひおこせけり。三 女がたに、絵かく人なりければ、かきにやれりけるを、今の男のものすとて、ひと日ふつかおこせざりけり。かの男いとつらく、「おのが聞ゆる事をば、今までたまはねば、ことわりとおもへど、四 なほ人をばうらみつべきものになむありける」とて、五 ろうじてよみてやれりける。時は秋になむありける。

六 秋の夜は春日《はるひ》わするゝものなれや霞《かすみ》に霧や千重《ちへ》まさるらむ(168)

一 「あふなあふな」は仮に身分相応に、の意と見るが、よくわからない。「あふなあふな」と見て、「恐る恐る慎重に」とする説もある。「なぞへなく」は、「高きいやしき」にかけたが、「思ひはすべし」の修飾と見て、「なぞえ比べることなく」の意とする考えもある。古今六帖、五、「になき思ひ」に同歌が見える。

二 昔も、身分違いの恋をするのは、男女の心理の道理なのだろうか、と見る考えもおもしろかろう。

三 「女がたに」は、「かきにやれりけるを」に続く。

四 直訳すれば、「やはりあなたのことはまさに恨むべきはずのものだったのです」。

五 「弄ず」で、からかうこと。この意味が動かないなら、上の「いとつらく」と多少ずれるので、仮に「いとつらく」から男の言葉と見る考えに従った。

六 秋を今の男、春を前の男にたとえた。霞と霧も同じ。「千重まさる」は、霧が幾重にも深く立ちまさる意と、前の男より今の男の方が、千倍もよい意とをかける。「なれや」で、「であるの意であろう。「なれや」は「なればや」のかしら」と、詠嘆的に表現されたものとも考えられる。地の文の「時は秋になむありける」に注意。古今六帖、五、「わすれず」に同歌がある。

あふな〳〵思ひはすべしなぞへなく高きいやしき
苦しかりけり(167)

身分に応じて
恋はするのがよいのだ
比べようもなく
高い身と、いやしい身の恋は
こんなに苦しいものなのだから

今もそうだが、むかしも、こうした身分違いの恋に苦しむのは、世の道理だったのだろうか。

第九四段

むかし、男があった。いったい、どういう事情があったものか、この男は女の家に通わなくなってしまった。女はあとで別の男を持ったけれど、前の男とは子のある仲だったので、細《こま》やかにではないものの、男は時々女に便りを寄こした。女のところに、この女は絵を描く人だったので、男は絵を描かせに紙など使いに持たせたのを、女は、今の夫が来ているということで、一日、二日、描いて寄こさないでいた。この前の男は、「大変につらいことに、私のお願い申し上げることは、今までやってくださらないので、もっともだとは思いますけれど、やはりあなたのことは恨んで当然だという気がします」と言って、からかってよんでおくった。時季は秋のことだった。

秋の夜は春日《はるひ》わするゝものなれや霞《かすみ》に霧や千重《ちへ》
まさるらむ(168)

秋の夜にはもう
春の日を忘れるものだからか
春の霞に、秋の霧は
千重《ちえ》に立ちまさっているのでしょう

となむよめりける。女、かへし、

[一]千《ち》ぢの秋ひとつの春にむかはめやもみぢも花もともにこそ散れ (169)

第九五段

むかし、二条の后《きさき》に仕うまつる男ありけり。[二]女の仕うまつるを、つねに見かはして、よばひわたりけり。「いかでものごしに対面《たいめん》して、[三]おぼつかなく思ひつめたること、すこし[四]はるかさむ」といひければ、女、いとしのびて、ものごしに逢《あ》ひにけり。物語などして、男、

[五]彦星《ひこぼし》に恋はまさりぬ天の河へだつる関をいまはやめてよ (170)

この歌にめでて、あひにけり。

第九六段

むかし、男ありけり。[六]女をとかくいふこと月日へにけり。石木《いはき》にしあ

一 「むかふ」は、対抗する。やはり秋を今の男、春を前の男にたとえる。下句は「でも、もみじも花も、どちらも、空しく散るように、お二人とも薄情であてにはならないから、その点では優劣ありませんね」と男のからかいに応じてやんわりと皮肉をいったものと見るのが普通。口訳では、仮に「こそ……已然形」の逆接表現と見て、「どちらも空しいものではあっても、あなたの方がいい」とやわらかく受けたものと解してみた。

二 女で、二条の后にお仕えしている、その女を。

三 「おぼつかなく」ははっきりしないことに不安を感じて心がふさぐさま。

四 「はるかす」(四段)は晴れるようにすること。

五 上句は、年に一度織女星に逢う彦星に比べて、一度も逢えないのだから、私の恋の苦しみはまさっている、の意。下句は、天の河のように二人の間を隔てている「もの」をとって直接逢ってください、といった気持ち。「天の河」が全体の中で語法上少し落ちつかない。「天の河を」と考えるべきか。「てよ」は「つ」の命令形。

六 「女をいふ」は「女をくどく」意に考えられているが、こうした「を」の用法はやや特殊である。

とよんだのだった。女の返歌、

千《ち》ぢの秋ひとつの春にむかはめやもみぢも花もともにこそ散れ(169)

千個の秋も
ひとつの春にはかないません
秋の紅葉《もみじ》も、春の花も
どちらも空しく散るものではあっても

第　九五　段

むかし、二条の后《きさき》にお仕えする男があった。同じく二条の后にお仕えしている女を、いつも顔を見合っているので、求婚し続けていた。

「どうかして、物をへだててでもお逢《あ》いして、心の中で不安に思いつめている気持ちを、少しでも晴らしたいのです。」

と言ったところ、女は、人目をしのんでこっそりと、ものをへだてて逢った。物語などをして、男は、

彦星《ひこぼし》に恋はまさりぬ天の河へだつる関をいまはやめてよ(170)

彦星よりも
私の恋心はずっとまさってしまいました
天の河のへだてる関を
もう今は、どうか取りはらってください

この歌に感動して、女は逢ってしまったのだった。

第　九六　段

むかし、男があった。女を、なにかと言い寄ることが続いて、月日がたってしまった。女も、木石非情《ぼくせきひじょう》の

らねば、心苦しとや思ひけん、やう〳〵あはれと思ひけり。そのころみ[一]な月のもちばかりなりければ、女、身に瘡[二]《かさ》一つ二つ出《い》できにけり。女いひおこせたる、「[三]今はなにの心もなし。身に瘡も一つ二つ出でたり。時もいと暑し。すこし秋風ふきたちなむ時、かならずあはむ」といへりけり。秋まつころほひに、こゝかしこより「[四]その人のもとへいなむずなり」とて、[五]口舌《くぜち》出できにけり。さりければ、女のせうと、にはかに迎へに来たり。されば、この女、[六]かへでの初《はつ》もみぢをひろはせて、歌をよみて、書きつけておこせたり。

[七]秋かけていひしながらもあらなくにこの葉降りしくえにこそありけれ(171)

と書きおきて、「かしこより人[八]おこせば、これをやれ」とていぬ。さて、やがて後、つひにけふまでしらず。よくてやあらむ、あしくてやあらむ、いにし所もしらず。かの男は、[九]天《あま》の逆手《さかて》をうちてなむ[一〇]呪《のろ》ひをるなる。むくつけきこと。人の呪ひごとは、負ふものにやあらむ、負はぬものにやあらむ、「今こそは見め」とぞいふなる。

一 最も暑い時。
二 できもの。和名抄「瘡、加佐《かさ》」。
三 いつでもお逢いしてよいという気持ちでおります。下に「しかし、でも」といった表現がないのはやや不審。
四 「(あなたではなくて)何某の人のもとへ女が行くというわさだ」と見たが、「その人(主人公の男)の所へ女が行こうとしている、といううわさを、よその人が聞いて」のように、見ることもできる。しかし、「その人」の表現は、主人公以外の人物何某の方がふさわしいので、前者のように見ておく。
五 文句をつけること。
六 楓。蛙手からの称という。
七 むつかしい歌。「江」に「縁」をかけ、木の葉がたまると、江の水が浅くなる、と仮に見ておく。かけことばを考えず、「木の葉の散るようなはかない縁」と見ることもできよう。新勅撰集、恋二、に「業平朝臣につかはしける」とある。 八 「おこす」は下二段活用。「おこせ(ば)」は未然形。
九 呪いのしぐさとはわかるが、具体的には不明。古事記上巻にも「天逆手」と見える。 一〇 「呪ひをる」の「をる」には、多少蔑視の意をも含む。男の態度を批判しているのであろう。「なる」は伝聞。次の「いふなる」の「なる」も同じ。

ものではないから、気の毒に思ったのだろうか、次第にしみじみと心を動かすようになってきた。そのころは、六月十五日のあたりだったので、女は、からだにできものが一つ二つできてしまった。女が言って送ってきたのには、「今は、あなたのこと以外に、何の思うこともないのです。でも、からだに、できものも、一つ二つできています。時期もとても暑いことです。少し秋風が吹きはじめるころに、きっとお逢《あ》いしましょう」と言ったのだった。秋を待つころに、あちらこちらから、

「あの女は、これこれの人のもとへ行こうとしているといううわさだ」

ということで、物言いのごたごたが生じてしまった。そういうことだったので、女の男のきょうだいが、急に女を迎えに来ている。それで、この女は、かえでのはじめて紅葉したのを拾わせて、歌をよんで、書きつけて男におくってきた。

秋かけていひしながらもあらなくにこの葉降りしくえにこそありけれ(171)

秋に心をかけて、
お約束したとおりでもありませんのに
木の葉が降り敷く秋は来て
浅くなった江のように
あなたとは浅い御縁でございました

と書いておいて、「あちらから人を寄こしたら、これを届けて」と言って去る。こうしたことがあってから、そのまま、その後とうとう今日まで消息がわからない。いったい、幸せでいるのだろうか、ふしあわせでいるのだろうか、行った場所もわからない。その男は、「天の逆手」を打ってじっと呪《のろ》い続けているという話だ。ああ、気味の悪いこと。人の呪いごとは、呪われた人の身に本当に受けるものだろうか、受けないものなのだろうか、男は「すぐに呪いをうけるだろうよ」と言っているといううわさだ。

第九七段

むかし、堀川[一]のおほいまうちぎみと申すいまそかりけり。[二]四十《しじふ》の賀、[三]九条の家にてせられける日、[四]中将なりける翁《おきな》、

[五]さくら花散りかひ曇れ老いらくの来むといふなる道まがふがに（172）

第九八段

むかし、[六]太政大臣《おほきおほいまうちぎみ》と聞ゆる、おはしけり。仕うまつる男、なが月ばかりに、梅《うめ》のつくり枝に雉《きじ》をつけて、奉るとて、

[七]わがたのむ君がためにと折る花はときしもわかぬものにぞありける（173）

とよみて奉りたりければ、いと[八]かしこくをかしがり給ひて、使に[九]禄《ろく》たまへりけり。

一　藤原基経。昭宣公。貞観十四年八月に三十七歳で右大臣兼左大将となる。四十歳になった祝いの行事。貞観十七年(八七五)に行われた。
二　二九段「花の賀」参照。
三　別邸が九条にあったものか。
四　業平を暗示する。ただし、史実によると、業平が左近衛権中将になったのは、元慶元年（八七七）一月のことで、基経の四十賀より二年後のことになる。
五　「老ゆらく」の転で、「老いること」の意。「といふなる」は、「と人が言うとかうわさに聞く」の意で、「なる」の伝聞を添え、二重に伝聞した気持ち。「がに」は、「がために」「ように」の意の古い表現。古今集、賀、業平。上句に不吉な響きをよみとる考えもあるがいかが。
六　藤原良房をさすといわれる。天安元年(八五七)太政大臣。
七　「時しも分かぬ」に「きじ（雉）」がかくしてある。古今集、雑上、よみ人しらず、に類歌（第一句「かぎりなき」）がある。
八　程度のはなはだしいこと。二一段「いとかしこく思ひかはして」参照。はなはだ、非常に。
九　ごほうび。衣類などが多い。

第九七段

むかし、堀川の大臣と申し上げる方がいらっしゃった。四十の賀を、九条のおやしきでなさった日に、中将であった翁《おきな》が、

さくら花散りかひ曇れ老いらくの来むといふなる
道まがふがに（172）

さくらの花よ
あちこちから入り交って散って
目先をくもらせておくれ
「老い」が通《とお》って来るときく
その道が紛れてわからなくなるように

第九八段

むかし、太政大臣《だじょうだいじん》と申し上げる方が、いらっしゃった。お仕えしている男が、九月のころに、梅の造り枝に雉《きじ》をつけて、差し上げるということで、

わがたのむ君がためにと折る花はときしもわかぬ
ものにぞありける（173）

私のおたのみする
主君のためにと折る花は、とき（季節）をしも
わきまえないものでございました
九月に咲いておりますから

とよんで差し上げておいたところ、太臣は大いに深く興を催されて、その使いに祿《ろく》をお与えになったのだった。

第九九段

むかし、[一]右近《うこん》の馬場《うまば》のひをりの日、[二]むかひに立てたりける車に、女の顔の、[三]下簾《したすだれ》より[四]ほのかに見えければ、[五]中将なりける男のよみてやりける、

[六]見ずもあらず見もせぬ人の恋ひしくはあやなくけふやながめ暮さむ (174)

かへし、

[七]知る知らぬ何かあやなくわきていはむ思ひのみこそしるべなりけれ (175)

のちは[八]誰《たれ》と知りにけり。

第一〇〇段

むかし、男、[九]後涼殿《こうらうでん》のはさまを渡りければ、あるやんごとなき人の御[一〇]局《つぼね》より、忘草《わすれぐさ》を「[一一]忍草《しのぶぐさ》とやいふ」とて、出《い》ださせ給へりければ、たまはりて、

一 右近衛府に属する馬場。一条大宮にあったという。
二 五月三日から六日に行われる近衛府の舎人の、騎馬の試射。「右近の馬場のひをりの日」は六日に当たる。源氏物語、螢の巻参照。なぜ、「ひをり」といわれたかは未詳。
三 すだれの内側にかける垂れ布。
四 時間的に、ちらりと見えたのではなく、はっきりしないものがぼんやりと見えたのである。
五 業平を暗示する。九七段「中将なりける翁」参照。
六 「恋しくは」の「は」は、軽く添えた助詞で、「恋しくて」の意。「あやなく」は、筋がとおらず、わけがわからない状態についていう。古今集、恋一、業平。大和物語一六六段。
七 「思ひ」の「ひ」に、「火」をかける。「しるべ」は、恋の道の道案内とするのが通説だが、「知る知らぬをはっきり弁別するしるべ」と仮に解した。古今集、恋一、返し、よみ人しらず。
八 逢ったことをいうのであろう。
九 清涼殿との間のせまい所。
一〇 ここでは女御・更衣などのお部屋。
一一 忍草はのきしのぶ。この「人」は、「男」と恋愛関係にあって、その後、男は離れていったが、いつも女を「思ひしのぶ」といった歌を与えていたのであろう。それに対する女の皮肉である。

第九九段

むかし、右近《うこん》の馬場《ばば》で騎射があった日に、向かい側に立ててあった車に、女の顔が、下簾《したすだれ》からほんのりと見えたので、中将であった男が、よんでおくった。

見ずもあらず見もせぬ人の恋しくはあやなくけふやながめ暮さむ(174)

見ない、というわけでもなく
見た、というわけでもない人が恋しくて
ただもうわけもわからず、今日は
物思いに沈んで暮らすのでしょうか

女の返事、

知る知らぬ何かあやなくわきていはむ思ひのみこそしるべなりけれ(175)

知っているとか、いないとか
どうしてわけもわからず
区別して言うことができましょう
あなたの「おもひ」の、その「火」だけが
それを知る道しるべなのですよ

その後には、この女がだれであるかを知ってしまった。

第一〇〇段

むかし、男が、後涼殿《こうろうでん》と清涼殿《せいりょうでん》との間を通ったところ、ある、高貴な方のお部屋から、忘草を、
「これを忍ぶ草とおっしゃいますか」
と言って、人をしてお差《さ》し出《だ》させになったので、男は、それをいただいて、

一 忘草生《わすれぐさお》ふる野辺とは見るらめどこはしのぶなりのちもたのまむ(176)

第一〇一段

むかし、二 左兵衛督《さひやうゑのかみ》なりける三 在原《ありはら》の行平《ゆきひら》といふありけり。その人の家によき酒ありと聞きて、うへにありける四 左中弁《さちゆうべん》藤原の良近《まさちか》といふをなむ、五 まらうどざねにて、その日は六 あるじまうけしたりける。なさけある人にて、瓶《かめ》に花をさせり。その花のなかに、七 あやしき藤の花ありけり。花のしなひ八 三尺六寸ばかりなむありける。それを題にてよむ。よみはてがたに、あるじのはらからなる、あるじし給ふと聞きて来たりければ、とらへてよませける。九 一〇 もとより歌のことは知らざりければ、すまひけれど、強《し》ひてよませければ、かくなむ。

一一 咲く花のしたにかくるゝ人を多みありしにまさる藤のかげかも(177)

一二「などかくしもよむ」といひければ、一三「太政大臣《おほきおとど》の栄華のさかりにみまそ

一 あなたは、私があなたを忘れているとお思いでしょうが、これは私の心をあらわす「しのぶ草」です。これをくださるなら、あなたも私を思ってくださるとあてにしましょう、という気持ち。続古今集、恋四、業平。大和物語一六二段。 二 左兵衛府の長官。 三 業平の兄。貞観六年三月左兵衛督。七九段、八七段参照。 四 藤原不比等の末。貞観十六年左中弁となる。行平が左衛門督の時、実際は左少弁であった。 五「さね」は主となるもの。六九段「つかひざね」参照。 六 主人となってもてなすこと。 七 理解を越える花房の長さや、その美しさについていうのであろう。 八 約一・五メートル。 九 ここで読点を介して、下に続くとも見られる。 一〇 歌の名人業平をわざとこういった。 一一 素直に「藤原良房公の御同族には、良近さまのように立派な人が多いので、御先祖にもまさって栄える藤原の御一族よ」のつもりと見る。ただし、後文からみてもよみ違がえられる可能性を残す。「藤氏の陰に姿を消す弱小在原氏」「藤氏の傍流が在原氏をさしおいて、ちやほやされていることへのあてつけ」などなど。「人を多み」は底本「人をほみ」。 一二 意味ありげなので、説明を求めたのであろうが、内容については、諸説が多い。 一三 藤原良房。

忘草《わすれぐさ》生《お》ふる野辺とは見るらめどこはしのぶなりのちもたのまむ(176)

「忘れ草」が生える野辺とは
ごらんになっておいででしょうが
これは「しのぶ草」でございます
これをあなたのお心とみて
今後もたのみにいたしましょう

第一〇一段

むかし、左兵衛督《さひょうえのすけ》であった在原行平《ありわらのゆきひら》という人があった。その行平の家に、よい酒があると聞いて、清涼《せいりょう》殿《でん》の殿上の間に出仕していた左中弁《さちゅうべん》藤原良近《まさちか》という人を主客として、その日はごちそうをしたのだった。主人は情趣をよくわきまえている人で、瓶《かめ》に花を差しておいた。その花の中に、ふしぎな藤の花があった。何と花房の長さが、三尺六寸ぐらいもあった。それを題として、歌をよむ。よみ終わるころに、主人の兄弟に当たる男が、宴を開いていらっしゃると聞いてやって来たので、つかまえて歌をよませたのだった。もともと歌のことは何も知らなかったので、拒《こば》んで辞退したのだけれど、無理によませたところ、このようによむ。

咲く花のしたにかくるゝ人を多みありしにまさる藤のかげかも(177)

咲く花の
下にかくれる人が多いので
今までよりずっと大きくすばらしい
藤の陰の見事さよ

「どうしてこんな風によむのか」
と言うと、
「太政大臣《だじょうだいじん》様が栄華の絶頂《ぜっちょう》にいらっしゃって、

かりて、藤氏のことに栄ゆるを思ひてよめる」となむいひける。一みな人そしらずなりにけり。

第一〇二段

むかし、男ありけり。歌はよまざりけれど、二世の中を思ひしりたりけり。あてなる女の尼になりて、三世の中を思ひ四倦《う》んじて京にもあらず、はるかなる山里に住みけり。五もと親族《しぞく》なりければ、よみてやりける。

六そむくとて雲には乗らぬものなれど世の憂きことぞよそになるてふ（178）

となむいひやりける。七斎宮《いつきのみや》の宮なり。

第一〇三段

むかし、男ありけり。いとまめに八じちようにて、あだなる心なかりけり。九深草《ふかくさ》のみかどになむつかうまつりける。一〇心あやまりやしたりけむ、一一みこたちの使ひ給ひける人をあひいへりけり。さて、

一 その説明を聞いて、主客を重んじた態度に感心し、悪口を言わなくなったと解する。
二 男女の仲とも見られるが、ここでは、世間一般のことと見る。
三 ここも世間のこと、と考えたい。
四 「倦む」は、飽きて疲れ、いやになること。
五 本来、親戚だったので。
六 荘子の逍遥遊にある、仙人の「雲気ニ乗ジ、飛竜ヲ御シテ、四海ノ外ニ遊ブ」という句をうけたものといわれる。尼に対する男の共感を述べたもの。古今六帖、二、「あま」に同歌がある。
七 斎宮をおつとめになった皇女である、のつもりで「宮」を二つ重ねたのであろう。
八 実用・実様・実要などの字音であろうが諸説がある。いずれにせよ、「律気」ほどの意であろう。
九 仁明天皇。嘉祥三年（八五〇）崩、深草山に葬る。
一〇 正常な気持ちが乱れること。
一一 「みこたち」は、「あるみこ」というべきを、ぼかして言ったものか。「使ひ」は単に召使うのではなく、寵愛されたことをいうのであろう。

藤原氏が特別に栄えているのを思って、こうよんだのです」

と言ったのだった。そのわけを聞いて、一同はこの歌を非難しなくなってしまった。

第一〇二段

むかし、男があった。歌はよまなかったが、世間の人情についてはよくわきまえていた。高貴な女が尼になって、世の中をつくづくいやに思って、京にも住まず、はるかな山里に住んでいた。その女はもともと男の親類だったので、歌はよまない男ではあるが、よんでおくった。

そむくとて雲には乗らぬものなれど世の憂きことぞよそになるてふ(178)

世を背いたからといって
雲に乗るはずはないものの
この世のいやなことはおのずから
よそごとになるとか申します

と言っておくった。この女は、斎宮《さいぐう》になられた宮様である。

第一〇三段

むかし、男があった。非常に誠実で実直であって、ふまじめな心がなかった。深草のみかどにお仕え申し上げていた。ところが、気持ちが乱れたのだろうか、親王方がお使いになっておいでだった人と親しい間柄になってしまったのだった。そして、

一 寝《ね》ぬる夜の夢をはかなみまどろめばいやはかなにもなりまさるかな (179)

となむよみてやりける。二 さる歌のきたなげさよ。

第一〇四段

むかし、ことなる事なくて尼になれる人ありけり。かたちをやつしたれど、物やゆかしかりけむ、三 賀茂《かも》の祭見にいでたりけるを、をとこ歌よみてやる。

四 世をうみのあまとし人を見るからにめくはせよとも頼まるゝかな (180)

五 これは、斎宮《いつきのみや》の物見たまひける車に、かくきこえたりければ、見さしてかへり給ひにけりとなむ。

一 昨夜の契りは夢のようでした、という気持ち。古今集、恋三、業平。古今六帖、四、「ゆめ」(業平)に同歌が見える。

二 何を汚ならしいといったのか、について、「未練がましい」「謙遜の辞」「たわむれの言葉」などの考えがある。「きたなげさ」を用いたのは、この物語中、ここのみである。「不潔だ」のように用いることが多いから、実直から一転して愛にとらわれた男のなまなましい歌について、こんな歌をよむとは、何とも露骨で参ったよ、といった戯れの言葉か。

三 四月の中の酉《とり》の日に行われる賀茂神社の祭。行列の見物に多くの人が集まる。葵《あおい》祭。

四 「倦み」に「海」を、「尼」に「海人」を、「見る」に「海松」を、「目くはせ(ウインク)」に、「海藻食はせ」を、それぞれかけた。尼さん、どうぞ私に目つきで恋の心をお知らせください、という気持ちで、俗世を捨てたはずの尼が見物しているのを、からかったもの。

五 実際に斎宮のことは考えにくい。一〇二段の末尾参照。

寝《ね》ぬる夜の夢をはかなみまどろめばいやはかなに
もなりまさるかな(179)
共に寝た夜の夢が
あまりにはかなくて
もっとはっきり見たいとまどろんでみたら
いよいよ、ますます
はかないものになってしまいました
とよんでおくった。そのような歌の、何と見苦しいこ
とよ。

第一〇四段

むかし、特別に深い理由もなくて尼になっている人
があった。姿を尼に変えてはいるけれど、物見《ものみ》をした
い気持ちが動いたのであろうか、賀茂《かも》の祭りを見物に
出かけたところ、男が、歌をよんでおくる、
世をうみのあまとし人を見るからにめくはせよと
も頼まるゝかな(180)
世の中をあき果てて尼《あま》になったあなたを
海の海人《あま》と見るからには
「海藻食《めく》はせ」―「目くばせ」を、とも
あてにしたくなってしまいますよ
これは、斎宮《さいぐう》が行列を見物していらっしゃった車に、
このように申し上げたので、見物を途中でやめてお帰
りになってしまったということだ。

第一〇五段

むかし、男、「[一]かくては死ぬべし」といひやりたりければ、女、

[二]白露はけなばけななむ消えずとて玉にぬくべき人もあらじを(181)

といへりければ、いと[三]なめしと思ひけれど、こころざしはいやまさりけり。

第一〇六段

むかし、男、親王《みこ》たちの[四]せうえうし給ふ所にまうでて、[五]龍田川のほとりにて、

[六]ちはやぶる神代もきかず龍田川からくれなゐに水くゝるとは(182)

第一〇七段

むかし、あてなる男ありけり。その男のもとなりける[七]人を、[八]内記にあ

一 相手の女がつれないので。

二 「けなばけななむ」の「け」は、「消え」の約とも、下二段「けゆ」の連用形「けえ」ともいわれる。「ななむ」は、完了の助動詞「ぬ」の未然形に、願望の終助詞「なむ」の添ったもの。どうぞ、勝手に消えてくださいな、あなたのことを思う人はいないようですから、という気持ち。新千載集、秋上、家持。

三 女の返事のひどさに「無礼だ」と思うのである。

四 気ばらしに遊び歩くこと。六七段既出。漢語をわざわざ用いているのだから、多少ハイカラ意識が加わっていたのであろうか。

五 奈良県生駒郡を流れる川。紅葉の名所。

六 「からくれなゐ」は、韓から渡来した紅のことで深紅色。「水くゝる」は水をしぼり染めにすること。古今集、秋下「二条后の春宮の御息所と申しける時に、御屏風に龍田川にもみぢ流れたるかたをかけりけるを題にてよめる、業平朝臣」。

七 侍女であろう。

八 中務省に属し、詔・勅・宣命を作り、位記を書く職。大・中・小に分かれる。

第一〇五段

むかし、男が「こんな状態では死んでしまうでしょう」と言っておくったところ、女は、

白露はけなばけななむ消えずとて玉にぬくべき人もあらじを(181)

白露は
消えたいならどうぞ消えてしまってくださいな
たとえ、消えないからといっても
それをみごとな玉として
緒《お》に通そうとする人もいないでしょうから

と言ってきたので、男は非常に失礼だと思ったのだが、女に対する思いはいよいよ募ったのだった。

第一〇六段

むかし、男が、親王方が散策《さんさく》しておいでの所に参上して、龍田川のほとりで、

ちはやぶる神代もきかず龍田川からくれなゐに水くゝるとは(182)

珍しいことの多かった
神代の昔にも、聞きません
龍田川が、からくれない色に
水をしぼり染めにするとは

第一〇七段

むかし、高貴な男があった。その男のもとにいた女

りける藤原の敏行《としゆき》といふ人よばひけり。されど若ければ、文《ふみ》もをさをさしからず、言葉もいひ知らず、いはんや歌はよまざりければ、かのあるじなる人、案を書きてかゝせてやりけり。めでまどひにけり。さて男のよめる、

つれ〴〵のながめにまさる涙川袖《そで》のみひぢて逢《あ》ふよしもなし(183)

かへし、れいの男、女にかはりて、

浅みこそ袖はひづらめ涙川身さへながると聞かばたのまむ(184)

といへりければ、男いといたうめでて、いままでまきて文箱《ふばこ》に入れてありとなむいふなる。

男文おこせたり。えてのちの事なりけり。「雨の降りぬべきになむ見わづらひ侍《はべ》る。身さいはひあらば、この雨は降らじ」といへりければ、例の男、女に代りてよみてやらす。

一 藤原富士麿の子。母は紀名虎のむすめ。貞観八(八六六)年少内記、同十二年大内記。歌人で書の名人でもあった。
二 「長々しからず」。熟達していない。
三 前の「あてなる男」をさす。
四 文書の下書き。草稿。「内記」の職を意識して、役所言葉を用いたものか。
五 敏行。
六 「長雨」に「眺め」をかけた。長い雨で水かさはまさるが、私も物思いにふけりつつ、涙が川となってまさるばかりです、の気持ち。古今集、恋三、敏行。古今六帖、四、「涙川」(敏行)に同歌がある。
七 「れいの」は「いつものように」の意で、副詞的に用いられたとも見られる。後の「例の(男)」も同じ。
八 「あさみ」は水が浅いので、の意。「ひづ(漬)」はびっしょり濡れること。古今集、恋三、かの女に代りて返しによめる、業平朝臣。古今六帖、四、「涙」(返し―業平)に同歌がある。
九 「女を得てのち」の意であろう。前の話は、まだ女と逢わぬ前のころのものであったことを、ことわったのである。ただし、前の手紙を手に入れた後ともよめる。

を、内記であった藤原敏行《ふじわらのとしゆき》という人が求婚した。しかし、女は若いので、手紙もしっかり書けず、言葉づかいも、その言い表し方を知らず、まして歌はよまなかったので、例の主人に当たる人が、下書きを書いて、女に書かせて、それを敏行におくった。相手は全く感動してしまった。そうして、男がよむのには、

つれ〲のながめにまさる涙川袖《そで》のみひぢて逢《あ》ふよしもなし(183)

さびしくぼんやり物思いにふけって
雨にも水かさがまさる涙の川は
袖ばかりが濡れて
逢うすべもないのです

返歌は、例の男が、女に代わって、

浅みこそ袖はひづらめ涙川身さへながると聞かばたのまむ(184)

浅いからこそ
袖は濡れるのでしょう
涙の川に、もう
身体《からだ》まで流れるとお聞きしたら
その時たよりにさせていただきましょう

と言ったので、男は全くたいそう感心して、現在に至るまで、巻いて文箱《ふばこ》に入れてある、という話だ。男は、手紙をおくってきた。女を自分のものとしてから後のことだった。「雨が降りそうなので、あなたの所へ伺おうかどうしようかと模様を見て困っています。私の身にもし幸運があれば、この雨は降らないでしょう」と言ってきたので、いつものように、主人の男が女に代わって歌をよんで届けさせる。

一かず〳〵に思ひ思はず問ひがたみ身をしる雨は降りぞまされる(185)

とよみてやれりければ、二蓑《みの》も笠《かさ》もとりあへで、三しとゞに濡れてまどひきにけり。

第一〇八段

むかし、女、人の心を怨《うら》みて、

四風吹けばとはに浪《なみ》こすいはなれやわが衣手のかわく時なき(186)

と、常のことぐさにいひけるを、五聞きおひける男、

六よひ毎《ごと》に蛙《かはづ》のあまた鳴く田には水こそまされ雨は降らねど(187)

第一〇九段

むかし、をとこ、友だちの、人を失へるがもとにやりける。

一 「かず〳〵に」は、本来万葉集巻十三の「数々丹(しくしくに)」を誤読したものといわれているが、「何かにつけて、あれこれと」の意で通ずると思われる。古今集にも、「かず〳〵に我を忘れぬものならば」などの例が見える。「身をしる雨」は、前の言葉の「身さいはひあらば」をうけて、私の身にさいわいのないことを知る雨、すなわち涙をいうのであろう。古今集、恋四、業平。古今六帖、一、「雨」に同歌が見える。

二 万葉集三一二五の「ひさかたの雨の降る日をわが門に蓑笠着ずて来る人や誰」のごとく、慣用的に、また誇張して述べたもので、実際に敏行が蓑笠を用いたわけではあるまい。

三 「しとゞ」は、水にぐっしょり濡れるさま。

四 新古今集、恋一、貫之、に類歌(第三句「磯なれや」)がある。

五 「自分を恨むのだ」と、わが身の上にひき受けて聞く。

六 ガアガア鳴く蛙の涙を想像して女をからかったものであろう。蛙のように、いつもうるさく不幸を嘆いているから、濡れるのでしょう、私が悪いのではありません、といった気持ち。ここに「沢山の男を通わせるから、つらいのだ」の意をくむ考えもある。この贈答はもともと別々の歌であろう。

かず〳〵に思ひ思はず問ひがたみ身をしる雨は降
りぞまされる(185)

あれこれと私を
思ってくださるのか、くださらないのか
おたずねしかねておりましたので
私の身のかなしみを知る涙の雨は
一層降り募って参りました

とよんでおくったので、みのも笠《かさ》も取るひまもなく、雨にびっしょり濡れて大あわてでやって来たのだった。

第一〇八段

むかし、女が、人の心を恨《うら》んで、

風吹けばとはに浪《なみ》こすいはなれやわが衣手のかわ
く時なき(186)

風が吹くと
いつまでも波が越していく岩なのでしょうか
わたくしの袖《そで》は
涙に濡れて乾く時がございません

と、いつもの口ぐせのように言ったのを、それは自分のことだなと聞いた男が、

よひ毎《ごと》に蛙《かはづ》のあまた鳴く田には水こそまされ雨
は降らねど(187)

毎晩、毎晩
蛙《かえる》がたくさんうるさく鳴く田には
蛙の涙で水がふえることだ
雨は降らないというのに

第一〇九段

むかし、男が、友人で、愛する人を失った人のもとに言っておくった。

[一]花よりも人こそあだになりにけれ何《いつ》れをさきに恋ひむとかみし(188)

第一一〇段

むかし、をとこ、みそかにかよふ女ありけり。それがもとより、「[二]こよひ夢《ゆめ》になむ見え給ひつる」といへりければ、をとこ、

[三]思ひあまり出《い》でにし魂《たま》のあるならむ夜深く見えば魂むすびせよ(189)

第一一一段

むかし、をとこ、やむごとなき女のもとに、[四]なくなりにけるをとぶらふやうにて、いひやりける。

[五]古《いにしへ》はありもやしけむ今ぞ知るまだ見ぬ人を恋ふるものとは(190)

かへし、

[六]下紐《したひも》のしるしとするも解けなくにかたるが如《ごと》はこひずぞあるべき(191)

一 夢にも愛する方を、花に先立って追慕しようと思って見ることはなさらなかったでしょう、と友人を慰めたもの。古今集、哀傷、紀茂行。桜の木を植えた人が、花のころに亡くなった折の歌といった意味の詞書を附す。古今六帖、四「かなしび」に同歌がみえる。

二 「こよひ」は夜があけてからの、昨夜。ゆうべ。すなわち、男は昨夜は女をたずねなかったのであろう。

三 「魂むすび」は、魂が浮かれ出るのをしずめるまじない。物を思うと、魂が相手の方へ、身から離れてさ迷って行くものと考えられていた。「よひ」ならば、自分が訪れるが、「夜深く」であると、自分は魂を取りに行けないから、そちらでとめておいてほしい、といった気持ちか。

四 「やむごとなき女」のもとにいる女が、亡くなったのを弔問するふりをして。

五 「まだ見ぬ人」を、死んだ女のことをさすように見せかけて、実は「やむごとなき女」をさしたのである。新勅撰集、恋一。

六 「下紐」は、女性の下袴のひも。恋い慕われる時は、下紐がひとりでに解けるので、恋の証拠とされる。後撰集、恋三、よみ人しらずに類歌(第五句「あらずもあるかな」)がある。「しるしとするも」「かたるが如」は、やや落ち着かない。「喪解けなくに」「語る託言(かごと)」などをかけたか。

花よりも人こそあだになりにけれ何《いづ》れをさきに恋ひむとかみし(188)

花よりもなんと、人の方が
空しくなっておしまいでしたね
あなたは花と人とどちらを
恋いしたうことになろうと思って
ごらんになったことでしょうか

第一一〇段

むかし、男が、こっそりと通う女があった。その女の所から「今夜、夢の中にあなたがお見えになりました」と言ってきたので、男は、

思ひあまり出《い》でにし魂《たま》のあるならむ夜深く見えば魂むすびせよ(189)

あなた恋しさに思いあまって
出ていった魂がそこにあるのでしょう
夜が更けてまた、夢に見えたなら
魂結びのおまじないを、どうぞしてください

第一一一段

むかし、男が、高貴な女のもとに、亡くなってしまった人を弔問するような形で、言っておくった。

古《いにしへ》はありもやしけむ今ぞ知るまだ見ぬ人を恋ふるものとは(190)

昔はあったことかもしれませんが
今はじめて知りました
まだ見たこともない人を
よそながら恋い慕うものとは

女の返事、

下紐《したひも》のしるしとするも解けなくにかたるが如《ごと》はこひずぞあるべき(191)

下紐の恋のしるしも解けませんから
きっとお上手なお話のようには
恋い慕ってはいらっしゃらないのでしょう

また、返し、

[一]恋しとはさらにもいはじ下紐《したひも》の解けむを人はそれと知らなむ（192）

第一一二段

むかし、男、ねむごろにいひ契れる女の、[二]ことざまになりにければ、

[三]須《す》磨《ま》のあまの塩焼く煙風をいたみ思はぬ方にたなびきにけり（193）

第一一三段

むかし、男、[四]やもめにて居《ゐ》て、

[五]ながからぬ命のほどに忘るゝはいかに短き心なるらむ（194）

第一一四段

むかし、[六]仁和《にんな》の帝《みかど》、[七]芹川《せりかは》に[八]行幸し給ひける時、いまはさること似げ

一 「それと知らなむ」は、「私が恋い慕っている証拠と知ってほしいものだ」の意。後撰集、恋三、在原元方。「下紐の」の歌は、この元方の歌への返しとして見え、順序が逆である。古今六帖、五、「ひも」にも、同歌が「下紐の」の歌の前におかれてある。

二 変わった様子になってしまったから。他の男に心を移したことをいう。

三 熱心さに負けて、思いがけぬ人になびいてしまうとは、と女の心変わりをせめたもの。古今集、恋四、よみ人しらず。古今六帖、三、「しほ」にも類歌(第一句「伊勢のあまの」)がある。

四 「やもめ」は、相手を亡くした夫、または妻のことも、まだ相手のいない男女のことについてもいう。ここを「妻を亡くした夫」とすれば、その別れは生別とも死別とも考えられる。仮に「女と別れて」のように見ておく。「居る」は、坐わる動作をさす。ここでは、「じっとし続ける」ようなこと。

五 「長し」「短し」を対照させた歌。「短き心」は、浅薄な、行き届かぬ心をいう。

六 光孝天皇。仁和(八八五〜九)はその年号。

七 京都市伏見区にあった川。

八 この行幸は仁和二年十二月十四日で、業平没後七年のこと。

また、男の返事、

恋しとはさらにもいはじ下紐《したひも》の解けむを人はそれ
と知らなむ(192)

お慕いしている、とは事あたらしく
口にするのはやめましょう
下紐の解けるそのことを
言葉の代わりとごらんください

第一一二段

むかし、男が、心をこめて約束し合った女が、ほかに心を移してしまったので

須磨《すま》のあまの塩焼く煙風をいたみ思はぬ方にたな
びきにけり(193)

須磨の漁師の塩を焼く煙は
風のあまりのはげしさに
せんぜん思いもしない方向に
たなびいてしまったことだなあ

第一一三段

むかし、男が、ひとり暮らしをずっと続けたままでいて、

ながからぬ命のほどに忘るゝはいかに短き心なる
らむ(194)

長くもない
いのちの間に私を忘れるとは
いったい、何と考えのない
短い心なのだろう

第一一四段

むかし、仁和《にんな》の帝《みかど》が、芹川《せりがわ》に行幸をなさった時に、年を取って今はもうそんなことは似つかわしくなく思

なく思ひけれど、一もとつきにける事なれば、二大鷹《たか》の鷹飼《がひ》にてさぶらはせたまひける、三摺狩衣《すりかりぎぬ》の袂《たもと》に、書きつけける。

四翁《おきな》さび人な咎《とが》めそ狩衣《かりごろも》けふばかりとぞ鶴《たづ》も鳴くなる(195)

五おほやけの御けしきあしかりけり。おのがよはひを思ひけれど、若からぬ人は六聞きおひけりとや。

第一一五段

むかし、みちの国にて、をとこ女すみけり。をとこ、「都へいなむ」といふ。この女いと悲しうて、七馬のはなむけをだにせむとて、八おきのゐて都島といふ所にて九酒飲ませてよめる。

一〇おきのゐて身を焼くよりも悲しきは都しまべの別れなりけり(196)

一 鷹飼いの役についていたことだから、の意か。 二 大鷹は雌で、雉・鶴などの大物を狩り、冬の狩りに用いられる。小鷹は、はやぶさなどの小形の鷹で、鶉・雀などの小物を秋に狩るのに用いられる。鷹飼いは、その鷹を飼いならして、狩りに従事する人。官職としては蔵人所に属する。

三 摺り模様をつけた狩衣。狩りに従事する者の服装。第一段参照。

四 後撰集、雑一、に芹川の行幸の日の作として、行平の歌があり、それに続いて狩衣に鶴のかたを縫ってかきつけたとしてこの歌が見える。「けふばかりと」「鳴く」とは、翁が奉仕するのも今日ばかりと泣く、の意と、生きているのも鶴にとって今日ばかりと鳴く、の意とを含ませる。

五 帝も若くはおありにならなかったから、ということか。この物語の中では、帝に対するこのような態度は珍しい。当時、御歳五十七。

六 聞いてわが身の上のことと受けとる。 七 餞別の宴。四四段参照。

八 地名であろうが、所在不詳。「沖の井出都島」ともいう。

九 酒宴をもよおして、その時に。

一〇 地名をよみこんだ歌。「おきのゐて」は、熱い炭火が身についたままであること。男はもともと都人であろう。古今集、物名の中の墨消歌に「おきのゐ、みやこじま、小野小町」として、この歌が見える。

ったけれど、以前その役についていたことだから、大鷹《たか》の鷹飼いとして、お供をおさせになった、その老人が、摺狩衣《すりかりぎぬ》の袂《たもと》に、書きつけた歌、

翁《おきな》さび人な咎《とが》めそ狩衣《かりごろも》けふばかりとぞ鶴《たづ》も鳴くなる(195)

年寄りめいたありさまを
どうか、とがめなさるな
狩衣を着てお供をするのも
今日ぐらいのことだと
狩り場の鶴《つる》が鳴くのも聞こえます

帝《みかど》のごきげんは悪かった。自分の老齢のことを思って「けふばかり」と言ったのだけれど、若くはない人は自分のことを言われたのかと思って、聞いたとかいうことだ。

第一一五段

むかし、奥州《おうしゅう》に、男と女が住んでいた。男が、

「都へ行こうと思う」

という。この女はとても悲しくて、せめて出発のはなむけだけでもしようと思って、「おきのいて都島」という所で、男に酒を飲ませて、よんだ。

おきのゐて身を焼くよりも悲しきは都しまべの別れなりけり(196)

熱い炭火《すみび》がついて
身を焼くのより悲しいのは
あなたが都へおいでになり
私が島のあたりに残る
この都島の別れでございました

第一一六段

むかし、をとこ、すゞろに一みちの国まで惑《まど》ひいにけり。京に思ふ人にいひやる。

二「浪《なみ》間より見ゆる小島の浜びさしひさしくなりぬ君に逢《あ》ひみで(197)

三なに事も皆よくなりにけり」となむいひやりける。

第一一七段

むかし、帝《みかど》、住吉四に行幸し給ひけり。

五我見てもひさしくなりぬ住吉の岸のひめ松いく代へぬらむ(198)

六御神《おほんかみ》現形《げぎやう》し給ひて、

七むつまじと君は白浪瑞籬《みづがき》の久しき世よりいはひそめてき(199)

第一一八段

一 東下りの七段以下参照。

二 「浜びさし」は、浜辺の家のひさしとも、万葉の「浜久木(浜に生えるひさぎ)」のなまったものともいう。上の句は、「ひさしく」にかかる序。万葉集、十一に「浪の間ゆ見ゆる小島の浜久木久しくなりぬ君に逢はずして」とある。拾遺集、恋四に類歌(第三句「浜ひさぎ」第五句「君にあはずて」)がある。

三 わかりにくい。諸説があるが、ぴたりとはおさまらない。誤写があるか。仮に「やっと万事好転した。安心するように」の意と見るが、疑わしい。

四 大阪市住吉区にある住吉神社。当時は海岸で、住吉の松は有名。六八段参照。

五 だれの歌かわかりにくい。天皇の御歌、または、供奉した「男」の歌のつもりか。ここでは、男が帝に代わってよんだ歌と見ておく。「ひめ松」は美称、または女松のことという。古今集、雑上、よみ人しらず、に類歌(第三句「すみのえの」)がある。

六 住吉神社の神が秀歌に感動して。住吉神社は、松を神体とするから、松を依代《よりしろ》として姿を現わしたという。

七 「白浪」に、「知らず」をかけた。「瑞籬の」は、「久し」の枕詞。神社の周囲に設けた神聖な垣根。「いはふ」は祝福すること。新古今集、神祇歌。

第一一六段

むかし、男が、これといったわけもなく奥州《おうしゅう》までさまよって行った。京に、思う人のもとに言っておくる、

「浪間《なみ》より見ゆる小島の浜びさしひさしくなりぬ君に逢《あ》ひみで(197)

波の間から見える
あの小島の浜びさし
その名のように久しくなってしまいました
あなたにお逢いしないままで
何事も、皆よくなってしまったのでした」

と、言っておくったのだった。

第一一七段

むかし、帝《みかど》が、住吉に行幸をなさった。

我見てもひさしくなりぬ住吉の岸のひめ松いく代へぬらむ(198)

私が見てからでも
ずいぶん久しくなってしまった
この住吉の岸の見事な松は
いったい、どのくらいの年月を
こうして過ごしているのだろう

住吉神社の神様が、姿をお現《あらわ》しになって、

むつまじと君は白浪瑞籬《みづがき》の久しき世よりいはひそめてき(199)

親しみをお寄せしていると
わが君は知らずにおいでと存じますが
この白波の寄せる住吉の神は
久しい昔の世から
御位《みくらい》をことほぎはじめているのでございます

第一一八段

むかし、男、久しく音もせで、「わするゝ心もなし。まゐり来《こ》む」といへりければ、

[一]玉葛《たまかづら》はふ木あまたになりぬれば絶えぬこゝろのうれしげもなし (200)

第一一九段

むかし、女の、[二]あだなる男のかたみとて、置きたるものどもを見て、

[三]かたみこそ今はあだなれこれなくは忘るゝ時もあらましものを (201)

第一二〇段

むかし、をとこ、[四]女のまだ世へずと覚えたるが、人の御もとにしのびて[五]もの聞えてのち、ほどへて、

[六]近江《あふみ》なる筑摩《つくま》の祭とくせなむつれなき人の鍋《なべ》のかず見む (202)

第一二一段

むかし、をとこ、[七]梅壺《つぼ》より雨にぬれて[八]人のまかりいづるをみて、

一 玉葛の「玉」は美称。「かづら」はつる草で、「はふ」「絶え」は縁語。古今集、恋四、よみ人しらず。古今六帖、五、「こと人をおもふ」に類歌（第三句「ありといへば」）がある。

二 「あだ」は人については、誠意・実意のないこと。歌では、むなしい、むだだ、はかない、等の意味に用いている。歌の方は「あた」とよんで、「仇」『目のかたき』と見る考えもある。

三 古今集、恋四、よみ人しらず。

四 ややわかりにくい表現。「女でまだ世へずと、男の心に感じられている、その女」とみる。

五 「物を申しあげる」とは、逢ったことを含んでいうのであろう。

六 「筑摩の祭」は、筑摩神社の祭。里の女は結婚すると、祭の日には、釜鍋を頭に載せて奉納したが、逢ったことのある男の数だけ頭に載せて参詣したと伝える。ただし、その記録はあまり古くならないから確かとはいえない。「つれなし」は、男に対して冷淡であると同時に、「実際は男性とかかわりがあるのに、平気な、何事もない顔をしている」という意味をも含んでいよう。拾遺集、雑恋、よみ人しらず、に類歌（第一句「いつしかも」）がある。

七 宮中の建物の一つで、凝花舎のこと。中庭に梅が植えてある。

八 女性か。

むかし、男が、長い間便りもしないで、

「あなたを忘れる気持ちもありません。そのうち

参上いたしましょう」

と言ったので、女は、

玉葛《たまかづら》はふ木あまたになりぬれば絶えぬこゝろの

うれしげもなし(200)

玉葛には這《は》いのぼる木がたくさんあるように

おいでの所はたくさんあるので

私には絶えないとおっしゃるお心が

うれしい感じは少しもいたしません

第一一九段

むかし、女が、たのみにならぬ男が、記念にという

ことで、残して置いて行ったいろいろな品物を見て、

かたみこそ今はあだなれこれなくは忘るゝ時もあ

らましものを(201)

記念の品こそ、今はむなしいというものです

これさえなければ、あの人を

忘れる時があるかもしれないのに

第一二〇段

むかし、男が、女の人でまだ男性に近づいていない

と思われる人が、ある方と親しい仲になって、その方

にこっそりとものを申し上げてのち、しばらくして、

近江《あふみ》なる筑摩《つくま》の祭とくせなむつれなき人の鍋《なべ》のか

ず見む(202)

近江《おうみ》にある筑摩の祭りを早くしてほしい

知らぬ顔をしているつめたい人の

お鍋の数を見たいから

第一二一段

むかし、男が、梅壺《つぼ》の御殿から、雨に濡れて人が退

出するのを見て、

一鶯《うぐひす》の花を縫ふてふ笠《かさ》もがなぬるめる人にきせてかへさむ(203)

二かへし、

三鶯の花を縫ふてふ笠はいなおもひをつけよ乾《ほ》してかへさむ(204)

第一二二段

むかし、男、四契れることあやまれる人に、

五山城《やましろ》の井手《ゐで》のたま水手にむすび頼みしかひもなき世なりけり(205)

といひやれど、いらへもせず。

第一二三段

むかし、男ありけり。六深草《ふかくさ》に住みける女を、やう〳〵七あきがたにや思

一 催馬楽《さいばら》に、「青柳のかた糸によりて鶯の縫ふてふ笠は梅の花笠」とあるのによる。「梅壺」の縁で用いた。古今集、神遊歌「青柳を片糸によりて鶯の縫ふといふ笠は梅の花笠」。

二 女性の返事。「人」が男性であったら、ここはその男が女性のつもりで戯れてよんだとも見られる。

三 「おもひ」の「ひ」に、「火」をかける。あなたの「火」で、濡れた着物を乾かして、その「思ひ」——私のあなたに対する「思ひ」をお返ししましょう。

四 約束違反。夫婦の約束であろう。

五 「山城の井手」は地名。上の句は「手飲む(たのむ)」から、下の句の「たのみし」をよび起こす序詞。新古今集、恋五、よみ人しらず、に類歌(第三句「手にくみて」)がある。

六 京都市伏見区北部の地。

七 「あく」は満足の度が強すぎて、いやけがさすこと。「かた」は、その方向に片寄ること。

鶯《うぐひす》の花を縫ふてふ笠《かさ》もがなぬるめる人にきせて
かへさむ(203)
　鶯が花を縫って作るという
　かわいい梅の笠がほしい
　濡れておいでの様子の方に
　着せてお帰ししようから
その返事、
鶯の花を縫ふてふ笠はいなおもひをつけよ乾《ほ》して
かへさむ(204)
　鶯が花を縫って作るという
　かわいい梅の笠はだめ
　わたくしに「思ひ」をつけてください
　衣《ころも》を乾かしてわたくしも
　「思ひ」をお返しいたしましょう

第一二二段

むかし、男が、約束したことを破っている女に、
山城《やましろ》の井手《ゐで》のたま水手にむすび頼みしかひもなき
世なりけり(205)
　山城にある
　井手のたま水を手にすくい
　手で飲んで頼みにした
　その甲斐《かい》もない二人の仲でしたね
と言っておくったけれど、応答もしなかった。

第一二三段

むかし、男があった。深草に住んでいた女を、だん

ひけむ、かゝる歌をよみけり。

一 年を経てすみこし里を出《い》でていなばいとゞ深草野《ふかくさの》とやなりなむ(206)

女、かへし、

二 野とならば鶉《うづら》となりて鳴きをらむ狩にだにやは君はこざらむ(207)

とよめりけるにめでゝ、ゆかむと思ふ心なくなりにけり。

第一二四段

むかし、をとこ、三 いかなりけることを思ひける折にかよめる。

四 思ふことといはでぞたゞに止みぬべき我とひとしき人しなければ(208)

第一二五段

一 「深草」の地名を草の深い野にとりなしたもの。現在でも「深草」だから、私がいなくなったら一層「深草」になろう、という含み。男のためらいがよみとれる。古今集、雑下、業平。

二 「野とならば」というのだから、「深草」は、現在はあなたがおいでなので、荒れた「野」ではないという気持ちをもつ。「野」は郊外の平地。「鳴く」に「泣く」を、「狩り」に「仮り」をかける。「鳴きをる」は「鳴きつづける」の意であるが、「をる」は動物や自己の動作に用いることが多い。古今集、雑下、かへし、よみ人しらず、に類歌(第二・三句「うづらと鳴きて年はへむ」)がある。

三 このように、どのようにもとれる叙述はこの物語の中でも珍しい。

四 意味ありげな歌であるが、それだけにどのようにでも考えられる、もとは恋の歌であったかもしれないが、ここに位置していること自体、物語全体からみての作為があろう。「男」の生命の終わりを前にしての嘆声と見るべきか。新勅撰集、雑二、題しらず、業平。

だんと飽きてきたのだろうか、このような歌をよんだ。

年を経てすみこし里を出《い》でていなばいとゞ深草野《ふかくさの》
とやなりなむ(206)

何年も一緒に住んできた
この深草の里を出て行ってしまったら
今よりもずっと
草の深い野となってしまうだろうか

女の返事、

野とならば鶉《うづら》となりて鳴きをらむ狩にだにやは
君はこざらむ(207)

草深い野となってしまったら
鶉となって鳴いておりましょう
せめて、かりそめにでもあなたは
狩りにおいでになることがありましょうから

とよんだのに感心して、出て行こうと思う心がなくなってしまったのだった。

第一二四段

むかし、男が、どういうことを思った折のことだったか、このようによんだ。

思ふこといはでぞたゞに止みぬべき我とひとしき
人しなければ(208)

思うことを
言わずに
そのままで、必ずやめてしまおう
私と全く同じ気持ちの人は
絶対にないのだから

第一二五段

むかし、をとこ、わづらひて、心地《こゝち》死ぬべくおぼえければ、

一つひにゆく道とはかねて聞きしかどきのふけふとは思はざりしを (209)

一「つひにゆく道」は、死出の道。古今集、哀傷、業平。「やまひして弱くなりにける時よめる」と詞書を附す。大和物語一六五段。業平は元慶四年(八八〇)五月二十八日、五十六歳で没している。

むかし、男が、病気になって、死んでしまいそうに感じられたので、

つひにゆく道とはかねて聞きしかどきのふけふとは思はざりしを(209)

しまいには行く道とは前から聞いていたけれど
それは、まさか昨日、今日のこととは
思わないでいたのに

「底本の勘物《かんもつ》・奥書《おくがき》等」

〔勘物〕

業平朝臣　三品弾正尹阿保親王平城天皇之子五男、母伊登内親王、桓武第八皇女、母藤南子従三位乙叡女

年　月　日　任左近将監

承和十四年正月補蔵人、嘉祥二年正月七日従五位下、貞観四年正月七日従五位上、五年二月十日左兵衛権佐、六年三月八日右近少将、七年三月九日右馬権頭、十一年正月七日正五位下、十五年正月七日従四位下、元慶元年正月十五日左近権中将、十一月廿一日従四位上、二年正月十一日相模権守、三年十月蔵人頭、四年正月十一日美濃権守、同廿八日卒、

親王　平城第三、母正五位下蕃良藤継女　承和九年十月薨、贈一品

行平卿　阿保親王一男

天長三年仲平、行平、守平、業平、賜姓在原朝臣、承和七年正月蔵人、十二月辞退、廿日従

五下廿四、十年二月侍従、十三年正月従五上、任左兵衛佐、五月右近少将、仁寿三年正五下、斉衡二年正月四位因幡守、四年兵部大甫、天安二年二月中務大甫、四月左馬頭、三年正月播磨守、貞観二年六月内匠頭、八月廿六日左京大夫、四年正月信乃守、同月従四上、五年二月大蔵大甫、

○貞観十二年二月十三日参議五十三、廿六日左兵衛督、十四年左衛門督八月廿一日蔵人頭、十五年従三位大宰十月十四日別当師、元慶元年治部卿、六年正月中納言六十五、八年正三位民部卿、仁和元年按察、仁和三年四月十三日致仕、寛平五年薨、

　六年正月十六日備前権守、三月八日兼左兵衛督、八年正月正四位下、十年五月兼備中守、

紀有常

承和十一年正月十一日右兵衛大尉、嘉祥三年四月二日左近将監、四月蔵人日歟私、五月十七日兼近江権大掾、仁寿三年七月廿六日兼左馬助、十一月甲子従五位下、二年二月廿八日兼但馬介、三年正月十六日右兵衛佐、四年正月十六日兼讃岐介転左兵衛、斉衡二年正月従五位上、同十五日左近少将、天安元年九月廿七日兼少納言、二年二月五日兼肥後権守、貞観七年三月九日任刑部権大輔、九年二月十一日任下野権守、十五年正月七日正五下、十七年二月十七日任雅楽頭、十八年正月七日従四位下、十九年正月廿三日卒、年六十三、

二条后　中納言左衛門督贈太政大臣長良女、母紀伊守総継女、貞観八年十二月女御宣旨、九年正月八日正五位下、

○

貞観十年十二月廿六日生第一皇子廿七帝御年十九、十一年二月立為皇太子、十三年正月八日従三位、元慶元年正月三日即位日立為中宮卅六六年正月七日為皇太后宮、寛平八年九月廿一日停后位、延喜十年十二月薨、六十九、天慶六年五月追復后位、

　貞観元年十一月廿日従五位下五節舞妓

河原左大臣融　嵯峨第十二源氏

承和五年十一月廿七日正四位下元服日、六年壬正月乙酉侍従、八年正月相模守、九年九月己亥近江守、十五年二月右近中将兼美作守、嘉祥三月正月七日従三位、五月右衛門督、仁寿四年八月兼伊勢守、斉衡三年九月任参議右衛門督伊勢守如元、

なそへなく

　万葉集第十八

　ほとゝきすこよ《今夜》なきわたれ灯をつくよ《月夜也》になそへ《なすらへ也》そのかけを見む

六帖哥

　いへはえにふかくかなしきふえ竹のよこゐやたれとゝふ人もなし

宋玉神女賦

素《モトヨリ》質幹之醲実《ナル》号志解泰《ニシテ》而体《テイ》閑《ミヤヒカナリ》

曹子建洛神賦

瓌姿《クワイシ》艶逸《ニシテ》儀《ヨソホヒ》静《シツカニ》体《テイ》閑《ミヤヒカナリ》

みやひ

みやひか也といふ詞、其心、みやひをかはすなといふは、なさけといふ同心事歟。

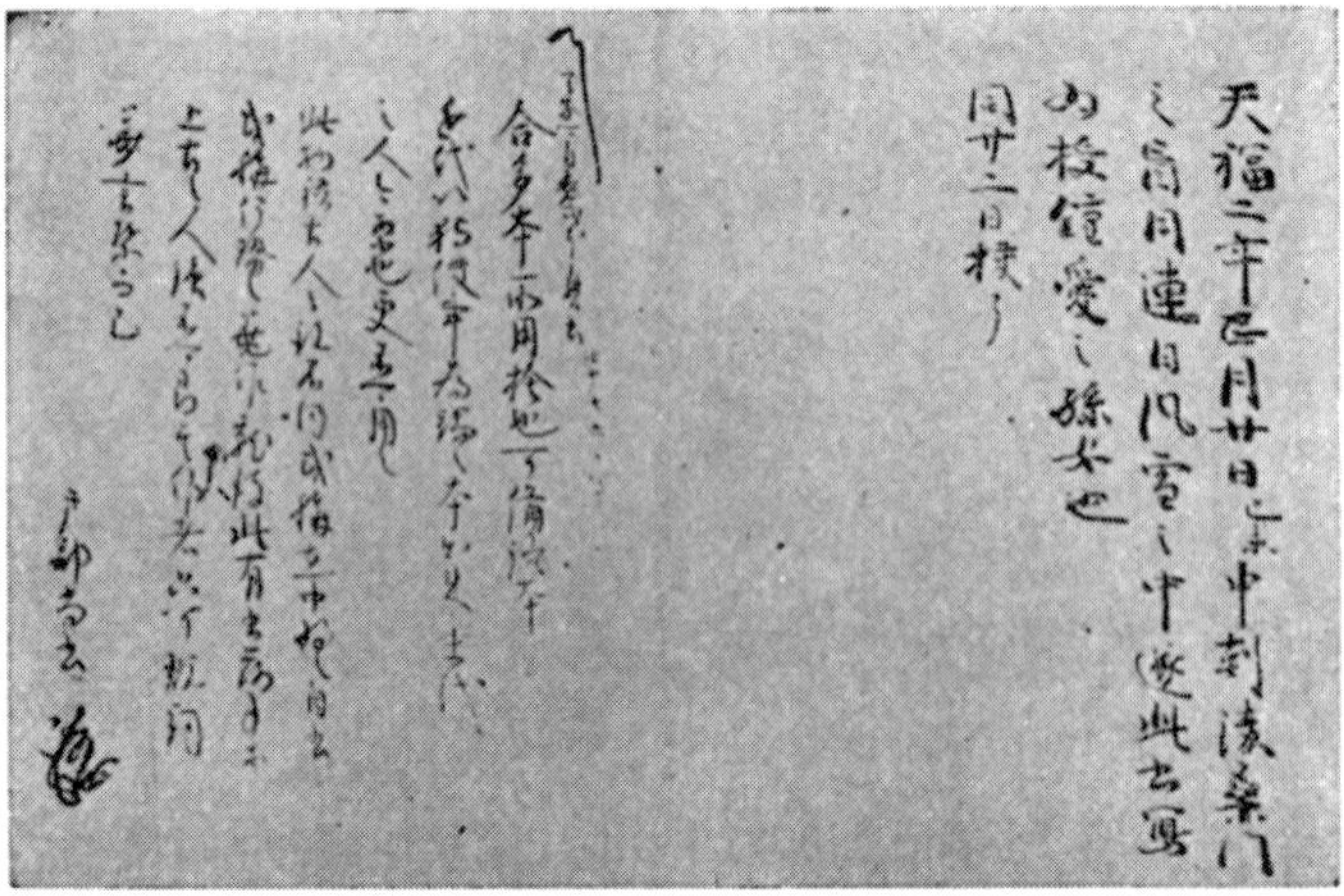

〔奥書〕

天福二年正月廿日己未申刻、凌桑門
之盲目、連日風雪之中、遂此書写、
為授鍾愛之孫女也、
同廿二日校了、

定家卿自筆或本奥書、明応七六月写之
合多本所用捨也、可備証本、
近代以狩使事為端之本出来、末代
之人今案也、更不可用之、
此物語古人之説不同、或称在中将之自書、
或称伊勢之筆作、就彼此有書落事等、
上古之人強不可尋其作者、只可翫詞
華言葉而已、
戸部尚書（花押）

〔注―勘物及び奥書〕

勘物には業平《なりひら》・行平・紀有常《きのありつね》・二条后《のきさき》・融《とおる》、の各人物と、「なぞへなく」などの語句についての注記が見られる。奥書のうち、「天福二年、……同廿二日校了」までは、いわゆる天福本の奥書であり、定家《ていか》が天福二年正月（一二三四。七十三歳）に、この本を書写した経緯を記したものである。「定家卿自筆或本奥書」以下は、いわゆる武田本の奥書といわれているもので、この本にもとからあったものではなく、この本を書写してから後に、三条西実隆《さねたか》によって書き加えられたものと推定されている。「戸部尚書《こほうしょうしょ》」は藤原定家をさす。公卿補任《くぎょうぶにん》によれば、定家が民部卿であったのは建保六年（一二一八）七月九日から、嘉禄《かろく》三年（一二二七）十月二十一日までのことであり、定家の五十七歳から六十六歳の間に武田本は書写されたことになる。「花押《かおう》」は署名の下に印の代わりに自筆で書く記号化した文字。写真に見られるように、草書体で書いた署名を、くずしたものが多い。なお、この定家の花押は、一旦原本から写し、さらに原本から影写したと思われる小さい紙片を、前の花押の上に貼《は》りつけたものである。

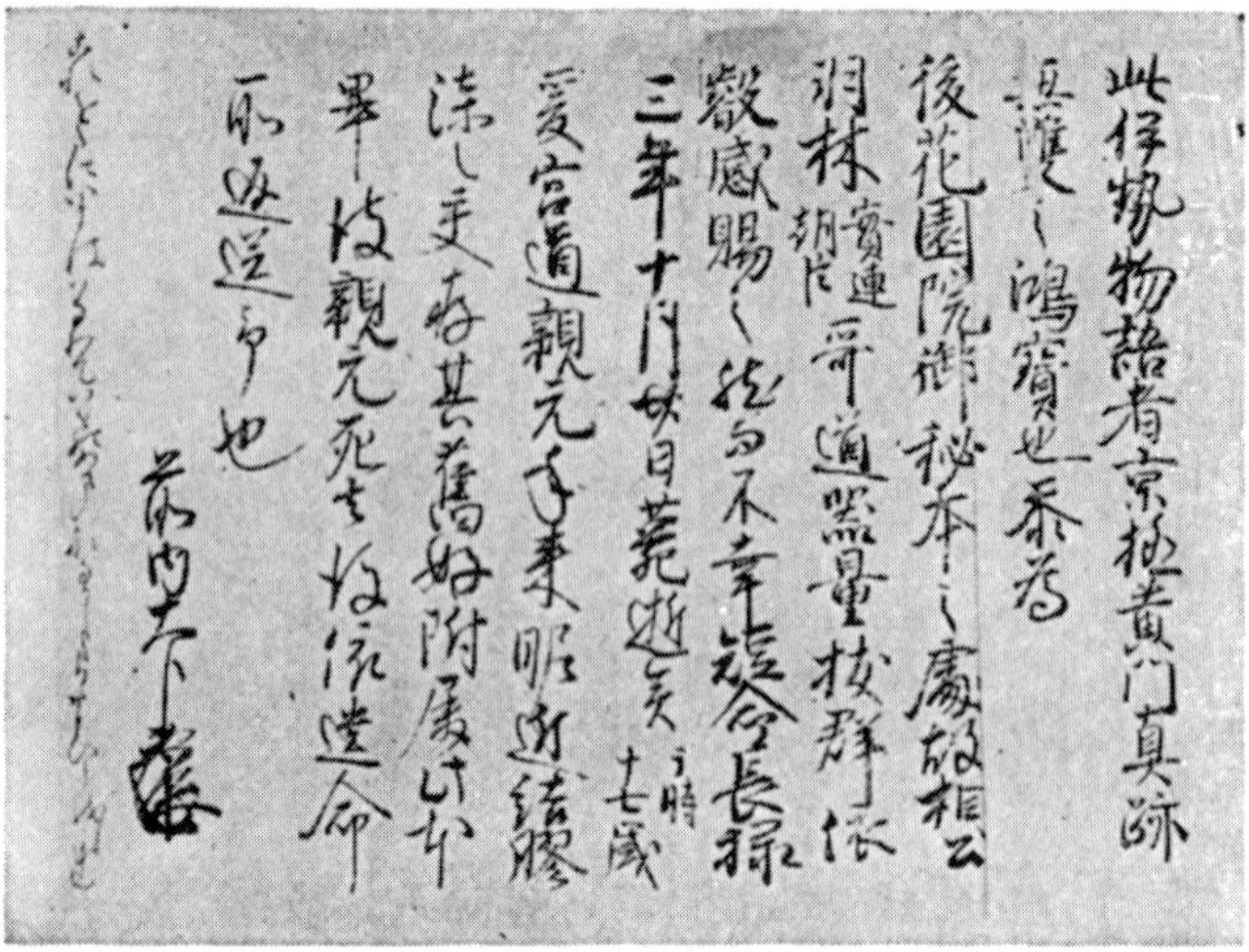

「底本貼付《ちょうふ》紙片」

此伊勢物語者、京極黄門真跡、
無双之鴻宝也、忝為
後花園院御秘本之処、故相公
羽林実連朝臣、哥道器量抜群、依
叡感賜之、然而不幸短命、長禄
三年十月廿日薨逝矣于時十七歳、
爰宮道親元、年来昵近、結膠
漆之交、存其旧好附属此本
畢、彼親元死去後、依遺命
所返送予也
　　　　前内大臣(花押)
これをたにいまははなれていせのあまの船なかしたるお
もひとをしれ

〔注―紙片〕

底本の表紙の見返しから、第一葉表にかけてはってあった紙片。三条西実隆《さんじょうにしさねたか》（一四五五〜一五三七）の自筆と考えられる。この紙片によって、一時この本が定家自筆本であると思い誤まられたこともあった。しかし、これは、宮道親元（一四三三〜一四八八）の遺命によって、宮道氏から「京極黄門（定家）」の自筆本を返送された前内大臣三条西実隆が、その自筆本の伝来と、返送された事情を書いて、自筆本にはっておいたのを、後日、その自筆本を他にゆずるにあたり、新たにそれの臨写本を作らせて、この本に関する由縁を残すために、右の貼紙《はりがみ》だけを除き、新しい臨写本に移し貼付《ちょうふ》したものであろう（池田亀鑑博士「伊勢物語に就きての研究」研究篇（昭和九年・大岡書店、昭和三五年・有精堂）、松尾聰博士「新註伊勢物語」（昭和二十六年・武蔵野書院）凡例参照）。この本は松尾聰博士・鈴木知太郎博士の直接の御教示によっても、実隆の自筆とは認めがたく、書写者は不明とすべきであろうとのことである。

大体の意味は次のようなところであろう。

この伊勢物語は、京極中納言《ちゅうなごん》定家の真筆であり、他に並ぶものもない天下の宝物である。かたじけなくも、後花園院が、御秘蔵の本としておられたが、亡くなった相公羽林、すなわち三条西実連《さねつら》朝臣が、歌道の才能抜群であることに感動あそばされて、この本をお与えになったのである。しかるに、不幸なことに、実連朝臣は、短命であって、長禄三年十月廿日、十七歳で亡くなってしまった。この宮道親元は、年来親しい間柄で、離れがたい交わりを結んでいたので、その縁によって、この本を、彼のものとしたのである。そして、その親元が死去してのちは、親元の遺命によって、私のところに返送されてきたのである。

前内大臣三条西実隆(花押)

この大切な伊勢物語をさえ今は離れてしまっては、まるで伊勢の海の漁師が船を流してしまったような心細くむなしい気持ちがする。この思いをどうか知ってほしいものだ。

あとの歌のみは、自筆本を手離す折の感慨を述べたものであろう。

なお、実隆が「前内大臣」であったのは、永正四年（一五〇七）から同十三年（一五一六）四月まで、約十年間のことであった。

解説

この伊勢物語は、歌物語と呼ばれるジャンルに入る作品である。古い文学の常として、不明な点があまりにも多いのであるが、現在の成果を踏まえながら、簡単にいくつかの問題にふれておく。なお、この書名は「伊勢の斎宮《さいぐう》」の記事によるとする説が現在有力であるが、なお確かなことはわからない。

一　成立

この物語がいつ成立したかということは、大変むずかしい問題である。漠《ばく》然と言って、古今集のころから、源氏物語が成立する前のころまで、と仮に見ておこう。

どうしてこのような年代の幅が考えられるのであろうか。それは主として、この物語の歌を、他の作品の歌と照し合わせることによって生じてしまう幅のようである。

まず古今集と比べてみると、伊勢物語の二〇九首のうち、六二首が古今集と共通する。両者のあいだに、何らかの関係があることが、当然予想されよう。更に詳しく見ると、そのうち二五首は、業平の歌か、または関係のある贈答歌であるが、この二五首に限って、古今集の詞書《ことばがき》または左注が詳細で、他のものに比べて長く、伊勢物語のことばの部分とよく似ている。この事実によれば、伊勢物語・古今集の二つの作品が、共通の資料からともに材料を得たか、または、伊勢物語がまず存在し、古今集がそれをもとにして業平《なりひら》の歌を収録した、すなわち古今集以前に伊勢物語が存在した、と見るのが自然であろう。

ところが逆に、同じ古今集との比較において、次のような例がある。古今集恋三に、

題しらず　　業平朝臣《あそん》
秋の野に笹分けし朝の袖《そで》よりも逢《あ》はで来し夜ぞひぢまさりける
　　小野小町《をののこまち》
みるめなき我が身を浦と知らねばやかれなで海人《あま》の足たゆくくる

として並んでいる二首の歌がある。これが伊勢物語では二五段のように、一つの贈答を中心とした物語となっている。これは、やはり共通の素材があるか、または、古今集から伊勢物語が材を得たと見るのが自然であろう。

また、伊勢物語一一段には、次のような話が収録されている。

むかし、男、あづまへゆきけるに、友だちどもに、道よりいひおこせける。

わするなよほどは雲ゐになりぬとも空ゆく月のめぐりあふまで
この歌は注に述べたように、拾遺集《しゆうい》に載っている歌である。作者は橘忠基《たちばなのただもと》で、彼は天暦（九四七～九五七）のころ駿河守《するがのかみ》であった。とすれば、忠基が、既に存在した業平の歌を利用したとでも考えない限り、忠基の作を伊勢物語がとり入れたと見るのが最も自然であろう。

このように、伊勢物語は、古今集から拾遺集に至るまでのいくつかの歌集に深いかかわりを持って成立した可能性があるわけである。この一見矛盾した事実から、この物語は一度に成立したものではなく、何回かにわたって増補されつつ成立したのではないかということが推測されるであろう。

それを具体的に、三段階に分けての成立と見る考えが片桐洋一氏によって提出されている。すなわち片桐氏は、

第一次成立――古今集（九〇五年）以前の原型伊勢物語から存在していた章段

第二次成立――後撰集《ごせんしゅう》（九五六年）以後、しばらくの間にできた在中将集・雅平本業平集《まさひら》のころの伊勢物語の段階で増補された章段

第三次成立――それ以後、源氏物語ができるころまでに増補された章段

のように成長過程をとらえることができるとされる。氏の鑑賞日本古典文学「伊勢物語・大和物語《やまと》」解説によれば、第一次成立章段は、二・四・五・九の一部、四一・六九・八二の一部、八三の一部、八四・八七の一部、九九・一〇七段など、第二次成立章段は、一・一〇・一六・三九・四〇・四二・四三・四四・四五・四六・四七・四八・五一・五二・六六・六七・六八・七六・七七・七八・七九・八〇・八一・八五・八六・八八・九三・九四・一〇〇・一〇一・一〇二・一〇三・一二三・一二五段などであろうと推定されている。

氏は更に、この三段階に分けることによって、それぞれの成立段階におけるこの物語の特性を明確に把握し得る、とされる。複雑な立論をごく簡単に要約させていただけば、第一次伊勢は業平の歌によって物語が構成されていながら、業平の名を出さずに業平の事蹟《せき》ではないように語られ、その内容は純粋な男のひたむきな愛を中心とする。第二次伊勢は、業平の歌かどうか断じかねる歌が大部分を占めており、挫《ざ》折して「翁《おきな》」となった主人公が過ぎ去った愛とみやびの世界を懐古の念をもって語る。作者は在原《ありわら》氏の一族に属するだれかであろう。第三次伊勢は、主人公を典型的な色好みの英雄とする後代の享受者的発想が創作の前提となっている、というようなことであろうか。

この論以外にもさまざまの成立論があるし、また多くの反論もある。説の当否はともかくとして、この片桐氏の論によって今まで見えなかったものが見えてきたことは確かであろう。

一つは伊勢物語の本質的な性格は何かという、最も基本的な問題である。もし成立が多次にわたるとすれば、その本質的なものが、平安時代の初期〜中期のさまざまの散文・韻文の歴史とからみ合って、どのように変化してきたのかを、伊勢物語の内部から問い直さなくてはならない。「歌物語」とは何かという点も、重要な問題となろう。

もう一つは、一つの作品の内部が、いくつかに分かれて成立したと見られる場合、その一つ一つにどのような差があり得るのか、という問題である。これはひいては一つの作品と、他の作品との間の差が、客観的に証明できるのかということにも連関を持ってこよう。辛島稔子氏の「伊勢物語の三元的成立の論」は、その国語学的な方法による一つの試みである。しかし、差があるからといって、逆に、成立、作者その他が異なるという決定的な証明とはならないところにこの問題のむずかしさがある。

このようなわけで、成立論を端緒として、伊勢物語そのものの研究も広く深くなってきたとも言えるのであり、その点から見てもこの論の提出した問題は画期的なものであった。

しかし、いずれにせよ現在の伊勢物語は、十世紀の末には既に現在に近い形のものになっていたものと考えられるのであるから、われわれが読む上では、この問題はひとまずさしおいて、差し支えないわけである。

二　在原業平と作者

それでは、この物語の作者はだれであろうか。ここで在原業平について考えてみる必要が生じてくる。この物語は「昔、男ありけり」と記される「男」の話が中心を占め、その「男」とは、在原業平をさしているものと漠然と感じられるのであるが、実は業平であるかのように物語中で述べているのは、八三段の「在五中将」一例のみであり、六五段の「在原なりける男」を加えるとしてもわずかに二例しかないのである。また、別の資料とこの物語を合わせても、二〇九首の歌のうち、古今集以下の三代集に業平と明記されている歌は、約三〇首しかない。

右の二つの事実から見ても、業平以外の「男」の話であることが、数の上からは十分に考えられるのである。しかし、なぜわれわれが業平の話としてこの物語を読むのかといえば、すべて「業平らしさ」を中核としてこの物語が成立しているからであろう。

業平は平城天皇の皇子、阿保《あほ》親王の第五子であり、天長二年（八二五）に生まれた。母は桓武《かんむ》天皇の皇女、伊《い》登《と》内親王であり、兄は歌人としても有名な行平《ゆきひら》である。元慶四年（八八〇）に、五十六歳で没している。在原氏であり、阿保親王の第五子だったので、「在五中将」と呼ばれている。

業平は、文徳天皇の第一皇子、惟喬《これたか》親王に、親しくお仕えしていた。親王の母は、紀有常《きのありつね》の妹、静子であった。有常のむすめと、業平とは、古今集恋五、七八四番の歌の詞書《ことばがき》に「業平朝臣、紀有常がむすめに住みけるを云々《うんぬん》」とあることから、夫婦関係を結んでいたと思われる。親王は、第一皇子であり、当然帝位につかれるものと期待されていたのであるが、それは夢に終わった。第四皇子、惟仁《これひと》親王が、皇太子に立たれたのである。これがのちの清和天皇である。惟仁親王の母は、当時の有力者、太政大臣藤原良房《よしふさ》のむすめ明子《あきらけいこ》であった。紀有常・業平の側の敗北は明らかである。惟喬親王は、二十九歳の折に、突然出家された。業平との暖かい心のふれ合いのさまは、八二、八三、八五段に描かれている。

このように、藤原氏が、皇室と強く結びついて、次第に勢力を増してきたのに比して、藤原氏以外の古い在原氏・紀氏などの名家は、政治的に誠に非運であった。そこから、政治とか、名声・富、などとは、別の次元に生きる、という必然性が生じてきたのである。それが「業平らしさ」を持つ「男」の世界であった。こういうわけで、限定された「業平」という「男」から、個人を超えた「男」へと次第に拡大されてゆく可能性があると見てよかろう。

この物語にある話は、事実ではなくて、「業平らしさ」に添って作られた虚構である。ここに物語としての伊勢物語の性格があるのであろう。

私としては、純粋な愛情で貫かれた諸段の作者は、あるいは業平自身ではなかったかという思いが捨てきれない。やはり、この物語の本質的な性格は、反現実の、「男」としての理想というものであろうと考えるからである。

また、この物語の中には、業平であることと矛盾する時代設定がかなり多い。片桐氏のいわれる第一次成立章段の第二段にしても、業平の生まれる以前の時代ということになっているのである。実在の業平に、業平らしからぬ設定をして、物語の虚構を暗示し、逆に、業平ではない男をも、業平めかすようなしかけになっているようである。

さてこういうわけで、この物語の作者としては、業平自身であったかもしれないいくつかの段を中心として、在原一族が、何らかの形で関与していると見てよいであろう。また、紀氏一族、貫之《つらゆき》、源氏一族、順《したがう》、あたりも加わっていると見るべきか、とする説などもいくつか提出されている。

いずれにせよ、この物語の性格上、作者が一人であるとは考えにくいのであるが、それにしても現在の伊勢物語の形に最終的にまとめたのは実はこの人であった、ということがわかる時が来ないものだろうか。「初冠《うひかうぶり》」で始まり、「つひに行く」で終わるこの物語は、さまざまな多様性をはらみながらも、たぐいまれな個人の「眼《め》」らしきものがうかがわれるからである。本によって、時代によって多少の動きはあったらしいが、その性質から見て、いくらでも増え、補われてしかるべきこうした物語を「一二五段」(定家本)で見事に切って押えたのはだれだったのだろうか。増益はともかくとして、こうした抑制によってこの物語をこの物語たらしめた人物に、大きな興味をそそられるのである。また、こうした物語は無数に有り得たであろうし、現に、大和《やまと》物語、平中物語といった歌物語もわれわれに残されている。しかし、この伊勢物語が一回的な、絶品となったのは、やはり「業平」という古い貴族文化をわがものとした人間の存在と、時代のしからしむるところであったろう。

伊勢物語の歌は、中世の歌のように冷え冷えとした、峻厳《しゆんげん》なところのある歌ではない。情緒を濃厚にただよわせて、おのずからまわりの「ふくらみ」を想像させずにはおかない人間的なあたたかさを持つ。ここにその背後に物語を生む素地があった。「はじめに」の部分で述べたように、私はこの物語を人間の自在さをとらえた物語として考えている。本来の「男性」と「女性」、あるいは、「人間」の原型の持つ力強さは、やはり日本文学の一つの理想と見てよいと思われる。

三　影　響

伊勢物語は、多くの人々に愛読され、のちの文学作品にも大きな影響を与えている。源氏物語の絵合《えあわせ》の巻には、次のような記事が見える。

次に伊勢物語に、正三位《じやうさむゐ》を合せて、また定めやらず。これも右はおもしろくにぎははしく、内裏わたりよりうちはじめ、近き世のありさまを描きたるは、をかしう見どころまさる。平内侍《へいないし》、

「伊勢の海のふかきこころをたどらずてふりにし跡と波や消《け》つべき

世の常のあだごとのひきつくろひ飾れるにおされて、業平《なりひら》が名をや朽《くた》すべき」と、あらそひかねたり。右の典侍《すけ》、

雲のうへに思ひのぼれる心には千ひろの底もはるかにぞ見る

「兵衛の大君の心高さは、げに棄てがたけれど、在五《ざいご》中将の名をば、え朽《くた》さじ」とのたまはせて、宮、

藤壺　見るめこそうらふりぬらめ年へにし伊勢をのあまの名をや沈めむ

かやうの女言《をむなごと》にて、乱りがはしく争ふに、一巻《ひとまき》に言の葉を尽くして、えも言ひやらず。（日本古典文学全集本、㈡、三七一〜二ページ）

これは藤壺宮《ふじつぼのみや》の御前で「正三位物語」と「伊勢物語」を右方左方でそれぞれ出し、その物語絵を争った折の記

事である。「伊勢物語」の名称が見えること、「業平」「在五中将」の人名があること、その内容は「正三位」に比べると、古いものであったことなど、注意すべき点であろう。また、総角《あげまき》の巻には、伊勢物語四九段を踏まえ、匂宮《におうのみや》が、姉の女一宮と絵を見る場面がある。

在五が物語描きて、妹に琴教《きん》へたるところの「人の結ばん」と言ひたるを見て、……中略……忍びがたくて、

匂宮　若草のねみむものとは思はねどむすぼほれたる心地こそすれ

御前なりつる人々は、この宮をばことに恥ぢきこえて、物の背後《うしろ》に隠れたり。ことしもこそあれ、うたてあやしと思せば、もののたまはず。ことわりにて「うらなくものを」と言ひたる姫君も、ざれて憎く思さる。（同㈤、二九四〜五ページ）

これらによって、中古の中期には、すでに古典として大きな影響を与えていたと見てよかろう。

中世に至ると、たとえば謡曲の詞章には伊勢物語の言葉が広くちりばめられるようになる。中でも「井筒」は二三段をもとにしたものであるが、ここでは例として「隅田川」の一部をあげておこう。

シテ「うたてやな隅田川の渡守《わたしもり》ならば、日も暮れぬ舟に乗れとこそ承るべけれ。へかたのごとくも都の者を、舟に乗るなと承るは、隅田川の渡守とも、覚えぬ事な宣《のたま》ひそよ。

ワキ「げにげに都の人とて、名にし負ひたるやさしさよ。

シテ「なうその言葉もこなたは耳に留《と》まるものを。かの業平《なりひら》もこの渡りにてへ名にし負はば、いざ言問《ことと》はん都鳥《みやこどり》、わが思ふ人は、ありやなしやと。「なう舟人《ふなびと》。あれに白き鳥の見えたるは、都にては見馴《みな》れぬ鳥なり。あれをば何《なに》と申し候ふぞ。（日本古典文学全集、謡曲集㈠、五〇七ページ）

さらに近世に入ると、伊勢物語そのもののさまざまなパロディが生まれたが、中でも、「仁勢《にせ》物語」は有名である。題名からして、「仁勢」にあと一、二本の線を加えれば「伊勢」になる、という奇抜さで、内容も、一言一句を忠実に細かく変型させるという、あっぱれな戯作ぶりである。試みに第二段をあげてみる。

(二)をかし、男有けり。奈良の京は離《はな》れ、此京はまだ宿《やど》も定《さだ》まらざりける時に、西の京にて、女を持けり。其女世人《(よのひと)》には劣《をと》れりけり。其人貌《かたち》よりは、心なむ強《こは》かりけり。人のやうにもあらざりけらし。其《(それ)》をかの男、うち物かたらひて、如何《いかゞ》思《おも》ひけん、時は弥生《やよひ》の朔日、雨しよふるに詠《よ》める。

起《を》きもせず寝もせで夜《よる》も又昼《ひる》も妙《めう》な顔《かほ》とて眺《なが》め暮《くら》しつ（日本古典文学大系、仮名草子集、一六四ページ）

近代になると、樋口一葉の「たけくらべ」以下の小説や、最近では塚本邦雄氏の諸作品が想起される。今後ともこの物語は多くの創造を生む母胎《ぼたい》となり続けることであろう。

なお、これらのほかに、研究・注釈の歴史も古い。鎌倉時代の「伊勢物語髄脳《ずいのう》」「和歌知顕集《わかちけんしゅう》」をはじめとして、歌人・学者・連歌師《れんがし》たちの述作は非常に多く、今日に至っている。

四　諸本・参考文献

現在、伊勢物語の伝本は数多く見られるが、そのすべてが、「昔、男、初冠して」の段で始まっている。こうした形を、初冠本系と称している。この系統を更に大きく分けると、一、定家奥書本《ていかおくがき》・二、古本・三、真名《まな》本・

四、大島本、五、朱雀院塗籠《すざくいんぬりごめ》本などとなる。それらについて、簡単に述べておこう。

一　定家奥書本（一二五段、二〇九首）

　天福本　「天福二年云々」で始まる奥書を持つ。

　武田本　若狭《わかさ》の武田伊豆入道紹真《しょうしん》が所持していた定家自筆本。「合多本所用捨也云々」の奥書を持つ。

　流布《るふ》本　「抑伊勢物語根源云々」の奥書を持つ。室町・江戸のころ流布していた。

二　古本（定家本と同一であるが、系統的にいうと、定家本に先行する本）

三　真名本（漢字だけで書かれた本。原本は平安中期に成立していたであろうといわれるが、現存本は室町初期をあまりさかのぼり得ない）

四　大島本（大島雅太郎氏蔵伝為氏筆本。一二一段、二〇六首）

五　朱雀院塗籠本（一一五段、一九八首。奥書に「此本者高二位本、朱雀院のぬりごめにをさまれりとぞ」とあることから屋代弘賢が命名したもの）

これらの諸伝本は、章段の順序や数などにいくらかの差異が見られるが、前述のように、いずれも「初冠」に始まって、「つひに行く」で終わることは共通している。平安の末以来、この系統の本が一般的であったが、平安中期には、このほかに「業平自筆本」「小式部内侍《こしきぶないし》本」が存在していたという。

業平自筆本

　定家本四三段の「名のみ立つ」の歌で始まり、「つひに行く」で終わるというが、実体は確かではない。

小式部内侍本

定家本六九段の「君や来し」の歌で始まり、定家本一一段の「忘るなよ」で終わるという。大島本の奥に、「或本」にはない段で小式部内侍の自筆本にはある二四段を「或本」が抜き出しておいたのを補記してあるのによって、その形態の一部がわかる。

さて以上の、現存している諸本のうち、塗籠本・大島本は、近世以後重んじられたこともあったが、今日ではあまり用いられていない。真名本もしかりである。

今日では、定家本の系統が最も純粋であるとされている。定家は、少なくとも六回以上、伊勢物語の校訂をしているが、このうちで、天福二年に書写したいわゆる天福本の系統の本が最も良いと判断されているのが現状である。更に天福本の中では、現在学習院大学蔵、三条西家旧蔵本が最も信頼できる本と考えられる。これは定家自筆本の直接転写本であり、室町中期の書写であろう。本書の底本はこの本である。天福本にはこの外に、「今治市河野記念館本」「宮内庁書陵部蔵冷泉為和自筆本（天文十六年一月下旬書写）」などが現在知られている。これらのもととなった定家自筆本は、池田亀鑑氏、大津有一氏によると、所持者三条西実隆から駿河《するが》の今川氏親にうつり、更に武田信玄を経て、加賀の前田家の所有となり、松雲公綱紀の時代に四代将軍徳川家綱の所有に帰し、更に綱吉の代に柳沢吉保のものとなって遂に焼失してしまったということである。

なお、学習院大学本については、巻頭の写真・さし絵、及び本文の後に附載した勘物《かんもつ》・奥書《おくがき》などを参照していただきたい。

終わりに、現在入手しやすい注釈書類を挙げておく。

日本古典文学大系「伊勢物語」大津有一・築島裕　岩波書店　昭和三十二年
日本古典全書「伊勢物語」南波浩　朝日新聞社　昭和三十五年
「伊勢物語の研究（研究篇・資料篇）」片桐洋一　明治書院　昭和四十三、四年
「伊勢物語評解」上坂信男　有精堂　昭和四十四年
日本詩人選「在原業平・小野小町」目崎徳衛　筑摩書房　昭和四十五年
講談社文庫「伊勢物語」森野宗明　講談社　昭和四十七年
日本古典文学全集「伊勢物語」福井貞助　小学館　昭和四十七年
「伊勢物語総索引」大野晋・辛島稔子　明治書院　昭和四十七年
「伊勢物語全釈」森本茂　大学堂書店　昭和四十八年
鑑賞日本古典文学「伊勢物語・大和物語」片桐洋一　角川書店　昭和五十年
新潮日本古典集成「伊勢物語」渡辺実　新潮社　昭和五十一年
解釈と鑑賞「伊勢物語・みやびのロマネスク」至文堂　昭和五十二年一月号

〔系図　一〕

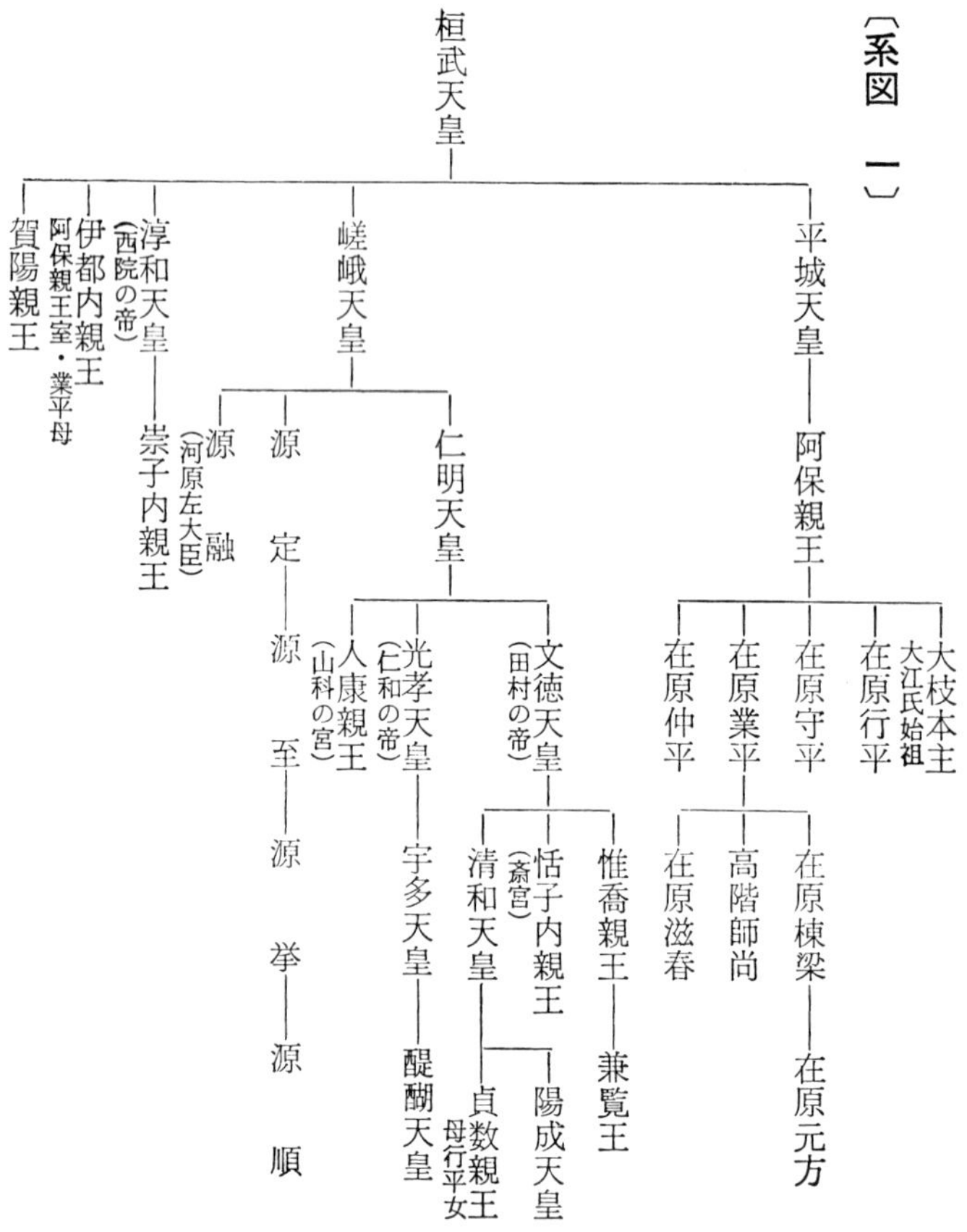
桓武天皇
平城天皇
阿保親王
大枝本主
大江氏始祖
在原行平
在原守平
在原業平
在原仲平
在原棟梁
在原元方
高階師尚
在原滋春
嵯峨天皇
仁明天皇
文徳天皇
(田村の帝)
惟喬親王
兼覧王
恬子内親王
(斎宮)
清和天皇
陽成天皇
貞数親王
母行平女
光孝天皇
(仁和の帝)
宇多天皇
醍醐天皇
人康親王
(山科の宮)
源　定
源　至
源　挙
源　順
源　融
(河原左大臣)
淳和天皇
(西院の帝)
崇子内親王
伊都内親王
阿保親王室・業平母
賀陽親王

〔系図　二〕

- 藤原鎌足
  - 藤原不比等
    - 藤原武智麿
      - 巨勢麿
        - 真作
          - 村田
            - 富士麿
              - 敏行
    - 藤原房前
      - 真楯
        - 内麿
          - 冬嗣
            - 長良
              - 国経
              - 基経
              - 高子 清和后、陽成母、二条后
            - 良房
              - 基経 実父長良
                - 時平
                - 仲平
                - 忠平
              - 明子 文徳后、清和母、染殿后
            - 良相
              - 常行
              - 多賀幾子 文徳女御
            - 順子 仁明后、文徳母、五条后
          - 女 紀有常室
    - 藤原宇合
      - 蔵下麿
        - 綱継
          - 吉野
            - 良近

〔系図　三〕

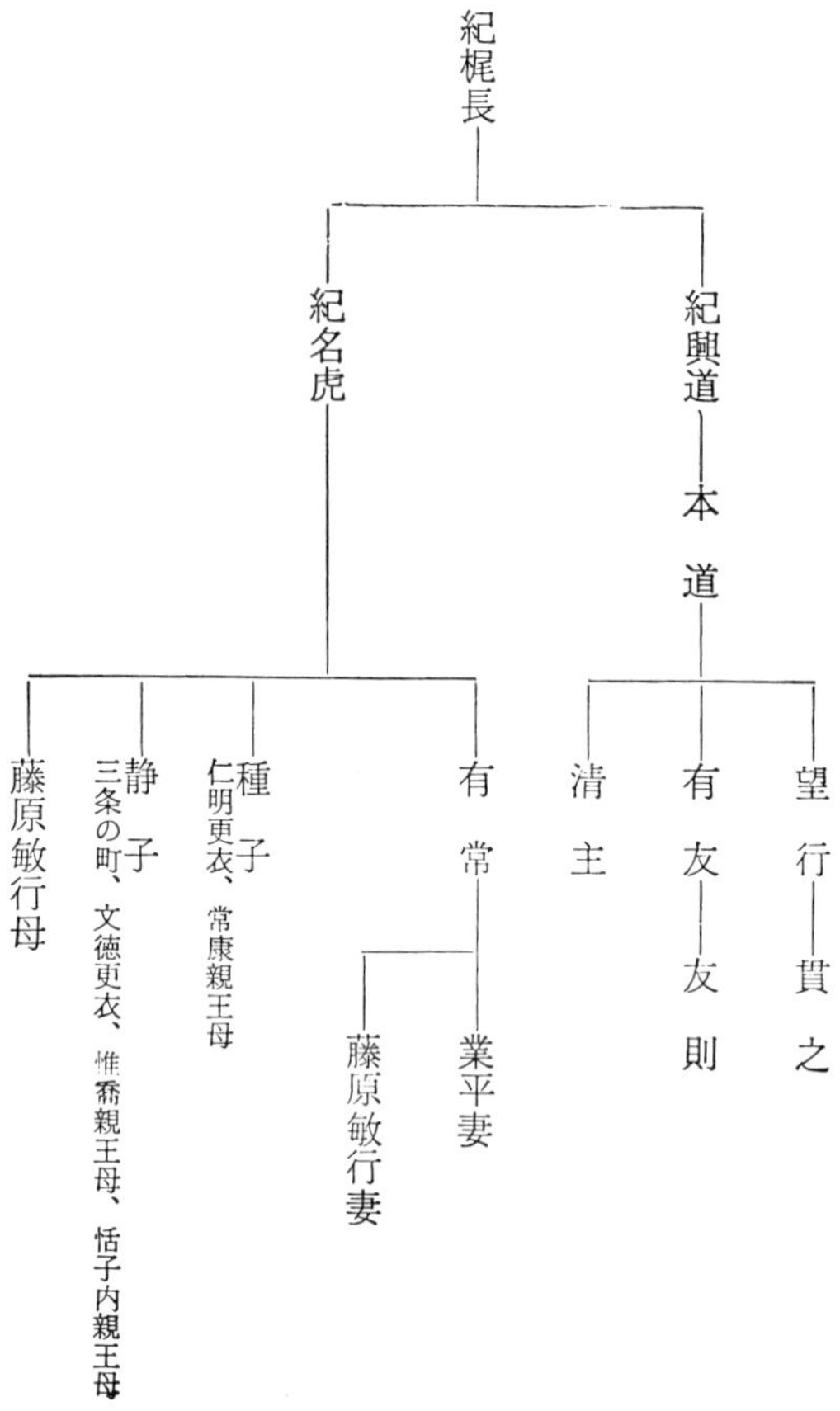
紀梶長
紀興道
本道
望行
貫之
有友
友則
清主
紀名虎
有常
業平妻
藤原敏行妻
種子
仁明更衣、常康親王母
静子
三条の町、文徳更衣、惟喬親王母、恬子内親王母
藤原敏行母

和歌初句索引

一　この物語所収の歌二〇九首の初句の索引である。
一　仮名書きにした上で、歴史的仮名づかいによって配列した。
一　下段の数字のうち、第一段は所収和歌の通し番号、第二段は所収段数、第三段は所収本文（原文）のページ数を示す。

学習院大学蔵 伝定家自筆天福本『伊勢物語』本文の様態

室伏信助

はじめに

平成十二年度、学習院大学大学院人文科学研究科博士課程日本語日本文学専攻における日本文学特殊研究の講義題目に「源氏物語研究」を掲げ、左記のように授業目的・内容を示した。

> 源氏物語研究は現在、神話学・王権論・記号論・フェミニズムなど、最新の学問の動向に鋭敏に反応してきたという。しかし、その依拠するテキストについては、通行の注釈本文を殆ど無批判に受容している。近代における源氏物語の本文批判の誤りを検証しつつ、本文とは何か、本文を読むとはどういうことかを探求する。

さらに授業計画として「最初は、授業の目的および内容の詳しい説明と問題提起。つづいて、それらに対する質疑応答、討議を経て、具体的な検証を分担して報告する」と記しその計画に沿って進めていくなかで、本文研究の基本として伝来した写本を具さに検証する必要性から、本学日本語日本文学科所蔵の天福本『伊勢物語』を閲覧する機会に恵まれた。これは本学の授業でなければ通常あり得ない稀有の体験で、院生一同の感銘は深く、この貴重な伝本の微視的な調査に関心が集中した。

この伝本は周知のように、現行の殆ど全ての注釈書の底本に採択され、その意味では新資料では勿論ない。影印本も複数刊行されており、活字本ではない写本のレベルから教材に用いる向きも極めて多い。しかし、このたび初めて原本を閲覧して、市販されている教材がいかに原本と距離があるかを痛感した。授業に参加した院生諸君もそれをつよく実感し認識したところから、今回の調査が開始されたのである。

まず原本に残された全ての状況を、「本文の様態」に絞って微視的に調査し報告することを参加者全員の合意と協力によって完成することができた。数度に亙る原本閲覧の機会を与えてくださった当局に深甚なる謝意を表する。併せて、この調査報告に全面的に協力された院生諸君に心からの信頼と敬意を捧げたい。左記にその氏名を掲げ、尽力を顕彰すると共に、責任の分担も同時に自覚するよすがともなればと思う次第である。

　なお、幹事役を全うされた鈴木幹生君が、原本に施された声点について、元本学講師の小松英雄氏から懇切な御指導をいただいたことを記し、参加者を代表して感謝申し上げる。また、本講義が源氏物語の本文批判そのものからかなり逸脱した内容になったことを深くお詫び申し上げるが、古典の本文批判の根底を文字通り手作業で成し遂げた成果を以て、御宥恕を乞う次第である。検討資料を最終的に成文化し、一覧表化を仕上げた鈴木幹生・松原志伸の両君に改めて感謝したい。

記

木村　佐保
福田ちずか
市川　祐樹
菊一恵理子
鈴木　幹生
丸山愉佳子
松原　志伸

目　的

本稿では学習院大学蔵伝定家自筆天福本『伊勢物語』の本文の様態を報告する。この写本は、声点や訂正・補入を含めた書き込みが数多く存在し、なかには貼紙でなされたものもある。現在最も信頼され、研究に使われている写本ではあるが、こうした情報は今まで正確に報告されてこなかった。そこで、今回、これらの情報を「様態」の名のもとに整理し、報告する。

凡　例

一　表は、【声点】【注記】【補入・ミセケチ】の三つの様態の種類に限って作成した。

二　各表とも、「段」・「丁」・「行」を示した。「丁」には、表（「オ」）・裏（「ウ」）の別も示した。

三　表1【声点】について

(1)　表1では、声点についての報告を行う。声点は全て朱によるものであり、文字の左側に差されている。

(2)　「本文」は、声点の差されている箇所の確認の便宜を考慮し、細分化をさけた。

(3)　声点は「平」「上」を使ってその位置を示し、濁点の場合は該当箇所を囲む。また、声点が存在しない文字については「〇」を使い、そのことを示す。

(4)　それ以外の情報は「備考」で取りあげた。

四　表2【注記】について

(1)　表2では、注記部分についての報告を行う。ここで注記として取り上げたものは、以下の二つのものを指す。

①本文の横（主に右側）に小字で書き込まれたもの。異本注記や語釈など。

②本文の横、また章段の最後に、人物や年代についての説明をしているもの。

(2)「該当部分」とは、注記を指す。改行は「／」を、合点は「＼」をもって示した。

(3)「種類」は以下の四つに分類した。

①「人物」…人物の説明を行っているもの。

②「異本」…異本注記を行っているもの。

③「漢字」…ひらがなで書かれた本文に対し漢字を示しているもの。

④「その他」…以上の分類以外に注記と判断されるもの。

(4) これらの注記は、墨で書かれたもの以外に、朱で書かれたもの、また貼紙に書かれているものがあり、該当するものに関しては「朱」「貼」の列に、「○」を付した。

例えば、「朱」のみに「○」がある場合は、写本の料紙に直接に朱で書かれていることを示し、「朱」と「貼」の両方に「○」がある場合は、写本の料紙に貼られた小片に朱で書かれていることを示す。

(5)「備考」では、主に「注記」が書き込まれた位置を示している。特に断りがない場合は、本文の右側に小字で施されたものである。但し、「人物」の注記に関しては、本文とほぼ同じ大きさで書かれているので、小字の場合のときにその旨を断った。

五　表3【補入・ミセケチ】について

(1) 表3では、補入やミセケチについての報告を行う。

(2)「該当部分」には、補入される文字、またはミセケチによって消された部分を示す。補入は、特に断りがない場合は右側に小字で書き込まれたものである。

(3)「朱」「貼」に関しては四(4)を参照。

(4)「備考」では、補入の個所と、補入印の有無を示した。

六　表とは別に、これらの情報とこの写本の影印本である武蔵野書院発行の『天福本伊勢物語』（今回は昭和三十八年五月初版　平成十二年三月二十四日十三版発行のものを使用）とを比較し、注意すべきことや若干の見解等を「＊」で示した。

表1【声点】

	段	丁	行	本文	声点	備考
1	一	1ウ	1	うゐかうふり	上上○○○○	
2			4	なまめい	平平上平	
3			6	かいまみ	上上上平	
4		2ウ	2	みやひ	上上[上]	
5	二	3オ	5	そをふる	上上[上]上	
6	一〇	11ウ	3	なほ	平平	
7			8	たのむ	平平上	
8	一四	13ウ	4	めつらか	平[平]上平	
9			7	くはこ	平平平	
10			9	ひなひ	上上[平]	

11		14オ	2	きつ	平上	
12				はめなて	平上上○	
13			3	くたかけ	平[平]平上	
14			8	よろこほひ	○○平[上]平	
15	一六	15オ	5	あてはかなる	平平[上]平○○	
16		16オ	9	みけし	上上上	
17	二一	19ウ	7	すまひ	平平平	
18	二三	22オ	4	つゝゐつ	上上上[平]	
19				ゐつゝ	平[上]平	
20				たけ	平平	
21			8	あく	上[上]	
22		23ウ	1	けこ	平[上]	
23	二四	24ウ	4	にゐまくら	上上○○○	
24	三一	27オ	5	さか	平[平]	
25			6	うけへ	平平上	
26	三四	28オ	3	いへはえに	上平[上]上平	
27	三九	30オ	5	かきりなるへみ	○○○上平[上]平	
28				ともしけち	平平上上平	
29			6	かと	上[平]	
30	四〇	31オ	7	あはて	上上平	
31	四一	32オ	10	めもはる	平上平上	
32	四三	33オ	9	なかなく	上[上]上上	
33	四四	ウ	10	いゑとうし	平平[上]上[上]	
34	五八	39ウ	1	うれたき	平平平上	
35			2	すたく	平[平]上	
36			5	おちほ	平平[平]	
37			6	田つら	平[平]平	
38	五九	40オ	5	かい	平上	
39	六〇	ウ	2	しそう	平[平]平	
40	六二	41ウ	8	こける	平上平	
41	六六	47ウ	6	みつ	上上	
42	六九	49ウ	1	いと	上上	
43			3	つかひさね	○○○上上	
44	七八	56オ	4	せんし	[平]上[上]	
45		ウ	1	よるのおまし	○○○平上上	
46			4	おほみゆき	平平上上平	
47	八一	59オ	5	かたゐ	平上上	
48				たいしき	平平○○	
49	八四	64オ	8	さらぬ	上上上	
50	八七	66オ	5	なた	平[平]	
51		67オ	8	かひ	上上	「ひ」右に貼紙。平上不明。
52	九三	70オ	4	あふな	平[平]上	
53				なそへ	上上上	「そ」右に[上]の貼紙。

54	九六	72オ	8	くせち	平[平]平	
55		73オ	1	あまのさかて	平平○上上上	
56				むくつけき	平平[平]平上	「つ」右に上の貼紙。
57	九七	ウ	1	ちりかひ	上平上平	
58			2	かに	[平]上	「か」右に平の貼紙。
59	一〇一	75オ	4	まらうとさね	上上上上[上]上	
60	一〇七	78ウ	1	あさみ	上上上	
61	一〇八	79オ	7	とは	上[上]	
62	一一四	80ウ	8	にけ	上[上]	
63		81オ	3	おきなさひ	平平平上[平]	

＊武蔵野書院版に声点は写っていない。

表2【注記】

	段	丁	行	該当部分	種類	朱	貼	備考
1	一	2ウ	4	河原大臣哥也　左大臣源融寛平七年八月〈廿九日〉薨〈七十三〉／於在中将非幾先達如何	人物			一段の最後　「左大臣」以降割注の形　「八月」に「廿五日」と朱で傍記されている
2	五	5オ	4	イ無多本	異本	○		「いけとも」の「も」に傍記　「も」には朱のミセケチが施されている→表3参照
3	六	6ウ	6	高子元慶元年正月為中宮卅六	人物			「二条のきさき」に傍記
4		7オ	1	昭宣公	人物			「ほりかは」に傍記
5	九	8ウ	5	はイ	異本			「といひける」の「と」に傍記
6		10オ	5	或説云塩尻壷塩といふ物あり其尻似此山此語之習故／好卑詞寂蓮殊信用此説	その他			「しほしり」記載行の右側二行小字
7				或本はしりほしの	異本			「しほしりの」に傍記
8				先人命縦雖為塩事凡卑也／不可用之心えすとてありなん／往年有尋問人答慥不知由〈云々〉	その他			「しほしり」記載行の左側三行小字
9	一四	13ウ	7	桑子蚕也	その他			「くはこ」に傍記
10		14オ	2	東国之習家ヲクタト云	その他			「きつにはめなて」に傍記
11			3	家鶏也	漢字			「くたかけ」の左側に傍記
12			6	わ一本	異本			「くりはら」の「り」に傍記
13				ね	異本			「あれは」の「れ」に傍記
14	一九	18オ	2	ゆきかへり	異本			「あまくもの」に傍記
15	二三	21ウ	8	おとこも女も	その他			「はちかけして」に傍記
16	二六	25ウ	10	一本なみた	異本			「みなと」に傍記
17				らし	異本			「哉」に傍記

18	二九	26ウ	4	貞観十一年二月貞明親王為皇太子于時高子為女御／依春宮母儀号也去年十二月廿六日誕生高子年廿七	人物			「むかし春宮の女御」記載行右側に二行小字
19	三九	29オ	8	淳和天皇	人物			「西院のみかと」に傍記
20			10	崇子内親王母橘船子正四上清野女承和十五年五月十五日薨	人物			「たかいこ」記載行右側に一行小字
21	四三	33オ	3	賀陽親王桓武第七母夫人多治比氏三品治部卿／貞観十三年十月八日薨七十八	人物			「かやのみこ」記載行左側に二行小字
22			9	汝也	その他	○		「なか」の「な」の左側に傍記
23	五二	37ウ	7	なイ無此字	異本	○		「かさなり」に傍記＊1
24	五四	38オ	6	とるイ	異本	○	○	「たのむ」の「のむ」に傍記
25	六〇	40ウ	2	祇承	漢字			「しそう」に傍記
26	六二	41ウ	6	しるイ	異本	○	○	「しらす」に傍記
27		42オ	4	みイ	異本	○	○	「なき」の「き」に傍記
28	六四	44オ	1	男女イ	異本	○	○	「おとこ」に傍記
29	六五	47ウ	1	清和天皇鷹犬之遊漁猟之娯未嘗留意／風姿甚端厳如神性	その他			六五段の最後二行小字
30	六九	49ウ	1	イ無	異本	○		「いと」に傍記
31		50ウ	4	一説よひと	異本			「こよひ」に傍記
32		51ウ	5	恬子内親王	人物			「御むすめ」の左側に傍記
33	七四	53オ	3	はへたてねとイ	異本	○	○	「にあらねとも」に傍記
34	七六	ウ	9	春宮母儀也	人物			「春宮のみやすん所」に傍記
35	七七	54オ	9	文徳天皇	人物			「たむらのみかと」に傍記
36		55ウ	2	女御従四位下藤多賀幾子右大臣良相女／嘉祥三年女御天安二年十一月十四日卒／安祥寺五条后順子建立寺也／(「西三条／右大臣／良相一男」)常行貞観六年正月十六日参議八年十二月／十六日右大将卅一業平貞観七年三月右馬頭／天安卒女御法事如何若後追善歟	人物			七七段の最後六行小字　「常行」以降三行の上に「西三条／右大臣／良相一男」と三行小字

37	七八	56オ	4	禅師	漢字	○		「せんし」に傍記
38		ウ	1	人《さね》康親王仁明第四四品弾正尹号山科宮／貞観元年五月入道同十四年薨四十二	人物			「まうけさせ給」の後改行して二行小字「人」に「さね」と振仮名が施してある
39			7	貞観八年三月廿三日行幸右大臣良相百花亭	その他			「おほみゆきの」記載行左側に一行小字
40		57オ	10	＼右大将依御監右馬頭相伴歟	その他	○		「みぎのむまのかみなりける人」に傍記
41				他本也	その他			「＼右大将依御監右馬頭相伴歟」に続けて
42	七九	58オ	5	貞数親王清和第八母中納言行平女／延喜十三年薨四十二	人物			「むすめのはらなり」記載行右側に小字「清和」以降割注の形
43	八一	ウ	3	源融嵯峨第十二源氏母正五位下大原全子／貞観十四年八月廿五日任左大臣元大納言五十一／仁和三年従一位寛平元年輦車七年八月薨七十三	人物			「左のおほいまうちきみ」記載行の前行に三行小字
44		59オ	5	いた	異本	○	○	「たい」に傍記
45	八二	ウ	9	惟喬文徳第一母従五位上紀静子名虎女四品号小野宮	人物			「これたかのみこ」記載行右側に小字一行「静子」に「名虎女」と傍記されている
46	八三	62ウ	8	女イ	異本	○	○	70オ7「おとこ」の注記がはがれたものか＊2
47		63オ	4	貞観十四年七月出家	その他			「まうてつかうまつり」に傍記
48	八四	64オ	9	伊登内親王貞観三年九月薨	人物			「老ぬれは」の和歌の左側に傍記
49	八五	65オ	7	萬行歌上句	その他			「おもへとも」の和歌の右上に傍記
50	八七	66ウ	1	ふイ	異本			「ゑうのすけ」の「う」に傍記
51		67ウ	9	するイ	異本	○		「いさり火」の「火」に傍記
52		68オ	2	にイ	異本	○	○	「わかすむかたの」の「の」に傍記
53	八九	69オ	1	レ	その他			「我」の右下
54				らめイ	異本	○	○	「しなは」の横69オ8「にほふとも」の注記がはがれたものか＊3
55	九三	70オ	4	ウ	異本	○	○	「あふな」の「ふ」に傍記
56	九六	72オ	6	た	異本	○	○	「秋まつ」の「ま」に傍記
57			9	このイ	異本			「女」に傍記

58	九七	73オ	6	昭宣公基経貞観十四年八月廿一日右大臣左大将卅七	人物			「ほり河のおほいまうちきみ」に傍記
59			7	貞観十七年	その他			「四十の賀」の左側に傍記
60			9	業平十九年任中将不審	人物			「おきな」の下に小字
61	九八	ウ	2	忠仁公天安元年二月十九日太政大臣九十九四月九日従一位／二年十一月摂政清和外祖	人物			「おほきおほいまうちきみ」記載行右側に傍記「天安」以降割注の形
62	九九	74オ	2	業平貞観六年三月右少将七年右馬頭十九年正月左中将	人物			九九段冒頭右側に小字
63	一〇一	75オ	5	藤原良近貞観十二年正月右中弁十六年秋左中弁	人物			「あるしまうけ」記載行右側に一行小字
64		ウ	6	おイ	異本	○		「をほみ」の「を」に傍記朱の補入印アリ
65	一〇七	78オ	1	敏行母紀名虎女	人物			「ふちはらのとしゆき」の左側に傍記
66			5	こイ	異本	○	○	「かの」の「か」に傍記
67	一一二	80オ	12	りけ	異本			「ちきれる」の「れ」に傍記「れ」はミセケチか
68	一一四	ウ	6	或本不可有之云々多本皆載之不可止	異本			一一四段の冒頭右側
69	一一五	81ウ	1	＼てイ無	異本	○	○	「おきのゐて」の「て」に傍記*4
70	一一八	82オ	10	(けれ)は	その他			*5

＊1　現在の写本の状態では判読不可能。ここでは武蔵野書院版による。

＊2　貼紙の元の位置の推測は、写本が収められている木箱に残されていた石塚晴通氏の指摘による。

＊3　現在の写本の状態では69オの一行目にあるが、武蔵野書院版では同じ丁の八行目にある。注記の内容からも、貼紙が移動したものと思われる。

＊4　武蔵野書院版には写っていない。

＊5　武蔵野書院版には、「けれ」までしかなく、「は（八）」が写っていない。

表3【補入・ミセケチ】

	段	丁	行	該当部分	種類	朱	貼	備考
1	五	5オ	4	も	ミセケチ	○		いけとものの「も」
2	九	10オ	7	猶	補入			「ゆき〳〵て」の前に傍記補入印ナシ
3			8	いと	補入			「おほきなる」の前に傍記補入印ナシ

4	一七	16ウ	5	の	補入			「さくら」の後に傍記 補入印ナシ
5	二四	25オ	2	て	補入			「しりにたち」の後に傍記 補入印ナシ
6	三四	28オ	5	て	補入			「おもなく」の後に傍記 補入印アリ
7	七八	56ウ	1	の	補入			「おまし」の後に傍記 補入印ナシ
8	八一	59ウ	6	しほ	ミセケチ	○		
9	九四	70ウ	7	猶	補入			「人」の前に傍記 補入印アリ
10	一〇七	78オ	2	また	補入	○		「わかけれは」の前の左側に傍記 補入印アリ
11	一一二	80オ	12	むかしおとこねむころにいひちきれる女のことさまに／なりにけれは	補入			一一一段最後80オ最終行後から80ウ冒頭行前に小字で補入＊1 「ちきれ」の「れ」左側にミセケチあり、右側に「りけ」と傍記

＊1　武蔵野書院版には、「さま」までしかなく、「に（二）」が写っていない。

著者略歴

永 井 和 子（ながい・かずこ）

1934（昭和９）年　東京に生まれる。

1957（昭和32）年　お茶の水女子大学文教育学部文学科卒業。

1960（昭和35）年　学習院大学大学院（修士課程）修了。

現在、学習院女子大学名誉教授。

主要編著書　『寝覚物語の研究』（笠間書院・1968年）『日本古典文学全集　枕草子』（小学館・1974年・共著）『完訳日本の古典　枕草子』全二巻（同・1984年・共著）『続　寝覚物語の研究』（笠間書院・1990年）『源氏物語と老い』（同・1995年）『新編日本古典文学全集　枕草子』（小学館・1997年・共著）『源氏菫草』（笠間書院・1999年・編）『源氏物語の鑑賞と基礎知識　横笛・鈴虫』（至文堂・2002年・編）『杜と櫻並木の蔭で―学習院での歳月　高橋新太郎』（笠間書院・2004年・共編）『源氏物語へ　源氏物語から〔中古文学研究24の証言〕』（笠間書院・2007年・編）『笠間文庫　原文＆現代語訳シリーズ　枕草子［能因本］』（笠間書院・2008年）。

原文＆現代語訳シリーズ
伊勢物語《いせものがたり》　［笠間文庫］

2008年３月31日　初版第１刷発行
2021年１月15日　初版第４刷発行

著　者　永 井 和 子

装　幀　芦 澤 泰 偉

発行者　池 田 圭 子

発行所　有限会社 笠間書院
東京都千代田区神田猿楽町2-2-3［〒101-0064］
NDC分類：913.32　電話 03-3295-1331　Fax 03-3294-0996

ISBN978-4-305-70421-4　セリモト印刷
落丁・乱丁本はお取りかえいたします。　（本文用紙：中性紙使用）
https://kasamashoin.jp